박해완 장편소설

붉은 옥좌 玉座

2

붉은 옥좌玉座 2

초판 1쇄 발행 2020년 6월 5일

지은이 박해완
펴낸이 장길수
펴낸곳 지식과감성#
출판등록 제2012-000081호

디자인 박예은
편집 박예은, 이현
교정 김혜련
마케팅 고은빛

주소 서울시 금천구 벚꽃로298 대륭포스트타워6차 1212호
전화 070-4651-3730~4
팩스 070-4325-7006
이메일 ksbookup@naver.com
홈페이지 www.knsbookup.com

ISBN 979-11-6552-213-1(04810)
ISBN 979-11-6552-211-7(세트)
값 14,000원

ⓒ 박해완 2020 Printed in Korea

잘못된 책은 구입하신 곳에서 바꾸어 드립니다.
이 책의 전부 또는 일부 내용을 재사용하려면 사전에 저작권자와 펴낸곳의 동의를 받아야 합니다.

이 도서의 국립중앙도서관 출판예정도서목록(CIP)은 서지정보유통지원시스템
홈페이지(http://seoji.nl.go.kr)와 국가자료공동목록시스템(http://www.nl.go.kr/kolisnet)에서
이용하실 수 있습니다. (CIP제어번호: CIP2020021489)

홈페이지 바로가기

붉은 옥좌 玉座

박해완 장편소설

2

| 2권 목차 |

종사宗社 … 006

경연經筵 … 036

조의제문弔義帝文 … 067

광기狂氣 … 100

폭정暴政 … 136

낙인烙印 … 170

과보果報 … 205

종사宗社

　　　　　　　　　　영의정 정창손이 사직辭職하기를 청했다. 정승의 자리에 있은 지 오래되었고 나이가 들어 기운이 쇠하여 일을 처리하기 어렵다는 이유였다. 하지만 성종은 사직을 받아들이지 않았다. 삼공三公은 가볍게 바꿀 수 없으며 비록 나이가 많을지라도 심히 병들지 않았다는 이유를 들었다. 세조대로부터 조정을 이끌어온 원상이 육신의 노쇠를 들어 조정에서 물러나기를 원했으나 성종은 받아주지 않았다. 세조의 충신들인 공신들이 세조의 손자인 자신을 견고하게 받쳐주어야 한다는 심리가 굳게 자리 잡고 있어서였다. 성종은 예종과는 달랐다. 공신들로 인한 폐단을 모르지 않으면서도 척결하는 대신에 그들의 충성심과 경륜을 인정했다.

　　상당부원군 한명회 또한 나이가 70이 되었으므로 노쇠한 육신의 어려움을 들어 사직하기를 간곡히 청했다. 성종은 완곡히 만류하는 비답批答을 내렸다.

　　늙어 정사政事에서 물러나는 것은 비록 예제禮制의 떳떳한 일이라고 하더라도 늙고 덕이 있는 신하가 조정에 있으면 진실로 나라의 복이다. 어찌 정성스러운 노성老成한 신하를 놓겠는가? 경卿은 일대의 종신이

요. 양조兩朝의 원구로서 사직이 의뢰하는 바이고 민물民物이 함께 우러르는 바이며 정승의 높은 자리를 거듭 거쳤고 또 품계의 우두머리가 되었다. 처음부터 끝까지 산하의 맹세는 단서丹書에 밝게 빛나고 복잡한 정사를 가늠하는 계책은 늙은 신하의 당당함이다. 모든 생각은 오직 나라에 있을 뿐이며 한결같은 정성은 신神이 증명할 뿐이다.

전가에는 천자의 궁정에 나아가서 강후로서의 은총을 받았으며 중국의 모든 선비가 백편百篇의 아름다운 글을 지어주었다. 나이는 비록 높을지라도 보고 듣는 것이 줄지 아니하였으며 아름다운 풍채는 묘당에 빛나니 마땅히 큰 꾀를 넓혀서 미치지 못한 정사를 도와 전열을 돈독히 하고 그 이름을 오래 유지하면 이는 경이 선왕에게 보답하는 바이며 내가 원로에게 바라는 바이다. 어찌하여 갑자기 물러가고자 하는가? 명철한 이로서는 문득 스스로 몸 보호하기를 도모하겠으나 마음을 터놓고 뜻을 기울여주기를 과매寡昧한 나로서는 지극한 마음으로 깊이 바라는 것이어서 청하는 바를 마땅히 윤허하지 아니하였다!

훈구공신 그들 중에서도 한명회를 어찌 생각하는지가 성종의 비답에 오롯이 담겨 있었다. 조부인 세조가 야심을 품고 있던 대군 시절부터 최측근의 가신家臣으로서 정난과 양위讓位의 일등공신인 한명회의 충성심을 성종은 익히 알고 있었다. 세조가의 충신인 한명회의 존재감을 성종은 매우 후하게 인정하고 있는 셈이었다. 노쇠의 어려움은 사실이었으나 사직을 불허하는 성종의 비답에 한명회 역시 내심으로는 크게 망극해했다.

세자 이융이 소학小學을 마치게 되면서 성종은 창덕궁에서 서연관書

筵官을 공궤供饋하고 물품을 하사했다. 대신들은 앞다투어 세자의 명민함을 칭송했다. 성종은 몹시 기뻐했다. 아홉 살인 세자가 꾸준히 학문에 매진하면서 왕의 자질을 갖추어 나간다면 훗날 무난히 보위를 이어받을 수 있겠다는 생각에서였다. 성종은 흡족한 기색으로 세자가 친히 잔을 잡고 술을 마시게까지 했다. 그만큼 기쁨이 큰 때문이었다. 반면에 생모를 잃은 줄도 모르는 어린 아들의 처지를 생각하면 늘 마음 한편이 무거웠다. 차라리 영영 모르는 것이 나은 것이라 여기면서도 괴로운 것은 어쩔 수가 없었다. 자식을 생각하는 아비의 심정은 임금이라 해도 다를 것이 없었다.

경사스러운 날에 폐비 윤씨의 그림자는 찰나의 순간에라도 아른거림조차 없었다. 세자를 바라보는 대신들의 머릿속에서도 폐비는 떠오르지 않았다. 그대로 잊히면 좋을 일이었다. 성종의 바람대로 종사와 조정의 안녕을 위해서는 그리되어야 했다. 부왕의 칭찬과 기뻐함이 낯설기는 했으나 세자는 자신의 존재감이 싫지는 않았다. 세자로 책봉이 되면서 많은 것들이 달라졌지만 학문에 더욱 매진하며 언행을 각별하게 유의해야 하는 것을 유념하고 있었다. 임금이 되는 길이 얼마나 어려운 것인지를 차츰 깨닫는 중이었다.

세자 융은 정현왕후 윤씨를 친모로 알고 있었다. 정현왕후의 따스한 보살핌은 그렇게 믿고도 남을 정도였다. 아직 친자親子가 없는 정현왕후는 자애로운 마음으로 세자를 아꼈다. 안쓰러운 세자에게 갖는 진심이었다. 문안 인사를 위해 중궁전을 찾은 세자와 도란도란 이야기꽃을 피울 때면 누가 보아도 달리 여겨지지 않을 정도였다. 성종은 그런 중전을 고맙게 여겼다. 그리되어야 태평 치세가 이어지고 종사宗社가 안정되어 훗날 세자가 무난히 왕위를 이어받을 수 있기 때문이었다. 성종은 삼 대비와 일부 대신들의 반대를 무릅쓰고 원자를 세자로 책봉한 자신의 선택이 옳았다는 것을 더욱 믿게 되었다.

노쇠한 원로대신들의 사직을 더는 막기 어려웠다. 영의정 정창손은 실제 거동이 불편한 정도였다. 성종은 원로의 간청을 받아들이지 않을 수 없었다.

―신이 영의정이 된 지 이제 11년이 지났고 나이도 84세인데 털끝만 한 보필도 없었습니다. 중요한 지위에 오래 있는 것이 마음에 참으로 미안하므로 신이 지난해에 사직을 청하였으나 전하께서 분부하시기를 그대가 죽은 뒤에야 그만두라 하시므로 신이 그 때문에 감히 다시 청하지를 못하였습니다. 지금 신에게 특별히 병은 없으나 매우 노쇠하였으니 사직하기를 청하옵니다.

영의정 정창손은 깊숙이 허리를 숙여 간곡한 어조로 사직을 청했다.

―……전에 두 번은 사직하고 이제 또 사직을 청하는데 경卿이 한직에 나아가더라도 국사國事는 참여하여 들어야 실로 마땅하나 나이가 많아서 기거가 불편하므로 경의 사직을 받아들인다.

생각을 정리하듯이 말없이 정창손을 직시하던 성종은 드디어 사직을 허락했다.

―성은이 망극하옵니다!

만류를 염려했던 정창손은 그지없이 감사해했다. 정난공신으로 수십

년간 권세를 누리며 온갖 벼슬에 영의정 자리를 10년이 넘도록 지켰으니 정창손의 관운과 역량은 인정을 받을 만했다. 하지만 육신의 노쇠함은 무엇으로도 극복될 수가 없었고 훈구공신들을 언제까지 조정에 붙들어 놓을 수는 없었다. 성종은 세월을 거스를 수 없는 그들의 퇴장을 인정해야 했다.

영의정에 윤필상, 좌의정에 홍응, 우의정에 이극배를 새로이 삼았고 정창손에게는 봉원부원군의 관직을 제수했다. 봉원부원군 정창손과 삼정승 그리고 영중추부사 노사신, 좌참찬 이파, 예조판서 유지가 성종을 문안했다.

―전하! 옥체를 늘 살피시어야 하옵니다.

정창손이 근심스러운 기색으로 나서서 아뢰었다.

―내 증후症候는 다른 게 아니라 풍기로 허리가 아픈 것이다. 전일에 수릉관守陵官의 병이 위독하다는 말에 놀라 한밤에 일어나서 의원을 시켜 치료하게 하였는데 그때 풍기에 상하여 이렇게 되었을 것이다. 대상大祥은 큰일이므로 여느 제사의 유례가 아니고 뒤에 다시 할 수 없는데 친히 지낼 마음을 평소에 정하였다가 뜻밖에 이렇게 되니 마음이 심히 아프도다. 내가 이 병을 앓은 지 오래되었으나 참으로 병을 무릅쓰고 친히 지내고자 하여 양전兩殿께 다시 청하려 하는데 그대들의 생각은 어떠한가?

대수로운 병이 아니라면서도 직면한 제사의 심려로 인해 성종의 용안은 몹시 어두웠다.

―몸에 병이 있으면 극진히 할 수 없으므로 거행할 수 없다고 옛사람

도 하였습니다. 이번에 친히 지내지 못하시는 것은 참으로 성상의 옥체가 편찮으시어서 그러한 것이옵니다. 또 성궁聖躬은 관계되는 바가 지극히 중한데 춘기春氣가 아직도 추우니 이를 무릅쓰고 거행하실 수 없습니다. 뒤에 담제禫祭가 있으니 그때에 친히 지내시는 것이 어떻겠사옵니까?

영의정 윤필상이 간곡한 어조로 만류를 했다. 제사가 아무리 중하여도 임금의 옥체를 상하게 할 수는 없다는 이유를 들었다.

―……경卿들의 여러 의논이 이러하니 내가 마땅히 멈추도록 하겠다.

성종은 일단 대신들의 뜻에 따르기로 했다. 임금이 강건해야 종사가 안정될 수 있음을 새삼 깨달은 것이다.

대왕대비의 대상제를 몸소 거행하기 어려운 성종은 도승지 권건에게 전교를 내렸다.

내가 친히 대상제를 지내고자 하였으나 요즈음 요통을 앓고 있으므로 대비께서 그만두라고 명하시었다. 내 병이 더 칠 수도 있겠으나 대상大祥은 다시 지낼 때가 없으니 이제 친히 지내지 못하는 것은 마음에 그만둘 수가 없다. 다만 오르내리고 절하고 잔을 올리는 등 예의가 매우 많은데 병을 무릅쓰고 굳이 거행하면 성경誠敬의 도리를 도리어 못할까 염려하지 않을 수 없다.

―상제는 큰일이므로 진실로 지내셔야 마땅하나 편찮으신데 굳이 거행하시면 성상의 옥체가 더욱 피로하실 것이며 또 불안한데도 애써 거행하시면 혹 극진하지 못하실 수도 있습니다. 대상 뒤에도 삭망제朔望祭와 당제가 있으니 지금 굳이 거행하실 필요는 없사옵니다!

권건은 임금의 괴로운 심기를 진심으로 안타까워했다.
―오늘 저녁의 증후를 보아서 거행하도록 하겠다.
―애써 무리하셔서는 정녕 아니 되옵니다!
좌부승지 안침이 간곡히 아뢰었다.
―내가 반드시 친히 지내고자 하였으나 양전兩殿께서 여러 번 사람을 시켜 그만두게 하시므로 내가 다시 아뢰어 청하였더니 양전께서 또 사람을 시켜 분부하시기를 일신一身의 관계되는 바가 지극히 중하니 병을 무릅쓰고 거행하여서는 안 됩니다, 라고 하시었다. 내가 분부를 받고 돌이켜 생각하건대 제사는 효도를 어버이에게 바치는 것인데 이제 어버이의 명을 어기고 굳이 지내는 것은 옳지 않으므로 하는 수 없이 멈추도록 하겠다!

성종의 고민은 매우 깊었고 갈등을 거듭하고 나서야 마음을 굳힐 수 있었다. 자신이 정희대비의 대상제를 지킬 수 없게 되리라고는 꿈에도 생각 못 한 일이었다.

―성상의 효심은 하늘도 알고 대행대비께오서도 잘 아실 것이오니 너무 심려치 마시오소서!

임금의 심정을 헤아리는 권건의 목소리는 낮게 잠기었다.

―소상小祥을 병 때문에 거행하지 못하고 이번에도 허리의 병 때문에 또 멈추니 박복한 나에게 죄가 있다. 어찌 이루 말 하겠으며 또 승정원에서는 나를 어떻게 생각하겠는가? 눈물만 흘릴 뿐이로다.

―소신들이 성상의 마음을 어찌 다 헤아릴 수 있겠습니까? 그러나 지금 편찮으시니 애써 거행하셔서는 아니 되옵니다!

좌부승지 안침은 울먹이듯 했다. 임금의 괴로운 심정이 너무도 안타깝게 여겨져서였다.

-……대상제를 친히 지내지 못하는데 그렇다면 상복喪服을 벗는 절차는 어떻게 하는가?

-신들은 정할 수가 없어 예조에 물었더니 예조판서는 갈아입으시기를 계청할 뿐이며 상복을 벗는 절차와 시기는 대비께서 정하면 된다고 하옵니다.

절차에 관한 것을 미리 살핀 도승지 권건은 막힘이 없이 대답했다.

예조판서 유지가 대전大殿에 입시入侍하여 제례 절차에 관해 소상히 아뢰었다. 성종은 묵묵히 듣기만 할 뿐 아무런 말이 없었다. 조모인 정희대비의 생전 모습을 떠올렸다. 당시 모친인 한씨와 잠저潛邸에서 살며 달포에 한 번 꼴로 입궐하여 문안을 드렸다. 그럴 때면 조부인 세조를 가장 많이 닮은 손주라며 흐뭇해하며 반겨주었던 장면들이 바로 눈앞에 들어오는 듯했다. 왕위 계승은 자신과는 무관하였으나 숙부 예종이 별안간 승하하게 되면서 사촌인 어린 제안대군과 친형인 월산군이 아닌 자신을 보위에 올린 조모 정희대비의 깊은 뜻을 늘 가슴에 새기며 정사政事를 돌보고 있는 성종이었다. 그러했던 정희대비를 깊이 추앙하는 것은 성종이 해야 하는 도리였다.

극심한 가뭄이 연일 지속되었다. 흉년으로 인한 민인들의 고난에 임금과 조정 대신들의 염려는 커져만 갔다.

-내가 부덕한 몸으로 외람되게 큰 기업을 이어받았으나 마음이 바

르지 못한 까닭으로 다스리는 도道에 어둡고 행실을 닦지 않은 까닭으로 일을 행함에 마땅함을 잃어서 하늘의 노여움과 꾸짖음을 초래하여 해를 끼친 것만 같으니 괴롭기가 그지없을 뿐이다!

성종은 끝나지 않는 가뭄을 본인의 부덕함 때문이라며 탄식을 했다.

─금년의 한재旱災가 매우 중한데 지난달부터 비가 오지 않은 것이 이달까지 이르게 되자 전하께오서는 두려워하여 정치가 혹시 외람되겠는가! 염려하시고 계시옵니다. 무릇 하늘에 응할 수 있는 일이라면 거행하지 않은 것이 없는데도 천심을 돌리지 못하여 농삿달이 지나가도록 가뭄이 더욱 심합니다. 신은 용렬한 사람으로 외람되게도 정승의 자리에 있으면서 이미 음양을 조화하지 못하여 그 재앙을 초래하였고 다시 굳게 벼슬자리를 사양하지 않아서 하늘의 노여움을 격동하게 하여 가뭄의 재앙이 이처럼 극도에 이르렀으니 반복해서 생각하건대 오늘의 재앙은 그 허물이 신에게 있을 것입니다. 일찍부터 이러한 뜻으로 직책을 해임해 주실 것을 누차 청하였사오나 아직도 윤허를 받지 못하였사오니 어찌 하늘의 견책에 보답하는 길이라 하겠사옵니까? 옛날에는 본 바가 없이 그렇게 하였겠습니까? 삼가 바라건대 전하께오서는 신의 직임을 파면하시어 천변天變에 응하도록 하소서.

영의정 윤필상은 임금의 용안을 바라보지도 못한 채 간곡한 어조로 사직을 청했다. 임금과 영의정이 서로 자신의 부덕한 탓으로 여기고 있는 것이 재앙이라 여겨질 정도로 긴 가뭄은 모두에게 두려움을 갖게 했다. 가뭄은 흉년으로 이어지고 흉년이 들면 민심이 흉흉해지고 민인들은 끼니를 걱정하면서 임금과 조정을 원망할 테니 말이다. 성종은 영의정 윤필상의 사직을 윤허하지 않았다.

　고대하는 비는 내릴 기미조차 없었다. 성종과 신하들은 가뭄으로 인한 피해를 염려하며 의논을 거듭했다.

　―기우祈雨하는 일을 지극히 하지 않은 바가 없어 사람의 할 일은 거의 하였는데도 끝내 비가 내리지 않으니 금년의 일은 다시 가망이 없다. 정성과 공경이 하늘에 이르지 못함인가? 반복해서 생각하여보아도 그 연유를 알지 못하겠다. 비록 전년의 농사가 약간 잘되었다 하나 연속하여 흉년이 들어서 민간에는 남은 곡식이 없고 나라의 창고도 거의 고갈 상태인데 이제 또 한재가 들었으니 마땅히 창고를 다 털어서라도 구제해야 할 것인데 그러나 내년에 또 흉년이 든다면 장차 어찌해야 한단 말인가!

　성종은 연이어 흉년이 이어질까 몹시 염려했다. 애타는 임금의 심정은 마른 땅의 곡식이 타들어 가는 것과 다를 바가 없었다.

　―금년의 한재가 이같이 극도에 이르고 있어 어찌 조처할 바를 모르겠습니다!

　좌의정 홍응은 말을 더듬기까지 하면서 몸 둘 바를 몰라 했다.

　―아뢰옵기 황송하오나 만약 오늘이나 내일 사이에 비가 온다면 곡식이 혹 다시 소생할 수도 있겠지만 그렇지 않으면 다시는 가망이 없을 것이옵니다!

　우의정 이극배는 비관적인 전망을 아뢰며 숙인 고개를 들지 못했다.

　―조득림의 아들을 과거시험에 나아가게 하는 것은 마땅치가 않사옵니다!

―경卿들은 대사헌의 의견을 어찌 생각하는가? 조득림이 유자광과 다른 점이 있는가?

성종은 좌우 내신들을 돌아보며 물었다.

―유자광은 본래 재상宰相의 첩이 낳은 아들로 향리의 딸로 아내를 삼았으니 향리의 자식은 통하지 않는 곳이 없으나 조득림은 본래 천인으로 또 천인의 딸에게 장가를 들었으니 유자광과는 서로 같다 할 수가 없습니다.

대사간 한언은 다름을 소상히 비교하여 아뢰었다.

―천인을 과거에 나아가게 하는 단서를 열어주어서는 아니 되옵니다.

영의정 윤필상은 불가하다는 의견을 단호히 피력했다.

―공론이 있는 바를 내가 어찌 따르지 않겠는가? 영상領相의 말대로 조득림의 아들은 과거에 나아가는 것을 허용하지 말도록 하라!

극심한 가뭄에 혹시라도 억울하고 원통함을 펴지 못한 이가 있을까 임금은 우려하지 않을 수 없었다. 성종은 지극한 진념軫念으로 하늘에 빌고 빌었다.

가뭄을 임금의 부덕한 탓으로 여기고 괴로워하는 성종의 깊은 근심은 끝이 보이지 않았다.

―나는 덕德이 적고 어두운 사람으로 큰 기업을 이어받고 큰 직위에 나아가 선덕善德을 실행하지 못하여 이처럼 가문 기후를 초래하였으니 근심스런 마음이 대단하여 몸 둘 바가 없다. 폐단을 개혁하고 억울함을 풀어주며 형옥을 삼가고 근심하여 오랜 수감에서 시원히 풀어주며 궁구의 번다한 비용을 줄이며 각 고을의 공물과 부세를 면제하는 등 무릇 근

신하고 경계할 만한 것은 무슨 일이고 다하였으나 오히려 정사에 잘못된 것이 많고 정성이 미치지 못하였다. 강한 햇살이 더욱 성하니 곡식이 다 타는데 어찌 한 해의 추수를 바라겠는가? 의정부議政府에 명하니 부디 백성을 근심하는 내 마음에 온전히 부응토록 하라!

정사政事를 더욱 올바르게 처리하라는 준엄한 명이었다.

－전하의 명을 충심으로 받들겠사옵니다!

영의정 윤필상이 나서서 아뢰었다. 좌우에 도열한 대신들은 한뜻으로 받들겠다며 따라서 아뢰었다.

－가뭄이 한창 심한데 이제 날씨를 보니 다시는 가망이 없어 보인다. 백성들은 구황할 물건을 갖추느라 다른 일에는 겨를이 없을 것이다. 승정원에서는 각 지방의 긴요한 공물 이외에는 적당히 견감蠲減하는 것이 어떠하겠는가?

－전하의 하교가 참으로 마땅하옵니다!

도승지 권건은 매우 기뻐했다. 임금과 조정 대신들의 생각은 오롯이 가뭄과 흉년을 극복하는 데 기울어 있었다.

－비가 내려야 함에도 전번 달에 비가 오지 않았고 이번 달에도 비가 오지 않으니 하늘의 재앙이 어찌 그 까닭이 없겠는가? 이는 필연코 실정失政이 있는 소치일 것이다. 나라에서 항상 민폐로 다 제거하려고 하였으나 어찌 폐해가 없겠는가? 전년에는 비록 약간 민간에서 예전 빚을 갚느라고 축적한 것이 다해버렸으며 나라의 축적도 넉넉하지 못하다. 과연 금년에 가뭄으로 흉년이 들어서 백성이 기아에 이르게 된다면 어떻게 구제하겠는가? 변고란 반드시 그 연유가 있는 것이니 경 등은 생

각하는 바가 있으면 각기 말하도록 하라.

성종은 가뭄의 연유와 구제대책에 대해 언급했다. 미리 대비하려는 생각이었다. 제대로 보필하지 못한 잘못을 들어 영의정 윤필상이 거듭하여 사직을 청했으나 천재天災는 임금의 부덕한 소치 때문이라며 불가하다 했다. 성종과 대신들의 논의는 계속 이어졌다.

봉원부원군 정창손의 부음을 들은 성종은 청빈한 재상이었다며 부물賻物을 넉넉히 보내주라 하교下敎를 내렸다. 조부인 세조대부터 이어져 온 정창손의 변함없는 충심을 높이 인정한 것이다. 노쇠함으로 인해 조정의 맡은 자리에서는 비록 물러났다 해도 장수하여 중대한 국사는 함께 의논하였으면 했던 원로대신이었다. 원상의 죽음으로 인해 성종의 상실감은 컸다. 생사의 이치를 받아들여야 함에도 조정의 큰 기둥이 뽑히어 나가는 심정은 이루 말할 수 없었다.

정창손은 천성이 조용하고 소탈하여 집에 사는 것이 쓸쓸하고 뇌물을 일체 받지 아니하여 비록 지친至親이라도 감히 사사로이 간청하지 못하였다. 부모에게 효도하고 친구에게 신의를 지켜 정승이 된 지 30여 년 동안 한결같이 청렴하고 정직하여 처음부터 끝까지 변하지 아니하였다. 나이가 많아지면서 정신이 혼란하여 일을 의논할 때에 비록 더러 착오는 있었으나 조금도 임금의 뜻에 맞추어 아부하는 사사로운 마음이 없었다, 라고 사신史臣은 정창손을 논평했다.

을해년의 세조 즉위 후에 우찬성에 임명되어 추중좌익공신의 호를 받고 봉원군蓬原君에 봉해졌다. 성삼문, 박팽년 등이 주도한 병자년의 단종복위 모의를 변고辨告하여 경절 공신의 칭호가 더 내려지고 숭록대부 봉원부원군에 올라 성균관 대사성을 겸했다. 이어 우의정에 올랐다가 정축년에 좌의정에 올랐다. 무인년에 모친상을 당하였는데 세조의 특명으로 조시朝市를 하루 정지하여 특별한 은혜를 보였다. 장사를 지낸 이후에는 묘려에 머물며 한 번도 시가市街에 오지 않았다. 세조는 직제학 서강을 보내 한양집에 머물며 묘려에 돌아가지 말도록 했으나 예전대로 무덤을 지켰다. 세조는 장차 평안도에 거둥하려 하면서 한양에 머물게 하여 지키도록 하고자 특별히 기복起復하여 영의정을 삼았으나 정창손은 전문箋文을 올려 사양했다.

　나에게 경卿은 좌우의 손과 같으니 장차 백관을 거느리고 친히 가서 기복하도록 하겠다.

　정창손의 거듭된 사양에 세조는 이같이 어서御書로 유지했다. 하지만 정창손은 전문을 올려 또다시 굳이 사양했다. 경진년에 복服을 마치자 세조는 내전으로 정창손을 불러들여서 위로하고 단의段衣 한 벌을 내려주며 부원군으로 봉했다. 이후 신사년에 영의정에 임명되었다. 예종이 즉위하여 정난익대공신의 칭호가 내려지고 기축년에 성종이 즉위하자 원상院相으로 서무를 참결했다. 신묘년에 나이가 70인 까닭으로 사직을 청했으나 윤허하지 않았다. 임진년에 궤장几杖을 하사받고 을미년에 영의정에 다시 임명되었다. 을사년에 노쇠함을 견디기 힘들다 하며 사직했다. 그때에 이르러 세상을 떠난 정창손의 나이는 86세였다.

　정창손은 세조를 선택한 복을 오래도록 누린 정승이었다. 사위 김질과 함께 단종복위 모의를 고변하면서 세조의 충신이 되었다. 만약 고

변 없이 모의 세력의 거사가 성공했더라면 세조는 당연히 목숨을 잃었을 것이며 세조가의 왕위계승은 이어질 수 없었다. 세조가 정창손을 남달리 신임하여 중용을 계속한 것은 그 같은 이유가 있어서였다. 반면 단종과 사육신들에게 정창손과 그의 사위 김질은 세조만큼이나 용서할 수 없는 대상이 아닐 수 없었다. 세조가 보위에 오르는 데 공을 세우고 그 보위를 지키는 데 공을 세운 원상들은 장수하며 권세를 누리는 그 자체가 변함없는 충성이라 해도 틀린 것이 아니었다. 그들은 결코 이질적으로 돌아서거나 또 자기부정이나 다름없는 배신을 할 수는 없을 테니 말이다. 그들의 공로와 역할 그리고 태생적인 한계를 성종은 익히 알고 있었다. 예종과는 달리 성종은 그와 같은 본질과 역할을 매우 인정하며 믿었다. 세조의 아들인 예종은 공신들을 배척하려 했으나 손자인 성종은 그들을 버릴 마음이 없었다. 조부인 세조의 충신들은 결국 자신의 충신이 될 수밖에 없음을 성종은 진즉 깨달은 것이다.

세자 이융李㦕은 성균관에 나아가 문묘文廟에 술잔을 올리고 입학을 알렸다. 서거정을 박사博士로 삼아서 의식과 예禮를 행했다. 장차 보위를 이을 세자의 성장에 성종은 몹시 기뻐했다.
　-세자가 입학하는 것은 큰일이라 할 수 있다. 예종께서 관례를 행하자 은혜를 베푼 예例가 있었는데 입학과 관례가 무엇이 다르겠는가? 또한 별시別試 등을 시행하고 은혜를 베풀고자 하니 그것을 의논하여 아뢰도록 하라!
　성종은 조정 대신들을 명소命召하여 하교를 내렸다.

―세자마마의 입학은 온 나라의 경사이니 성상의 뜻이 진실로 마땅하옵니다.

한명회는 지극히 당연하다며 반겼다.

―세자의 입학은 온 나라의 경사이옵니다. 그러나 옛사람의 말에 이르기를 사유는 소인에게는 다행한 것이고 군자에게는 불행한 것이다, 라고 하였습니다. 근년에 오면서 나라에 법을 범하고서 오늘을 기다리는 자도 반드시 많을 것입니다. 만약 은혜를 아래에 미치게 하여 옛사람의 격언에 어긋남이 있을 뿐만 아니라 소인의 계교를 이루어지게 할 뿐이니 신은 은전恩典을 시행하지 않는 것이 적당하다고 생각하옵니다.

대사간 김수손은 사사로운 은혜는 도리어 해로울 뿐이라며 반대를 했다.

―세자마마의 입학은 예문禮文의 정상적인 일이므로 은혜를 베푸는 것은 마땅하지 않습니다.

우부승지 이계남도 대사간 김수손과 마찬가지로 반대를 했다. 성종은 예상 밖의 반대의견에 언짢은 기색이 역력했다. 성종은 결국 한명회 등의 의논을 받아들였다. 나아가 세자의 혼례까지 거론했다.

―예전에 문왕은 열세 살에 아들을 낳았으니 반드시 열두 살에 혼인하였을 것이다. 이제 세자의 나이가 열두 살이므로 명년에 혼례를 행하려고 하는데 어떠하겠는가?

성종은 좌우의 대신들을 번갈아 쳐다보며 의견을 물었다.

―세자께오서는 나라의 근본이니 명년에 빈嬪을 맞아들이는 것은 진실로 마땅하옵니다. 예법에 금함이 없으니 무엇을 의심할 것이 있겠사

옵니까!

영의정 윤필상은 마땅한 하문에 매우 황송해했다.

─세자마마의 혼례는 관계된 바가 지극히 중하니 진실로 마땅히 일찍 정하여 계사를 넓혀야 할 것이나 다만 조혼하여 어려서 일찍 장가드는 것을 옛사람이 경계하였습니다. 삼가 듣건대 황태자는 나이가 열다섯이 넘어야 비로소 혼례를 정한다고 하니 어찌 보는 바가 없어서 그러하겠습니까. 아직 몇 년 기다리는 것이 어떠하겠습니까?

─천자天子와 제후諸侯는 계사가 더욱 중하기 때문에 관혼冠婚의 예禮가 보통 사람들과 같지 않습니다. 이제 세자마마는 열세 살이므로 혼인하는 것이 마땅합니다. 또 이성 칠촌과 서로 혼인하는 것은 예전禮典에 금함이 없으니 혼인한다 해서 무엇이 해롭겠습니까?

우부승지 이계남은 대사헌 이경동을 흘깃 쳐다보며 반박하듯 아뢰었다.

─옛사람이 이르기를 천자와 제후는 열다섯 살에 관례하고 혼례에 일컫기를 문왕이 열다섯 살에 무왕을 낳았다고 하였으니 또한 반드시 열다섯 살에 장가든 것입니다. 이제 세자마마의 나이는 아직 열다섯이 못 되었으니 계사는 비록 중할지라도 아버지가 되는 도리를 재촉할 수는 없을 듯합니다. 다만 이성 칠촌과 서로 혼인하는 것은 예문을 상고하여도 조금도 구애될 것이 없사옵니다.

사헌부지평 정석견은 세자의 나이가 미치지 못한 점을 들어 신중해야 한다는 의견으로 아뢰었다.

─천자와 제후가 열다섯에 관례한다는 것은 장가드는 것을 반드시 관례보다 먼저 한 것입니다. 천자와 제후의 혼례는 일찍 행하지 아니할

수 없습니다. 세자마마가 비록 열다섯 살이 못 되었을지라도 명년에 혼례 하는 것은 이르지 아니합니다.

홍문관직제학 정성근은 비록 세자의 나이가 어려도 명년의 혼인이 예禮에 어긋남이 없다는 의견을 냈다.

세자는 이미 치학齒學하는 예례를 강講하였으며 일찍부터 원량의 자품을 가졌고 일찍이 세자의 자리에 올라서 학문이 점점 이루어지고 나이가 이미 장성하여 시선視膳과 문안問安에 삼조三朝의 예禮를 폐하지 아니하고 스승을 받들어서 도道를 강講하니 일물一物의 행실을 따르는 데 합당하다. 이에 예문을 상고하여 성대한 일을 거행하니 이 막중한 경사에 어찌 범상하지 아니한 은혜를 행하지 아니하겠는가? 나라의 강상綱常에 관계되는 것을 범한 이외에는 이미 발각된 것이나 발각되지 아니한 것이나 이미 결정된 것이나 결정되지 아니한 것이나 모두 용서하여 면제한다. 감히 유지宥旨 이전의 일을 가지고 서로 고하거나 말하는 자는 그 죄로서 죄를 주겠다. 아! 만세의 큰 터전을 여는 것이 이제부터 시작되었으니 한 대의 큰 은혜를 베풀어서 함께 마음을 새롭게 한다.

성종은 이같이 교서를 내렸다. 왕위를 이어갈 세자의 무난한 성장에 한껏 고무된 심정을 드러내며 죄지은 자들에게 은혜를 베풀 것이라 했다. 그러니 아직 나이 어리다는 이유를 들어 세자의 혼례를 기다려야 한다는 반대의견이 귀에 들어올 리가 없었다. 성종 자신도 이른 나이에 가례를 올리고 보위에 올랐기에 다소 조급한 것이어도 종사宗社의 안정을 희원하는 마음이 달라질 수는 없었다.

성종은 병조판서 신승선의 딸을 세자빈으로 삼는다는 전교를 승정원에 내렸다. 이어 예조판서를 불러 세자빈으로 정한 신승선의 딸을 궁중에 맞이두는 것의 여부를 물었다.

─신승선의 여식을 이미 세자빈으로 정하였으니 그대로 민간에 있게 할 수 없다는 생각이다. 지금 궐내에 맞아두었다가 나이 차기를 기다려 친영親迎하고자 하는데 그것이 예禮에 어떻겠는가?

─궁중에 두었다가 나이 차기를 기다려 친영하는 것은 예전 제도에 있었음을 듣지 못하였습니다. 신의 생각으로는 빈嬪은 그대로 본집에 있게 하고 그 이웃집을 비워서 거처하는 사람이 없게 하고 신승선도 따로 이웃집에 거처하게 하면서 때때로 문안하게 하고 설리薛里 등에 대한 일은 예에 의하여 시행하는 것이 어떠하겠습니까?

예조판서 성건은 가례 전에 궐내에 머무는 것은 마땅하지 않다며 조심히 아뢰었다.

─그렇다면 설리薛里 등에 관한 것은 아뢴 대로 시행하라. 다만 굳이 그 이웃을 옮겨 피하게 할 필요가 있겠는가? 빈이 아직 나이가 적으니 반드시 부모를 떨어지려고 하지 않을 것이다. 그러니 신승선으로 하여금 이웃집에 나가 있게 하고 자주자주 문안하도록 하라.

성종은 두루 배려하는 뜻으로 예조판서 성건의 의견을 받아들였다.

─지당하신 명이옵니다!

예조판서 성건은 가벼운 기색으로 물러 나왔다.

세자가 혼례를 치르고 되도록 이른 시일 안에 세손을 볼 수 있다면 더할 나위 없는 왕실의 경사였다. 지하의 조부와 조모는 물론 덕종으로 추존해 올린 부친 의경세자 그리고 모친 인수왕대비의 기뻐할 모습이 짐작되고도 남았다. 특히 조부인 세조와 조모인 정희대왕대비를 떠올리지 않을 수 없었다. 태조께서 세운 나라지만 조부 세조가 단종으로부터 선위 받아 왕위에 오르지 못했다면 자신이야말로 용상과는 하등 관계없는 왕실의 종친에 불과했을 것이기에 조부로 인해 뜻밖에도 임금이 될 수 있었던 것을 잘 알고 있었다. 그러했기에 조부인 세조와 자신을 선택했던 조모 정희대왕대비를 추앙하는 의미는 클 수밖에 없었다.

성종은 무사히 왕위를 이어가도록 하는 것이 자신의 최우선 도리라는 것을 늘 새기고 있었다. 세자를 교육하고 세자빈을 맞아들여 혼례를 치르고 세손을 볼 수 있도록 하는 것은 종묘사직을 위해서도 일가의 왕위계승을 위해서도 심히 중대한 책무라는 것을 말이다. 세자의 혼례에 관한 성종의 과도한 집착은 다름 아닌 그런 이유에서였다.

세자빈으로 간택된 신승선의 여식은 열여섯 살이었다. 일면 불안감이 없지 않으나 여식이 장차 왕후가 되는 가문의 영예는 기쁘지 않을 수 없었다. 그러나 성품대로 신승선은 대체로 차분했다. 신승선은 세종의 4남인 임영대군의 사위였다. 인수대비와 성종은 이씨 왕가의 혈통이며 성품이 온화하고 겸손한 신승선의 여식을 세자빈으로 삼는 데 한 치의 이견도 없이 흡족해했다. 신승선의 자질이야말로 장차 임금의 장인이 된다 해도 폐해가 되는 세도를 일절 부리지 않으리라고 인수대비와 성종은 판단했다. 임금에 대한 충성심은 물론이거니와 겸손과 올바른 몸가짐 또 공훈이 커도 자랑하지 않으며 자기주장을 앞세우지도 않아서였다. 성종이 믿고 신임했던 것도 그래서였다. 일부는 사람됨이 지나치게 나약하여 나라의 큰일을 맡기에는 부적절하다며 비난하기도 했으나 신승선은 조금도 개의치 않고 자신의 목소리를 더욱 낮추었을 뿐이었다.

다수의 배관은 신승선을 존경하며 본받으려 했다. 모나지 않고 나서지 않는 겸양은 신승선의 장점이자 단점으로서 그처럼 타고난 성정性情의 소유자였다. 그런 신승선의 여식이 세자빈으로 간택된 것은 어쩌면 운명적으로 예정된 것일 수도 있었다. 신승선은 여식에게도 유별난 훈계는 하지 않았다. 가례 전까지 몸과 마음을 단정히 하고 조용히 예법을 익혀야 한다고 했을 뿐이었다. 그리고 혼례를 치르고 실제 궁궐에 들어가게 될 때는 겸손히 궁궐의 법도를 따르라 이를 생각이었다.

가례를 치르지는 않았으나 성종은 세자빈을 수일 안에 궁궐로 나아오도록 했다. 며느리가 되는 세자빈이 어떠한 용모와 자품을 지니고 있는지 한번 살펴보고 싶어서였다. 이따금 씩 폐서인이 되었다가 사사된 폐비 윤씨가 스치듯 떠오를 때면 세자에 대한 안쓰러운 마음이 밀물처럼 밀려들기 일쑤였다. 그때마다 세자를 바르게 내조할 수 있는 고운 누이 같은 성품을 지닌 따뜻하고 현명한 세자빈을 간택해야 한다는 생각을 다져왔었다.

비록 세자의 생모 윤씨와는 짧은 인연으로 불행한 이별을 맞이했으나 세자에게는 그와 같은 음울한 그늘이 한 치도 드리워지게 하고 싶지 않았다. 당장 성군聖君의 자질이 엿보이지는 않아도 훗날 보위를 이어받은 세자의 왕도王道가 부디 평탄했으면 했다. 설혹 생모의 사사賜死를 알게 된다 해도 지난날의 그 일에 연연하지 않기를 또한 바라고 있었다. 일말의 우려일 뿐 성종은 그에 관하여 크게 염려하지는 않았다. 당시 원자는 정황을 제대로 인지할 수도 없었던 일곱 살 어린 나이였기 때문이었다. 성종이 장래 임금이 된 세자에게 바라는 것은 왕위의 무사한 계승이었다. 조부인 세조부터 이어져 온 왕위가 결코 끊겨서는 안 된다는 책무감에서였다.

상당부원군 한명회의 죽음에 성종의 상실감은 이루 말할 수가 없을 정도였다. 정난공신으로 세조가 자신의 장자방이라 스스럼없이 칭하며 총애하였던 최측근 한명회가 세상을 떠난 것이다. 조부인 세조대로부터 이어져 온 충신인 것은 말할 것도 없거니와 원상 중의 우두머리이며 조정의 실권자였던 한명회의 죽음은 편전의 기둥이 무너져 내린 것 같은 망연함을 느끼게 하기에 충분했다. 노쇠함과 병환으로 인해 조정에서 물러나 있었으나 언제든 국사를 논할 수 있는 존재감만으로도 든든했던 것이 사실이었다.

사신史臣은 한명회를 이같이 논평했다. 한명회는 젊어서 학문을 이루지 못하여 뜻을 펴지 못하고 불우하게 지내다가 권남을 통해 잠저에 있을 때의 세조를 만나 대책大策을 찬성하여 그 공이 가장 컸다. 10년 사이에 벼슬이 정승에 이르렀고 그 마음속에 항상 국무國務를 잊지 아니하고 품은 바가 있으면 반드시 아뢰었다. 그러므로 권세가 매우 성하여 빈객이 문門에 가득하였으나 응접하기를 게을리하지 아니하여 일시一時의 재상들이 그 문에서 많이 나왔으며 조관朝官으로서 채찍을 잡는 자까지 있기에 이르렀다.

성격이 번잡한 것을 좋아하고 과대하기를 기뻐하며 재물을 탐하여 보화 등의 뇌물이 잇따랐고 집을 널리 점유하고 희첩姬妾을 많이 두어 그 호부함이 일시에 떨쳤다. 여러 번 사신으로 명나라의 황도에 갔었는 데 늙은 환관 징동에게 아부하여 가지고 간 뇌물로서 사사로이 황제에 게 바쳤으나 일행들은 말리지 못했다.

만년에 권세가 이미 떠나자 빈객이 이르지 않으니 초연悄然히 적막 한 탄식을 하곤 했다. 비록 여러 번 간관諫官이 논박하는 바가 있었으나 소박하고 솔직하여 다른 뜻이 없었기 때문에 그 훈명勳名을 보전할 수 있었다, 라고 기록했다. 사신의 논평을 들여다보면 권세의 과도한 누림 과 그로 인한 말년의 무상한 허방을 지적한 것을 알 수 있었다. 어쨌든 한명회는 세조가의 일등충신이었으며 그것은 누구도 부인할 수 없는 사 실이었다.

―내가 특별히 상당군의 빈소에 제사祭祀를 내리고자 하는데 어떠하 겠는가?

성종은 도승지 이세우를 불렀다. 한명회를 극진히 예우하여 애도하 기 위함이었다.

―전하의 뜻이 참으로 윤당允當하옵니다!

도승지 이세우는 불가하지 않음을 힘주어 답했다. 한명회의 부음을 들은 직후 성종은 부의 물품을 부족함 없이 내렸다. 그리고 수라 때는 육찬肉饌을 들지도 않았다. 임금이 신하의 빈소에 제사를 내리는 것은 실로 이례적인 것으로 상당부원군 한명회를 어찌 여기고 있었는지 가늠 이 되고도 남았다. 어쩌면 지하에 잠들어 있는 조부를 대신하여 한명회 를 더욱 극진히 예우하고 싶은 것인지도 모른다. 세조가 용상에 오르는

데 지대한 공을 세운 공신으로, 정승으로, 원로대신으로 조정을 이끌며 세조가의 시대를 풍미했던 상당부원군 한명회도 세조가 먼저 떠난 저세상으로 영영 떠나가고 있었다.

한명회의 시호諡號를 고쳐줄 것을 군기시첨정 신종흡이 상소로 아뢰었다.

신은 들으니 옛날에는 생존했을 적에 호號가 있으면 사후에 시호가 있는 법인데 반드시 행적을 고찰하고 논하여 제정했던 것입니다. 그래서 행적의 득실과 사업의 유, 무에 따라 시호가 결정되는 것입니다. 착한 일을 한 이는 시호를 얻음으로 인하여 영광이 되지만 착하지 못한 자는 시호를 얻음으로 인하여 치욕이 되는데 이 세상에서 영광과 치욕의 방편을 세워 후인의 권장과 위축이 되게 하는 방법은 이것보다 더 절실한 것이 없습니다. 착한 행실이 있는 사람에게 내린 시호가 사실과 다르다면 이는 구슬의 아름다움을 가리는 것이며 혜초의 향기를 가리켜 악취라고 하는 것이니 이는, 착함을 권장하는 것이 착함을 방해하는 것입니다.

신의 외조부인 상당군 한명회는 훈명勳名과 덕업德業이 개국 이후로 한 사람뿐이었습니다. 그러니 명칭이 바뀔 때에는 마땅히 극히 훌륭한 이름이 주어졌어야 할 것인데 봉상시奉常寺에서 시호를 명성明成이라고 하였으니 이것이 어찌 큰 행적에 큰 명칭을 받는 도리이겠습니까? 또 시법諡法에 생각이 과감하고 원대한 것을 명明이라고 한다 하였고 그 주註에는 자임自任을 함이 전제專制에 가까운 것이다, 라고 하였으니 이는 미칭美稱이 아닙니다. 정충精忠은 백일을 뚫고 풍훈豊勳은 창궁에 이를 만한 것은 바로 신의 조부인 한명회의 평생 대략인데 지금 한마디도 거기에 대한 언급이 없었으니 신은 통분함을 어길 수가 없사옵니다.

지난번 국운이 비색否塞하여 간신들이 선동하여서 사직社稷이 위태롭게 되었을 적에 신의 조부인 한명회가 포의布衣로 일어나 충성심을 분발하고 의리를 내세워 신임을 받아 영웅을 지휘하여 난적을 제거하였습니다. 위대한 업적과 혁혁한 공로는 한두 가지로 다 열거할 수 없을 것입니다. 평소에는 모든 일에 신중하고 언제나 국사를 염려하여 밤중에 일어나서 단정히 앉아 곰곰이 생각하다가 한 가지 일이라도 나라에 이롭고 백성에게 혜택이 될 것 같으면 반드시 의관을 정제하고 아침이 되기를 기다려 청대請對해서 아뢰고 윤허를 받으면 그 기쁨이 얼굴에 나타나고 충성심을 다짐하면서 백수白首가 되도록 그 마음은 더욱 굳어졌습니다. 그래서 천지는 변하더라도 그 마음은 변하지 않을 것이고 일월은 종식終熄이 있더라도 그 마음은 종식이 없을 것이옵니다.

전하께서 어서御書하신, 임금을 섬김에는 한마음으로 하였고 나라를 근신함에는 백 가지 염려를 하였다, 라고 한 말을 늘 생각하여 그 글을 받들고 울면서 말하기를 신하를 아는 이는 임금 같은 이가 없다고 하였습니다. 그러한 충심을 알아주신다면 신은 비록 죽더라도 여한이 없겠습니다. 그 평생의 행적을 고찰해보면 참으로 나라를 위해 집안일을 잊고 공公을 위해 사私를 생각지 않은 분입니다. 아! 황천후토皇天后土를 두고서 일생의 충의忠義의 마음을 맹세하고 만세의 공훈을 권장할 수 있을 것입니다.

신하로서 이러한 업적이 있고 이러한 충성이 있는데 그 시호를 의논함에 있어서는 그러한 것이 반영되지 아니하였으니 신은 명을 내렸다는 말을 듣고 긴 탄식이 나옴을 금할 수가 없었습니다. 정성스러운 충성과 위대한 업적이 신의 외조부만큼 드러났다는 것을 듣지 못하였습니다. 옛날에도 다시 의논하는 법이 있었으니 예관禮官에게 특명을 내리셔서 공의를 널리 채택하여 고쳐주소서. 이는 비단 신하 한명회가 황천에서 감읍感泣할 뿐만 아니라 아마 천만세千萬世 선행을 하는 자에게 권장함 이 될 것이옵니다.

신종흡은 이처럼 장문長文의 상소를 올려 외조부 한명회의 시호를 고쳐줄 것을 간곡히 청했다. 한명회의 궤적을 소상히 열거한 데는 임금의 조부인 세조가 왕위에 오르는 데 공훈을 세운 일등공신이며 세조가에 변함없이 충성을 다한 충신이었음을 한껏 부각하려는 의도가 아닐 수 없었다.

―상당군 한명회는 나라에 큰 공이 있었을 뿐만 아니라 또 자부自負함이 전제專制에 가까운 행동도 없었는데 과연 그 시호는 행적과 어긋남이 있다. 영돈녕領敦寧 이상에게 속히 의논하도록 하라!

성종의 반응은 심종흡의 예상대로였다. 한명회를 예우하는 마음이 조금도 변한 것이 없었다.

―세조대왕께서 화가위국化家爲國 할 적에 한명회가 큰 공이 있었으니 참으로 사직社稷의 신하입니다. 그러니 명明 자는 합당하지 않습니다. 시호를 고치는 것이 좋을 듯하옵니다.

청송부원군 심회는 공적을 거론하며 한명회를 추켜올렸다.

―생각이 과감하고 원대하다는 것은 나쁜 시호가 아닙니다. 그리고 한명회의 사공事功에 손상될 것이 없습니다. 만약 자손의 상소에 따라

그 시호를 고친다면 앞으로의 폐단을 금하기 어려울 것이옵니다.

영의정 윤필상은 단호히 반대하는 의견을 냈다.

―한명회의 시호는 좋지 않은 것이 아닙니다. 비록 자부한 것이 전제에 가깝다고 한들 그것이 한명회의 사업에 무슨 해가 되겠습니까? 이는 마치 맹자가 관중管仲은 그와 같이 전제하였다, 라고 하는 것과 같은 것입니다. 맹자가 말한 것이 어찌 관중에게 손상이 되겠습니까? 신의 의견으로는 비록 고치지 않아도 될 듯합니다만 성상께서 재량하소서!

좌의정 홍응 또한 굳이 시호를 고칠 만한 이유가 되지 않는다며 반대를 했다. 하지만 성종의 생각은 청송부원군 심회의 생각과 같았다. 영돈녕 이상에게 의논하라 했으나 이미 결론을 내린 것이라 해도 과언이 아니었다. 특명으로 명明을 충忠으로 고치게 했다. 임금을 섬김에 있어 절의節義를 다한 것을 충이라 했다. 한명회에 대한 성종의 마음이었고 평가였다.

선정전에서 왕세자 이융李㦕의 혼례가 행해졌다. 도총관, 병조시위, 봉례가 세자를 인도하여 들어와 배위拜位에 나아갔고 세자는 사배四拜를 행했다. 봉례가 세자를 인도하여 서계로 올라와 자리의 서쪽으로 나아가 남향하여 섰다. 사옹원 부제조는 잔에 술을 따라 세자에게 나아가 섰다. 세자가 사배를 행하고 자리에 올라 꿇어앉아 규圭를 꽂았다. 부제조가 세자에게 잔을 건네주었다. 사옹정은 찬탁饌卓을 자리 앞에 올렸고 세자는 제주祭酒하고 일어나 서쪽으로 내려가 꿇어앉아 술을 마셨다. 부제조는 빈 잔을 받아가지고 물러났다. 세자는 규圭를 내어놓고 사배를 행했다. 사옹정은 찬탁을 설치했다. 봉례가 세자를 인도하여 당좌 앞으로 나아가 꿇어앉아 부복했다.

-가서 네 배필을 맞이하여 우리 종사宗社를 잇게 하되 힘써 엄하게 거느리도록 하라!

성종의 근엄한 음성에는 여러 당부가 내포되어 있는 듯했다.

-신臣 이융은 삼가 교지를 받들겠사옵니다!

세자는 일어나 엄숙히 사배四拜를 행했다. 봉례가 세자를 인도하여 내려가 동문을 따라 나아갔다. 그리고 궁으로 돌아간 세자는 유시酉時 초각初刻에 위의威儀를 갖추고 걸어 돈화문 밖에 이르렀다. 세자는 친영親迎을 위해 연輦에 올랐다.

세자의 혼례를 축하하는 뜻으로 전교를 내렸으나 죄수를 방면하는 것에 대한 대신들의 의견은 분분했다.

-납빈納嬪은 큰 경사이니 전례를 폐할 수는 없습니다. 반사頒赦한 지가 비록 오래되지 않았더라도 이 또한 경사이니 경중을 헤아려 반사함이 좋을 듯하옵니다. 하지만 강, 절도와 겁간 등의 죄는 사면할 수 없습니다.

청송붕원군 심회는 중죄인의 사면은 불가하다고 아뢰었다.

-진실로 상교上敎와 같습니다. 지금은 경사의 극치이니 이를 망령되게 내림은 옳지 않사옵니다.

영의정 윤필상 또한 중 죄인의 사면은 신중을 기해야 한다는 뜻으로 아뢰었다.

-반사頒赦는 과연 상교와 같습니다. 사유赦宥는 소인의 다행이고 군

자의 복은 아닙니다. 옛사람이 이르기를 사赦는 망령되게 내리지 못한다고 하였으며 은혜로써 간귀한 자를 대라고 하였습니다. 요즈음은 사람마다 나라에 일이 있음을 요행으로 여겨 힛갓 분경奔競히는 자외 자뢰함만이 되니 이 또한 염려하지 않을 수가 없사옵니다.

좌의정 홍응은 완곡히 반대의견을 피력했다. 나라의 경사가 죄인들에게는 한낱 요행심으로 변질될 수 있다는 뜻이었다.

—나라의 경사는 이보다 큰 것이 없습니다. 더구나 전에도 사유赦宥한 예例가 있으니 자주 한다고 하여 어찌 해로움이 있겠습니까?

우의정 이극배는 나라의 경사를 맞아 죄인을 사면하는 것은 하등 문제 될 것이 없다고 아뢰었다.

—잦은 사유는 비록 옛사람이 경계한 바라 하더라도 세자의 납빈納嬪은 나라의 큰일이며 신민臣民이 함께 경하하는 것입니다. 이제 비록 사유를 내리더라도 잦은 데에 혐의는 없을 것이옵니다.

—나라의 대사大事는 납빈보다 더한 것이 없으니 친경親耕때에 비록 이미 반사하였더라도 전례를 채용하지 않을 수는 없습니다.

이조판서 노사신과 영돈녕부사 윤호 또한 나라의 경사에 사면은 불가한 것이 아니라는 의견으로 아뢰었다.

—납빈은 나라의 큰 경사이니 사赦를 망령되게 내리지 않음은 이를 이름이 아니다. 강, 절도 외에는 사赦하게 함이 옳으니 가례도감제조, 승지, 내관 등은 경진년의 예例에 의하여 사赦하도록 하라!

세자의 혼례를 경축하고자 하는 성종의 마음이 여과 없이 드러나 있었다.

이유가 어떠하든 어린 나이에 생모를 잃고 자라온 세자의 혼례가 성종은 기쁘고도 서글펐다. 그런 생각들이 중첩될 수밖에 없는 것은 임금이기에 앞서 아비였기 때문이었다. 내색할 수 없는 자책감이 불쑥불쑥 깃드는 것도 그래서였다. 세자의 생모인 폐비 윤씨를 사사賜死하지는 말았어야 했다는 돌이킬 수 없는 후회도 마찬가지였다. 원자를 세자로 책봉하고 뒷날 왕위를 물려준다면 마음의 고통과 짐을 덜어낼 수 있으리라는 생각은 오래전부터 해왔었다. 그러했던 성종이기에 세자의 혼례는 각별하면서도 뜻깊은 의미로 다가올 수밖에 없었다. 임금의 생각을 좇는다고 해도 대소신료 누구라도 성종의 생각을 온전히 헤아릴 수는 없었다.

경연經筵

　　　　　　　　　의정부와 육조의 대신들이 빈청賓廳에서 나와 임금을 문안했다. 성종의 병세가 차츰 깊어지면서 세자와 양 대비와 대신들의 염려는 커져만 갔다. 파평부원군 윤필상과 성종의 장인인 영돈녕부사 윤호가 대표하여 침전 안으로 들어갔다.
　-의관 송흠으로 하여금 다시 진후診候하도록 허락하여 주시오소서!
　-내 증세는 의관 송흠이 알 것이다.
　병색이 완연했으나 성종은 심히 담담했다.
　-성상의 옥체가 몹시 여위셨고 맥도脈度가 부삭하여 어제는 육지六指였는데 오늘은 칠지七指였습니다. 그리고 숨은 적으며 또 입술이 건조하신 상태입니다. 성상께서 큰소리로 약을 물으시므로 아뢰기를 청심연자음淸心蓮子飮, 오미자탕, 청심원 등의 약은 청량한 재료가 들어 있어서 갈증을 그치게 할 수 있으니 청컨대 이를 진어進御하게 하소서, 라고 아뢰었습니다. 또 성상의 옥체를 보건대 억지로 참으시면서 앉으신 듯하기에 마침내 물러 나왔습니다.
　의관 송흠은 임금을 진후診候한 후에 빈청으로 나와 윤필상 등에게 병세에 관하여 설명을 했다. 대신들의 기색은 더욱 어두워질 수밖에 없었다.

인수대비의 심려는 이루 말할 수 없을 정도였다. 성종이 모후인 자신을 앞서 세상을 떠나는 것은 아닐까 하는 걱정에 소찬마저도 들지 않고 제대로 잠도 이루지 못했다.

-주상께서 여러 달 편찮으시다가 요사이 점점 더하시니 백관百官들은 종묘사직에 기도하도록 하라!

인수대비는 도승지를 불러 기도에 더욱 힘쓸 것을 하교했다.

-명산대천名山大川에도 두루 기도하는 것이 어떻겠사옵니까?

도승지 신수근은 흡사 죄인이 된 듯 고개를 들지 못했다. 신수근은 세자빈의 친정 오라비였다.

-전례에 의해 하는 것이 가하도다!

-기도 제문祭文에 세자로 하여금 서명하게 할 것을 청하옵니다.

-그리하도록 하라.

염려가 커서인지 인수대비의 음성은 축축하게 가라앉아 있었다. 지아비 의경세자가 세상을 떠났을 때 자산군者山君 이혈李娎은 태어난 지 두 달도 채 못 되었다. 세자인 지아비가 세상을 떴으니 궁중에서 지낼 수는 없었다. 월산군과 자산군 두 어린 아들을 데리고 사가私家로 나가던 날의 허망하고 침통했던 심정은 생생한 기억으로 고스란히 남아 있다. 시숙인 해양대군이 장성하고 건재하였기에 차마 요절을 하게 될 줄 몰랐으며 더구나 자신의 차남인 자산군이 보위에 오르게 되고 자신은 대비가 되어 도로 궁궐에 들어올 수 있으리라고는 꿈속에서조차 생각지도 못했다. 인수대비에게 용상에 오른 자산군은 지아비가 이루지 못한 미완의 보탑을 완성시켜준 감격적인 대상으로서 아들이자 유일한 꿈이며 존재의 의미였다. 그러한 아들 성종이 천수天壽를 다하지 못하고 어미를 앞서 세상을 뜨려 하니 인수대비로서는 슬픔의 차원을 뛰어넘는 존재의 근원이 무너져 내리는 심정이 될 수밖에 없었다.

작은 미동도 없이 침전의 천장을 바라보는 성종의 용안은 부쩍 야위어 있었다. 성종은 승정원에 명을 내려 파평부원군 윤필상, 영의정 이극배, 좌의정 노사신, 우의정 신승선, 영돈녕부사 윤호를 들라 했다. 미시未時에 다다른 시각이었다. 빈청에서 대기하고 있던 대신들은 이내 침전으로 향했다.

ㅡ내가 경卿 등을 오랫동안 보지 못하였으므로 이제 인견引見을 하고 겸하여서 병증病證을 보이려고 들라 하였다.

ㅡ승지와 주서注書, 사관史官이 따라 들어가기를 청하옵니다?

ㅡ도승지만 들어오도록 하라.

성종은 내관의 부축을 받으며 일어나 앉아 곤룡포를 입었다.

ㅡ그리하겠습니다.

동부승지는 뒷걸음질을 치며 빠르게 물러났다.

ㅡ이 병은 내가 처음에 대수롭게 여기지 않았는데 점점 음식을 먹지 못하여 살이 야위어진 것이다.

ㅡ원하건대 성상께오서는 공사公事를 생각하지 마시고 또 군신君臣을 접견하지 못하는 것을 생각하지 마소서. 그리고 모든 생각을 잊으시고 힘써 스스로 조성하시면 봄날이 화창하고 따뜻해지면 마땅히 저절로 나으실 것이옵니다!

영의정 이극배의 위무에는 충심 어린 마음이 녹아있었다.

─원하건대 생각과 걱정을 버리시고 평온한 마음으로 조섭하시면 마 땅히 점점 나으실 것이옵니다.

─신이 몇 해 전 10월에 이 증세로 앓았는데 3, 4월에 이르러 바람이 온화하고 날씨가 따뜻해지자 저절로 나았습니다.

좌의정 노사신에 이어 우의정 신승선도 가벼운 병환임을 상기시키며 임금의 마음을 위로하고 평안케 하려 했다.

─신이 생각하오건대 갈증을 없애면 저절로 점점 나아지실 것이옵니다.

파평부원군 윤필상은 부복한 채로 움직이지 않았다.

─경卿들은 그만 물러가도록 하라!

성종은 잠시 앉아 대신들을 인견하는 것도 힘이 붙이는 듯했다. 야윈 용안에 창백한 병색이 확연했다. 대신들은 조용히 침전을 물러 나왔다.

성종의 병세가 몹시 위독해지면서 궁궐에는 무겁고 초초悄悄한 긴장감이 감돌았다. 종재宗宰와 시신侍臣이 모두 궐정에 나아가 문안을 했다. 정현왕후는 종재들로 하여금 번거롭게 문안하지 말고 약방에서 들어보고 돌아가도록 하교했다. 진시辰時경부터 호흡이 부쩍 불규칙해진 임금이 한날을 넘기지 못할 것 같다는 의관의 진후가 양 대비전에 이미 상달되었다. 초점 잃은 눈을 떴다 감음을 반복하고 있는 성종은 숨은 이승과 저승의 경계에서 미약하게 흔들리고 있었다. 급기야 침전 내관이 밖으로 나와 우의정 신승선에게 임금의 승하昇遐를 알렸다. 성종은 오시午時에 창덕궁 대조전에서 조용히 숨을 거두었다. 춘추 38세인 1494년 12월 24일이었다.

세자 내외와 양 대비전 그리고 조정은 크나큰 슬픔에 잠겼다. 특히 인수대비의 비통함은 너무도 컸다. 모후를 앞서 세상을 떠난 아들이 자못 원망스럽기까지 했다. 몇 달 전만 해도 굳건히 용상을 지켜가리라는 믿음이 이처럼 예상치 못한 절망으로 뒤바뀌어 다쳐오리라고는 차마 짐작조차도 못했다. 아무래도 이른 승하이기는 했다. 나라를 다스리는 데도 안정적으로 관록을 발휘할 수 있는 보령寶齡의 때에 허망하게 떠난 것이었으니 혈족과 대신들의 황망함은 이루 말할 수가 없을 정도였다. 다만 보위를 이어받을 장성한 세자가 있고 가례를 올려 이미 세자빈까지 맞이하였으니 왕위를 잇는 것은 다행히 염려할 바는 없었다. 어쩌면 성종은 본능적으로 자신의 성수聖壽가 그리 길지 못할 것을 예감했는지도 모를 일이다. 세자책봉과 세자빈의 간택과 혼례를 지체하지 않고 서둘렀던 것을 보면 알 수 있다. 비록 자신은 다소 이르게 세상을 떠난다 해도 세조가의 왕위를 안정적으로 잇게 하고자 했던 책무는 완수하게 된 것이다.

사신史臣은 이와 같이 추앙의 글을 지어 올렸다.

오시午時에 임금이 대조전에서 훙薨하였는데 춘추 38세이다. 임금은 총명영단聰明英斷하시고 관인공검寬仁恭儉하셨으며 천성이 효우孝友하시었다. 대신을 존경하고 대간을 예우하셨으며 명기名器를 중하게 여겨 아끼셨으며 형벌을 명확하고 신중하게 하시었다. 백성을 사랑하여 절의節義를 포장하셨고 대국을 정성으로 섬기셨으며 신의로써 교린交隣하시었다. 그리고 힘써 다스리기를 도모하여 처음부터 끝까지 삼가기를 한결같이 하였다. 문무文武를 아울러 쓰고 다스리니 남북이 빈복賓服하고 사경四境이 안도하여 백성들이 생업을 편안히 여긴 지가 26년이 되었다. 성덕과 지치至治는 비록 삼대의 성왕聖王이라도 더할 수 없었다.

　창덕궁 인정전에서 세자 이융李㦕이 왕위를 이어받아 임금의 자리에 오르는 즉위식이 거행되었다. 문무백관들이 늘어선 뒤로 즉위를 경하하는 깃발들이 드높이 휘날렸다. 악공들의 풍악이 울렸고 궁중무가 이어졌다. 연산군은 면류관에 면복을 갖추어 입고 국새國璽 앞에 부복한 후에 어좌에 올라앉았다. 세 번의 북소리가 울렸고 즉위 교서가 선포되었다. 새 임금의 등극이 시작되는 순간이었다. 임금이 된 세자와 세자빈에서 중전이 된 왕후에게 백관들의 하례가 이어졌다. 1494년 12월 29일이었다. 연산군의 보령寶齡 19세였다.

　즉위식이 끝나고 대전大殿의 용상에 앉은 연산군은 종묘사직을 생각하고 조정을 무난히 이끌어 나라를 태평하게 다스리는 임금이 되겠다는 다짐을 했다. 선왕인 성종과 스승인 서연관들로부터 임금으로서 행하고 가야 하는 길을 수없이 듣고 익혀왔다. 장인인 우의정 신승선을 비롯한 조정 대신들과 양 대비전의 조력을 받아 국사를 처리해가며 경륜을 쌓아가리라 생각했다. 세조의 증손인 연산군의 나라가 시작되고 있었다.

　원상들과 승지들은 연산군이 산릉에 가는 것을 반대했다. 하지만 굳이 가고자 하는 임금의 뜻을 꺾을 수 있을지는 알 수 없었.

　-예종께서도 일찍이 산릉에 가보셨으니 나도 가보고 싶은데 어떠하겠는가?

　연산군은 승하한 선왕이 묻힐 곳을 미리 가보고 싶어했다. 하지만 우의정 신승선을 비롯하여 한사문, 강귀손, 송질 등의 대신들은 거둥하시는 것이 거북한 것이라며 만류를 했다.

―전하께서 가보시는 것이 지당하다 생각하옵니다!

우승지 권경우의 의견은 달랐다.

―발인 때에는 시위하지 못할 것이니 안장할 땅을 모를 터인데 어찌하겠는가? 그러기에 가보려고 하는 것이다.

―가보시는 것이 지당하나 산릉에서 한창 일을 벌이고 있는데 또 거둥하시면 다리와 길을 닦기에 반드시 민력을 쓰게 될 것이니 폐단이 또한 클 것이옵니다.

임금이 뜻을 꺾을 것 같지 않다고 여기면서도 신승선은 극구 만류를 했다.

―전하께서 상중이시라 소건素巾만 쓰고 계시고 관석冠舃의 의식이 없는데 만약 산소에 거둥하신다면 반드시 내려서 여輿를 타셔야 할 터이니 신 등과 민인들이 보기에 어떠하리까?

―내가 마땅히 가보아야겠다!

좌부승지 한사문이 만류하는 사유를 들었으나 연산군은 마음을 돌릴 생각이 없는 것 같았다. 자식 된 도리와 심정은 임금이라 해도 다를 것이 없다는 것이다. 승하한 선왕이 편히 누워 영면에 들 곳을 미리 눈으로 확인하고 싶은 심정을 대신들도 또한 모르지 않았다. 다만 임금의 거둥으로 인해 일의 진척이 늦추어질까 우려해서였다.

우의정 신승선이 정심正心을 근본으로 시종여일하기를 서계書啓하였다. 성군이 되기를 염원하는 신승선의 마음이 고스란히 담겨 있었다.

지금 첫 정사政事에 있어 지극한 정치에 이르기를 생각하시어 맨 먼저 아름다운 말을 찾으시니 매우 거룩하신 처사이옵니다. 신臣은 이 명령을 듣자옵고 기뻐서 휴명休命의 만분의 일이나마 삼가 선양宣揚하오니 행여 보아주소서. 신이 뵈옵건대 서경書痙에 이르기를 삼가 그 몸을 닦으며 생각을 길게 하라, 하였고 또 이르기를 지금 옹은 그 덕을 이어 받았으니 처음에 달려 있지 않은 것이 없다, 하였으니 처음을 삼가지 아니하면 마지막에 장차 무엇을 바라리까. 대개 천하의 근본은 나라에 있고 나라의 근본은 집에 있고 집의 근본은 몸에 있으니 집을 정돈하고 나라를 다스리고 몸을 닦는 것만 같음이 없으며 몸을 닦는 길은 마음을 바르게 하는 것으로 근본을 삼는 것이옵니다.

그러나 이 마음을 공격하는 것이 너무도 많습니다. 즉 혹은 용력으로 혹은 구변으로 혹은 아첨으로 혹은 기욕으로 떼 지어 공격하여 각기 스스로 잘되기를 구하므로 임금이 깨닫지 못하고서 그중의 하나만이라도 받아주면 국세國勢의 이합과 인심의 향배가 이에서 결정되는 것이옵니다. 그러므로 옛사람이 말하기를 임금 된 이는 마음을 바르게 하여 조정을 바르게 하고 조정을 바르게 하여 백관百官을 바르게 하고 백관을 바르게 하여 사방을 바르게 하고 사방이 바르게 되면 원근이 다 정正에 귀일되어 음양이 고르고 모든 생물이 성숙한다고 하였으니 그렇다면 마음은 한 몸의 주재요. 만화萬化의 근원이라 할 것이옵니다.

임금이 능히 마음을 바르게 가지면 맑고 밝아져서 외물에 현혹됨이 없으며 호령을 발동함에 있어서도 좋지 않은 것이 없으니 그 효우孝友를 돈독히 하는 일과 사전祀典을 공경하는 일과 병무를 다스리는 일과 학學을 강하는 일과 어진 이를 임용하는 일과 과세를 적게 매기는 일과 형刑을 줄이는 일과 사치를 버리는 일과 간언을 받아들이는 일과 농상을 권장하는 일과 학교를 일으키는 일에 있어 무엇이 어려우리까. 전하께서는 정심으로 근본根本을 삼으시고 무일無逸로써 실행하시어 시始가 있고 종終이 있으시면 당우唐虞의 정치를 다시금 오늘날에 볼 수 있을 것이니 유의하시기를 바라옵니다.

신승선의 성품과 염원이 오롯이 녹아있는 세계였다. 보령寶齡이 적은 임금이 지켜가야 하는 왕도의 근본은 정심인 것을 강조했다. 임금의 마음과 행함이 나라의 성쇠盛衰를 좌우하는 것을 온전히 깨달았으면 하는 심정이 고스란히 담겨 있었다. 군신의 관계로서만이 아닌 장인과 사위의 관계였기에 우의정 신승선의 염려와 노심초사는 당연히 클 수밖에 없었다.

연산군은 의구심을 떨치지 못했다. 의문은 꼬리에 꼬리를 물고 이어졌다. 곰곰이 생각해보면 아우 진성대군이 태어난 이후로는 육친肉親의 진한 정情을 느낄 수는 없었다. 야심한 자시子時가 지나고 있었으나 침수寢睡에 들지 못한 연산군은 침전의 보료 위에 좌정한 채로 선왕 성종의 묘지문墓誌文을 다시금 떠올렸다. 아무리 생각을 거듭해보아도 임금의 묘지문을 잘못 쓴다는 것은 도무지 있을 수 없고 있어서도 안 될 일이었다. 그렇다면 묘지문에 쓰여있는 그는 도대체 누구란 말인가? 아무래도 뜬눈으로 밤을 지새우게 될 것 같았다.

-내관은 승지를 당장 들라 이르라!

연산군은 입직 승지를 불러 실체를 확인하려 했다.

─전하, 찾아계시옵니까?

입직 승지 이승건은 긴장 서린 의아한 기색으로 침전문 앞에서 머리를 조아렸다.

─판봉상시사判奉常寺事 윤기견이란 이는 어떤 사람인가? 혹시 영돈녕 윤호를 잘못 쓴 것이란 말인가?

─……실로 폐비 윤씨의 아버지인데, 윤씨가 왕비로 책봉되기 전에 죽었사옵니다.

선뜻 대답 못 한 승지 이승건의 목소리는 심히 떨렸고 가라앉았다.

─……알았으니 물러가도록 하라.

연산군은 더 묻지 않았다. 비로소 생모 윤씨가 폐위된 것을 알게 된 순간이었다. 심하게 일그러진 용안은 몹시 창백하게 변해갔다. 겉으로는 미동조차 없었으나 수만 가지 생각들이 소용돌이치며 정신을 마구 뒤흔들었다. 승하한 선왕과 조모인 인수대비 그리고 생모인 줄로만 알았던 자순대비와 조정대신들 심지어 내관과 나인들에게조차 철저히 기만당했다는 분노와 수모감에 몸서리가 쳐졌다. 하지만 연산군은 그와 같은 자신의 심정을 일절 겉으로 드러내지는 않았다.

생모가 폐위되어 사사賜死된 사실을 알게 되었으나 연산군은 그 일에 관하여 아무런 내색도 하지 않았다. 달라진 것이 있다면 그 후 수라를 거의 들지 못했을 뿐이었다. 생모 윤씨는 어떠한 모습이며 어떠한 성정을 지닌 분일지 궁금했다. 대체 얼마나 큰 죄를 지었기에 폐위되고 사사까지 되었을지 그 연유가 궁금한 것은 말할 것이 없었다. 그리움보다는 의문이 앞섰다. 목숨마저 빼앗겼으니 결코 사사로운 일로 그리된 것

경연經筵 … 45

은 아니었을 것이라는 짐작을 했다. 묘지문에 쓰인 윤기견은 생모 윤씨의 부친 그러니까 자신의 외조부인 것이다. 연산군을 그 이름을 다시금 곱씹어 기억해두었다.

어쩌면 원자 시절부터 살가움 하나 없이 자신에게 차갑기만 했던 조모 인수대비가 생모 윤씨의 죽음에 연관되어 있을지 모른다는 생각이 얼핏 스쳐 지나가기도 했다. 거슬러 되짚어보면 지나온 어린 시절 자신에게는 벗어날 수도 없는 차갑고 쓸쓸했던 그림자가 늘상 드리워있었다는 데까지 생각이 번졌다. 그래선지 울컥 치밀어 오르는 뜨거운 덩어리가 가슴 속에서 느껴졌다. 하지만 당장 토해내고 싶지는 않았다. 오히려 대비와 대신들 누구에게도 아무것도 달라진 것 없는 것처럼 보이고 싶었다. 왠지 아직은 그래야 할 것 같았다. 다만 연유를 불문하고 왕후였던 자신의 생모에게 사사의 명을 내린 선왕이 단지 원망스러울 따름이었다.

입직 승지였던 이승건으로부터 보고를 받은 도승지 신수근은 부친인 우의정 신승선에게 그와 같은 사실을 알렸다. 신승선은 탄식하며 깊은 우려감을 드러냈다. 자칫 임금이 그 일을 들추어보겠다고 나선다면 그야말로 조정은 걷잡을 수 없는 소용돌이에 빠져들게 될 것이 뻔했기 때문이었다. 신승선은 지그시 눈을 감았다. 지난 일은 지나간 일로서 잠잠히 흘러갈 수 있기를 바랄 뿐이었다. 알게 되었으면서도 모르는 듯하고 있는 임금에게 폐비 윤씨의 폐위와 사사에 관한 것을 먼저 입에 올릴 수는 없었다.

심히 우려가 컸으나 조용히 지켜보는 수밖에는 달리 방도가 없었다. 다만 근일 내로 중전인 여식을 만나 당부를 단단히 해야겠다는 생각을 했다. 어질고 올곧은 성품의 중전이 임금을 지켜주어야 한다는 생각에 서였다. 만약 핏빛을 좇는 저주를 선택한다면 연루된 수많은 대소 신료들과 일족들이 줄줄이 목숨을 잃게 될 것이 자명했다. 도성은 고문을 받고 죽어가는 이들의 비명과 짙게 드리워진 죽음의 그림자로 인해 연일 거대한 공포에 휩싸이게 될 것도 그러했다. 불길한 기분을 도무지 떨쳐낼 수 없는 신승선은 긴 한숨을 내쉬었다. 진땀으로 목덜미가 축축했다.

내색하지는 않았으나 연산군의 의식 속에는 생모인 폐비 윤씨의 폐위와 죽음에 관한 의문과 분노가 점점 높이 쌓여갔다. 그 후에 폐비의 묘에 묘지기는 정하였는지도 궁금했다. 생각은 꼬리를 물고 이어졌고 생모의 실체를 떠올릴 때마다 단단히 뭉친 것처럼 가슴이 답답했고 숨도 편치 않았다. 묘지기조차 없이 버림받은 그대로 초라하기 이를 데 없이 묻혀 있는 것은 아닐까 하는 생각에 미치면서는 날숨과 들숨이 이내 가빠지기까지 했다. 내내 묵묵할 수 없는 연산군은 급기야 묘지기는 어찌 정하여 수호하였는지 승정원에 물었다. 예기치 못한 하문에 승정원은 발칵 뒤집히고 말았다. 좌, 우 승지들은 지난 일기日記를 서둘러 들추었고 기해년에 폐비한 교서와 신축년에 장사葬事한 것과 기유년에 내린 전지傳旨를 써서 급히 아뢰었다.
연산군은 승정원에 다시 명하여 폐비의 오라버니 윤구 등의 죄를 정한 때의 전지도 아울러 상고하여 아뢰도록 했다. 승정원에서 즉시 상고하여 아뢰었으나 다시 묻지는 않았다. 씨줄과 날줄을 맞추듯이 연산군은 그때의 정황들을 촘촘하게 짜 맞추어보려는 것 같았다. 천륜의 발로가 아닐 수 없었다. 사정을 전해 들은 조정 대신들은 사뭇 불안했다. 더구나 폐위와 사사에 일말이라도 연관되어 있는 이들은 당장 발등 앞에 낙뢰가 떨어지기라도 한 것마냥 심히 두려움에 떨 수밖에 없었다.

미관微官인 조지서가 폐후廢后의 장사를 함부로 했다는 상소를 올렸다. 조정 상황은 심상치 않게 흘러갔다. 기름 먹은 심지에 누군가 불을 붙이는 것은 아닐까 하는 대신들의 우려가 결국 현실이 되고 만 것이다. 대사간 성세명은 상소를 올린 조지서를 국문해야 한다는 청을 올렸다.

-들자오니 조지서의 상소에 폐후를 들판에다 고장藁葬했다는 말이 있다 하옵는데 성종께서는 전하가 계시기 때문에 묘지를 가려서 장사하고 수호하는 군사를 정하고 또 현지의 관으로 하여금 치제致祭하게 하였으니 이것을 고장이라 이를 수는 없습니다. 또 후后를 폐한 것은 성종께서 독단하신 것이 아니라 정희대비 및 두 분 대비께서 익히 생각하신 끝에 처리한 것이오며 진실로 나라의 막대한 일이라 조지서로서 의소議疏할 바가 아니옵니다. 그는 또 폐후를 위하여 자릉慈陵을 만들고 별전을 세우고 척속戚屬을 녹용錄用하라고 하였는데 그가 성종조에는 속셈으로만 그르게 여기고 말을 하지 아니하였다가 오늘에 와서 마침내 아뢴 것은 그 뜻이 전하께 총애를 받자는 데에 있는 것으로 속으로 선왕을 그르게 여기며 전하께 아부하는 죄는 잡아 반드시 국문하지 않을 수가 없는 것이옵니다!

조지서의 상소에 아부의 사심이 담겨 있다고 판단한 대사간 성세명은 자칫 피바람이 부는 시발점이 되지 않을까 심각한 우려를 했다.

-별전別殿을 세우고 자릉慈陵을 만들고 외척을 수용하는 것은 전하

께서 마땅히 짐작해서 하실 일이요. 조정에서도 역시 처리가 있으리니 소산이 의의할 바가 아닙니다만 당초에 들판에다 고장하지 않고 이미 땅을 가려서 예장禮葬하여 수호하는 민호民戶까지 정하였으며 또 귀양 간 외척이 현재 방면 받지 못하였는데 망령되이 방면되었다고 말하였으니 이 일은 뭇사람이 모두 아는 바이온데 거짓으로 모르는 것같이 하고 간사스럽게 꾸며서 상소한 것이옵니다.

심지어는 이목 등이 죄를 받은 것을 들어서 심히 조정의 복이 아니라고 크게 말하며 조지서의 진퇴 유무와 성덕聖德의 손익에 관계되는 바가 아니온데 그가 말하기를 전하가 이런 실수가 있게 된 것은 신의 죄입니다. 이는 신의 부덕한 소치입니다, 하여 끌어다 자신을 높이고 조정을 무시하였으니 그 정상을 호소하는 것은 동궁東宮의 옛 요속僚屬으로서 등용되기를 희망하여 긴하지 않은 세쇄細碎한 사무를 간략히 아뢰어 놓고 자기의 진출을 구하는 일을 주로 한 것이어서 그 마음 씀이 극히 간사하오니 반드시 국문하소서!

예조판서 성현도 조지서의 그릇된 언행들을 세세히 일컬으며 국문할 것을 아뢰었다.

─사師와 빈객賓客이 엄연히 있는데 그가 미관으로서 말하는 것은 당치 않으니 대사간이 청한 대로 조지서를 국문하도록 하라!

연산군은 조지서의 상소와 대사간 성세명과 예조판서 성현이 논청한 사연을 각각 세밀히 내려본 후에 국문할 것을 명했다. 그야말로 의외의 반응이 아닐 수 없었다. 생모 폐비 윤씨의 일을 파헤치는 데 빌미로 삼기에 충분해서였다. 대신들은 일단 안도를 했으나 내심으로는 임금의 종심이 무엇일지 두려움을 완전히 떨쳐낼 수는 없었다. 폐비의 묘에 관한 일을 승정원에 묻고 그 오라비 윤구 등의 죄를 정한 때의 전지도 아울러 상고하여 아뢰도록 한 것은 결코 가벼이 넘길 수 있는 일이 아니었다.

파평부원군 윤필상과 영의정 노사신, 좌의정 신승선, 우의정 정괄은 숙의를 끝내고 대전大殿에 들어 임금에게 아뢰었다.

―원상院相이 정원政院에 앉아 일을 보는 것은 예종께서 처음 즉위했을 때에 시작되었습니다. 당시 정희왕후가 섭정하시면서 의논할 일이 있으면 물으려고 해서 특별히 설치하였던 것이며 대행왕大行王이 어려서 즉위하신 때에도 그대로 두고 혁파하지 않았는데 이것은 모두 한때 권도로 한 일입니다. 만일 초상 때라면 모르겠지만 지금은 졸곡卒哭도 지나 여러 가지 일을 모두 성상의 결단에 품의 하게 되었사오니 신 등이 별로 할 만한 일도 없는데 정원에 앉아 있음은 다만 반식伴食에 지나지 못하는 일입니다. 물을 만한 일이 있으면 집에 와서 의논을 듣게 하고 큰일이 있으면 빈청賓廳에 의논하게 함이 온당하오니 신 등의 청대로 원상을 폐지하소서.

파평부원군 윤필상이 나서서 원상을 폐지하여줄 것을 아뢰었다.

―……원상이 집에 있을지라도 큰 정사는 의논할 수 있으나 지금으로서는 즉위한 초기인데 어찌 가까이 정원에 있으면서 의논하여 편리한 것만 하겠는가? 근일 중에는 원상을 파하지 않을 것이다.

생각이 많아지는 듯 윤필상 등 대신들을 넌지시 쳐다보던 연산군은 원상을 파하지 않겠다는 뜻을 밝혔다.

―전하! 신 등의 뜻을 기이 살펴보시오소서.
―내 뜻은 바뀌지 않을 것이다.

윤필상 등이 거듭 아뢰었으나 연산군은 받아들일 생각이 없음을 거듭 밝혔다. 아직 보령寶齡이 적은 연산군으로서는 정사政事를 펼치는 데 원상들의 경륜과 지혜가 필요했고 그들이 든든하게 조정을 이끌고 받쳐 주어야 한다는 판단에서였다. 근일 중에는 파하지 않겠다는 임금의 강고한 뜻에 대신들도 더는 반복하여 아뢰지 못했다.

연산군은 선왕 성종의 능소陵所에 관한 일을 수시로 점검했다. 경기관찰사 신종호에게 정미수의 공로에 대한 의견을 올릴 것을 명했다. 신종호는 감사인 자신이 항상 능소에 있을 수만은 없기에 정미수가 성심껏 모든 일을 맡아 하였으니 정미수의 공로가 가장 크다는 소견으로 보고를 했다. 파평부원군 윤필상 등의 대신들은 정미수의 공로를 직접 눈으로 보지 못하였기에 그 공로를 2등으로 하자 하였으나 연산군은 받아들이지 않았다. 경기관찰사 신종호는 친히 그 노고를 보았으므로 그의 말을 믿지 않을 수 없다고 했다. 또 종친들이 다른 공로가 없어도 나라에서 작록을 후히 주는 것은 선왕의 유체이기 때문이라고도 했다. 정미수는 문종의 외손으로서 설혹 공로가 없더라도 상을 줄 만한 일인데 하물며 공로가 있는 그에게 상을 내리지 못할 일이 없다며 대신들의 의견을 받아들이지 않았다. 하지만 대간들은 임금의 전교를 순순히 받아들이려 하지 않았다. 사헌부와 사간원의 대신들이 합사하여 정미수의 일을 논계하며 나섰다.

―내가 보니 근래 임금이 어떤 일을 하려고 하면 대간이 반드시 그것

을 어겨 고치려 하고 조정의 권한이 다 대간의 손에 있게 된 것이 과연 옳은 것인가?

연산군은 애써 노여움을 참아내고 있었으나 심사는 용안에 그대로 서려 있었다.

─지금 상교上敎를 듣자오니 실망을 금하지 못하겠습니다. 신들이 어찌 권한을 대간에게 돌리려고 하오리까. 임금이 잘못하는 일이 있으면 오직 대간이 말하는 것인데 대간이 말하지 않는다면 잘못하는 일이 있더라도 누가 그것을 바로 잡을 수 있겠습니까? 신들은 정말 용렬합니다마는 옛사람은 소매를 잡아당기고 머리를 부수며 다투어 간한 자도 있었습니다. 지금 하교에 반드시 이겨 고치려 한다고 하셨는데 신들은 전하께서 실수로 이런 말씀을 하신 것이 아닌가 하옵니다!

대사헌 이의가 대간의 책무를 강조했다. 참으로 극간極諫이 아닐 수 없었다.

─조정에 대간을 둔 까닭은 그 득실을 말하게 하려는 것입니다. 지금 정미수의 초승超陞은 전하께서도 반드시 그것이 불가함을 아실 터인데 신들의 말이 좋지 않으시니 이것은 간함을 막는 일이옵니다. 준직準職되지 못한 자에게는 준직만을 제수하도록 이미 명하시고 도리어 정미수를 당상관에 승진시키시니 이것은 신의를 잃은 일이 되는 것입니다. 다른 사람은 반드시 준직에 그치는데 그만은 당상관에 승진시키시니 이것은 논공이 고르지 못한 것입니다. 한낱 정미수 때문에 세 가지의 실수를 하기까지 하시니 신들은 실망을 금하지 못하겠사옵니다!

간언이라지만 대사간 성세명의 지적 또한 듣기에 무례하다 할 만큼 극간이었다. 대간들의 거센 반발에 연산군의 노기 서린 용안은 이미 창백하게 변해 있었다. 대사헌 이의와 대사간 성세명을 한참 노려보기까지 했다.

─대신들과 다시 의논하도록 하겠다!

연산군의 음성은 더할 수 없이 싸늘했다. 그제야 대간들은 조용히 물러갔다.

종친의 한 사람으로 여길 뿐 연산군은 실상 정미수를 달리 인식하고 있지는 않았다. 단지 선대인 문종의 외손으로 여길 뿐이었다. 기실 경혜공주의 아들이며 단종의 조카인 정미수를 당상관으로 승진시키려는 것은 일말의 선입견이 없어야 가능한 일이었다. 단종이 사사되고 정미수의 부친 정종이 능지처사 당한 사실을 연산군은 모르지 않았다. 단지 단종이 숙부인 수양대군에게 그러니까 자신의 증조부인 세조에게 기꺼이 선위하였다는 사초史草의 기록을 그대로 믿고 있을 뿐이었다.

연산군은 단종이 폐위된 실체적 진실을 알고 있지 못했고 알 수도 없었다. 다만 정희왕후의 유지를 받든 선왕 성종이 정미수를 등용하여 챙겨왔다는 것을 알고 있는 연산군으로서는 달리 생각할 까닭이 없었다. 그렇기에 연산군에게 있어 정미수는 평범한 종친 그 이상도 그 이하도 아니었다. 그러니 대간들이 정미수의 승진에 기를 쓰며 반대하고 '한낱'이라는 표현까지 써가며 그를 폄훼하는 것을 도무지 받아들일 수도 이해할 수도 없었다. 드러내놓고 내색할 수는 없으나 솔직한 내심으로는 당장 대간 제도를 철폐하고 싶을 정도였다. 대간과 대신들의 주장에 막혀 임금으로서 제대로 된 노릇을 할 수도 없으리라는 낭패감이 분노로 빠르게 변하고 있을 따름이었다.

정미수는 자신의 당상관 승진을 반대하는 조정 여론을 모르지 않았다. 성품이 조용하고 속마음을 쉽사리 드러내지 않는 그는 모든 것을 주어진 숙명으로 여길 뿐이었다. 실상 그는 높은 벼슬에 욕심이 없었다. 조정에서 일하면서 실제는 외숙모이나 모자母子의 연緣을 맺고 함께 살아가고 있는 정순왕후를 편안히 모실 수 있기에 그것으로 만족하고 있었다. 통한의 멸문사滅門史를 익히 알고 있는 정미수는 본인의 한계를 모르지 않았으며 애초부터 넘치는 욕심 따위는 아예 갖고 있지도 않았다. 성향은 태생적으로 타고나는 것이어서 몹시 불편하고 불안했으나 스스로 임금에게 나아가 승진을 사양하겠으니 부디 거두어줄 것을 아뢰지도 못했다. 단지 속히 매듭지어지기를 바랄 뿐이었다.

정순왕후 또한 소식으로 대강 알고는 있었으나 아들 정미수에게 일절 내색하지 않았다. 모자에게 주어진 운명을 떠올렸을 뿐이다. 동망봉 아래서 염색 일을 하며 살던 지난 시절에 비하면 넘치는 안락과 평안한 일상에 존재의 혼돈을 간혹 겪을 때도 있다. 삶의 안락에 적응하여 살아가고 있는 자신의 모습이 발견될 때마다 수치스러운 모욕감과 역겨움에 적잖이 시달리곤 했다. 세월이 많이 흘러 세조와 정희왕후는 이미 이 세상 사람이 아니다. 그러나 세조의 직손들에 의해 보살핌을 받는 것이 결코 마음 편한 일이 될 수는 없었다.

거부할 수도 기뻐할 수도 없는 처지가 비관스러울 때면 지아비 단종을 떠올렸다. 열일곱의 어린 나이에 세상을 떠난 전하의 몫까지 이승에서 강건하게 오래오래 살다가 어느 훗날 홀연히 전하 곁으로 갈 것이라 했다. 그리고 시누이 경혜공주를 떠올리기도 했다. 당신의 아들 미수와 모자의 연緣을 맺고 서로 아끼고 보살피며 잘살아가고 있다면서 친모는 아니어도 어미의 정情으로 미수를 품고 있다고 했다. 연약했으나 정순왕후는 속절없이 쓰러지고 싶지 않았다. 통한의 심정이 굳어져 온 세월의 연한만큼 오히려 꼿꼿하게 여겨지고 싶었다. 세조에게 보위를 빼앗기고 죽임을 당한 지아비 단종을 위해 정녕 그리해야 한다고 생각했다.

파평부원군 윤필상과 영돈녕 윤호 등은 대간과 대신들의 뜻을 모아 임금에게로 다시 나아갔다.

─정미수는 공이 2등이고 또 준직이 되지 못하였으므로 당상관에 승진함이 준례에 합당하지 않으니 대간의 계청이 마땅하다고 생각하옵니다!

윤필상은 여느 때와는 달리 직설로 아뢰었다.

─전례로 보아서 당상관에 승진시킴이 무엇이 불가하겠습니까마는 다른 사람들은 모두 준직에 그치는데 정미수만이 당상관에 승진하니 이것이 대간이 말하는 까닭이옵니다.

좌의정 신승선도 대간들의 주장이 그릇되지 않았음을 아뢰었다.

─정미수의 사람됨으로 말하면 재주와 기국器局이 당상관에 오르더라도 괴이할 것이 없습니다. 그러나 공이 2등이고 또 준직이 되지 못하였는데 당상관에 승진하면 다른 사람과 같지 않으니 대간의 말이 과연 옳사옵니다.

우의정 정괄은 공손하게 설득을 하듯 의견을 피력했다.

─대간의 의논이 이와 같고 또 전대專對의 일 또한 큰 것이니 사헌부

가 아뢴 대로 개정함이 어떠하오리까?

영돈녕 윤호는 임금이 생각을 달리할 수밖에 없음을 간파한 듯이 결론을 남기려 했나. 하지만 예상은 빗나가고 말았다.

―경경卿들의 뜻을 따를 수가 없다!

연산군은 대간과 대신들의 일치된 뜻을 끝내 받아들이지 않았다. 그러고는 고개를 비스듬히 옆으로 돌렸다. 부글부글 끓어오르는 불쾌한 기색을 대신들에게 굳이 보여주고 싶지는 않아서였다. 단호했으나 대신들을 압도하기에는 아직은 성산聖算이 유충幼沖한 것을 인정하지 않을 수는 없었다.

경연經筵에 나아가는 것이 연산군에게는 이미 괴로운 일과로 여겨졌다. 그럴 수만 있다면 아예 경연을 폐하고 싶을 정도였다. 하지만 임금의 자리에 있으면서 경연에 나아가지 않는 것은 임금의 중요한 책무를 거부하는 것과 다를 바가 없었다. 대간과 대신들은 간과하지 않았다.

―근래에 오래도록 경연을 폐하셨는데 하루에 세 번씩을 납시지는 못하더라도 한 번씩은 나오셔서 신하들과 대하심이 가한 것이옵니다.

대사간 성세명은 심히 우려스러운 표정을 짓고서 임금의 대답을 기다렸다.

―요즈음 뜸을 뜬 자리가 곪고 발이 또 쑤시기 때문에 정지를 한 것이다.

다소 곤혹스러운 듯 연산군의 음성은 가느다랗게 흔들렸고 대사간 성세명을 응시하는 눈빛도 그리 강렬하지는 못했다.

-임금이 경연에 납시는 것은 반드시 행하여야 하는 도리이옵니다.

차마 핑계라는 말을 입에 올리지는 않았지만 성세명의 언사에는 핑계가 되지 못한다는 지적이 다분히 내포되어 있는 듯했다.

　-나아갈 수 없는 형편이니 나아가지 못한 것이라 하지 않았는가?

언짢은 지적이 집요하게 이어질 수 있다는 생각에서인지 연산군의 대답은 차갑게 급변했다.

　-졸곡卒哭이 지났는데도 경연에 납시지 않으시니 속히 납시기를 바라나이다. 또 논상論賞이 너무 지나치다고 생각되옵니다. 아직 준직에 이르지 못한 자도 당상관에 승진하니 이렇게 지나치게 할 수는 없습니다. 좀 공로가 있다 하더라도 모두 신하로서의 직분인데 어찌 작상爵賞을 지나치게 할 것이겠습니까? 실직은 5, 6품 중에 지나지 못하는 자도 모두 당상관에 승진함은 더욱 온편치 못하옵니다. 선왕조의 논상은 이렇게 지나치지 않았습니다. 대행대왕께서 승하하신 처음에 중외에서 겨를이 없었는데 나중에 은전이 있을 것을 미리 생각하고 낭청郎廳이 되기를 청한 자도 있었으니 선비의 기풍에 누가 됨이 이보다 더한 일은 없습니다. 성명을 거두시어 작상을 지나치게 하지 마소서!

지평 최부는 경연에 나아가지 않은 것과 당상관 승진의 논상이 지나치다며 성명을 거두어야 하는 이유를 들어 아뢰었다. 연산군은 물끄러미 최부를 쳐다보았다.

　-경연에는 빨리 나아가려 한다. 그러나 뜸을 뜬 곳이 지금 짓무르고 또 발바닥이 아직도 아프니 이것은 반드시 전일 여막에 거처할 때 풍증이 생겨서 그런 것이다. 산릉山陵의 역사가 전보다 중하였으므로 논상

을 좀 넉넉하게 한 것이다. 자궁한 자를 당상관에 승진하는 것은 나도 그것이 참람僭濫하다고 염려하였으나 그 실직을 물어보니 모두 3품관을 지냈으므로 승진을 시킨 것이다.

대간이 아뢰었을 때와는 달리 연산군의 대답은 뜻밖에도 유연했고 세심했다.

-바야흐로 하늘이 무너지고 땅이 꺼지는 때에 조금도 애통하는 마음이 없이 은전을 바라고 낭청이 되기를 청한 자가 있으니 선비 기풍이 어찌 이럴 수 있겠습니까? 신이 마음속으로 통분해하오며 이는 또한 전하께서 놀라 깨달으셔야 할 일이옵니다. 경인년의 전례에 따라 논상함이 가하옵니다.

-작상爵賞이 너무 지나침을 모르는 것은 아니나 선왕 때의 예례는 모두 판실板室을 써서 역사役事가 많지 않았으므로 논상도 경전에 따랐거니와 정희왕후 때에는 판실을 사용하기는 온양으로부터 장사葬事를 마치기까지 공로가 배나 되었기 때문에 성종께서 특별히 혹 당상에 승진시키고 혹 준직에 서임敍任하기도 하였다. 이번 선릉의 봉분은 역사가 더욱 중대하였기 때문에 특별히 상을 준 것이다.

최부의 거듭된 날 선 직언에도 연산군은 화를 내기는커녕 지난 예례까지 들어가며 이해를 시키려 했다. 실로 뜻밖의 반응이 아닐 수 없었다.

대간들의 반발이 계속되었으나 연산군은 흔들리지 않았다. 산릉에 역사 나온 군민에 대해 특별히 은사하여 공채를 감면할 것과 정미수의 당상관 승진은 전례에 따른 것이니 고치지 말라는 전교를 내리기까지 했다. 그러했음에도 정언 이자견은 부당한 뜻을 반드시 거두어야 한다고 나섰다.

─처음에 산릉도감山陵都監의 낭청 중 자궁하고 아직 준직이 되지 못한 자를 당상관으로 승진시켰다가 대간의 논박 때문에 준직만을 제수하였고 정원에서 또 아뢰니 승진시키기만 하였는데 정미수의 당상관 승진은 그 까닭을 모르겠사옵니다!

─정미수는 서무에 분주하여 공이 있으므로 특별히 당상관에 승진시킨 것이다!

─비록 정미수가 분주한 노고는 있으나 어찌 도감낭청都監郎廳의 배나 되겠습니까? 그러니 승진시키기만 하소서.

─전례前例가 있으므로 그 뜻을 들어줄 수가 없다!

─임금의 작상爵賞은 치우치게 사사로이 할 수가 없는 것인데 정미수는 도감낭청과 공이 같으면서 상을 받는 것은 홀로 후하니 어찌하여서 이옵니까? 반드시 개정하소서.

─내 뜻은 전교를 내린 그대로일 뿐이다!

─도감낭청은 공로로 활 한 개를 하사하였는데 정미수는 별로 공로도 없이 도리어 당상관에 승진시키니 활 한 개와 당상관을 비하면 그 차이가 어찌 천만 배일 뿐이겠습니까?

─거두지 않을 것이다!

연산군은 뜻을 바꾸지 않겠다는 것을 거듭 밝혔다. 정언 이자견을 한번 쏘아보고서는 외면을 하듯이 고개를 돌리기까지 했다. 그 사유가 어떠한 것이든 대신들에게 호락호락 휘둘리지 않겠다는 자기 다짐을 굳히려는 것 같았다.

정미수의 승진이 부당하다며 직언을 서슴지 않던 지평 최부와 정언 이자견은 외척을 중직에 등용함은 마땅치 않다며 임금의 인사를 다시 산언하고 나섰다. 마치 임금과 신하의 기 싸움이라 해도 틀리지 않을 정도였다.

―전하께서 즉위하신 초기이니 널리 어진 사대부를 승지로 임명하셨는데 승지의 소임은 관계가 지극히 중한 것이옵니다. 신수근은 이미 승지를 지내기는 하였으나 책임을 감당하지 못하므로 해서 파면되었는데 지금 또 제수하시니 매우 온편치 못합니다. 자궁하고 아직 준직이 되지 못한 자는 승진하도록 명하셨는데 정미수만은 당상관에 승진하였으니 이를 개정하소서. 신臣들이 듣자오니 상궁 조씨를 복호復戶한다고 하는데 전하의 하시는 일을 모르겠사옵니다. 그 조카 조복중은 사천私賤인데도 양민이 되는 것을 허락하시니 법에 방해가 되는 점이 있사옵니다.

지평 최부는 임금의 등용 방식들을 꼬집어가며 비난을 했다.

―신수근은 이조吏曹의 의망擬望에 의하여 제수한 것이다. 만일 물망에 합당하지 않다면 이조에서도 반드시 의망하지 않을 것이다. 정미수에 관한 일은 벌써 다 말하였다. 또 상궁 조씨는 공이 있기 때문이다.

대간들의 반대를 예상했던 연산군은 막힘없이 가한 이유를 들었다.

―승지의 소임은 정교政敎를 명령하고 복역復逆을 자세히 아뢰는 것으로 그 소임이 원래 중하니 조정의 어진 사대부를 택해서 그 자리에 있게 해야 할 것입니다. 이조에 외척 사람으로 의망하였으니 이조 역시 실수한 것이옵니다. 하오니 이를 개정하소서. 3도감의 논상을 전하께서 이미 짐작하시고 또 대신, 정원, 대간 등과도 함께 의논하여 정하여 자

궁하고 아직 준직이 되지 못한 자는 모두 당상관이 될 수 없게 하였는데 정미수는 특별히 승진시키신 은택이 고르지 못하고 호령이 한결같이 않습니다. 또 상궁 조씨에 관한 사소한 일은 상청上聽에 번거로이 여쭙는 것이 못 되오나 이런 것이 한 번 시작되면 궁인들의 복호하는 일이 싹틀까 염려되옵니다!

최부의 직언에는 작은 휘어짐도 없었다.

─상교上敎에 이르기를 이조에서 의망하였기 때문에 제수하였다고 하셨는데 전하께서 만일 공평 정대하게 마음을 가지신다면 의망한 삶이 한 사람만이 아닌데 하필 신수근을 낙점하시옵니까? 전에 승지가 되었을 때에 동료들과 서로 힐난하여 물의가 그르다고 하여 갈았던 것이온데 어찌 다시 그 자리에 있게 하여 두 번 정원에 누가 되게 할 수 있겠습니까? 정미수의 공로는 낭청과 구별이었는데 그러니 승직만 하는 것이 준례입니다. 자궁하고 아직 준직이 되지 못한 자들도 많은데 정미수만 특별히 당상관으로 승진시키는 것은 치우친 사정이 너무 심한 것입니다. 상궁 조씨에게 공이 있는지 없는지는 알지 못하겠습니다마는 공이 있는 것으로 말하면 궁중의 사람만이 아니라 외간에도 있는데 역시 모두 복호할 것이옵니까? 또 족속들을 모두 양민이 되게 한다는 것은 더욱 불가하옵니다. 이런 일들은 모두 전하께서 잘못하시는 일이오니 개정하소서!

대간의 책무라 해도 정언 이자견의 간언은 듣기에 무례를 넘어서고 남을 정도였다. 짧은 적막이 무거웠다.

─그대들이 신수근을 왕후의 친족이라 해서 그러는가? 만일 그대들

의 말과 같으면 외척들은 어질더라도 모두 쓰지 못할 것인가? 그 외의 것도 모두 들어줄 수가 없다!

기색은 지못 담담한 듯했으나 연산군의 용안에는 가릴 수 없는 노여움이 가득 서려 있었다. 받아들일 수 없다며 못 박는 듯한 어투도 몹시 차가웠다.

─대저 정사政事하시는 초기에 사람 쓰는 데에는 어질고 유능한 이로 택하여야 하고 호령을 발하는 것도 사계절처럼 미덥게 하여야 합니다. 상교에 비록 이조의 의망에 의하여 제수하였다 하셨으나 신들의 생각으로는 이조의 의망 역시 성지聖旨에 맞추어 한 것이오. 그 의망 된 자도 신수근 한 사람만이 아닌데 하필 신수근에게 낙점하실 것이겠습니까? 옛적부터 국사가 그릇되는 것은 모두 외척의 전권에서 오는 것이오니 반드시 개정하소서.

처음에는 아직 준직이 못 된 자는 승진시킨다고 하였다가 정미수만은 특별히 당상관을 제수하시니 호령이 한결같지 않은 것이옵니다. 조씨는 오랫동안 선조先祖를 모시었는데 그때에는 어찌 공로가 없었겠습니까? 선왕께서는 은전恩典을 외간에 보인 것이 없었습니다. 그런데 전하께서 즉위하신 지 반년도 못 되어 갑자기 무슨 공이 있었기에 복호하고 그 족속을 양민으로 하는 것이옵니까?

최부는 공평에 어긋남을 도저히 이해할 수 없다는 듯 목소리를 더욱 높였다. 더구나 선왕인 성종에 비유하기까지 했다. 용안이 일그러지고 싸늘하게 변해갔으나 연산군은 가까스로 참고 있는 듯 분기를 겉으로 드러내지는 않았다.

─그대들이 이조가 나의 뜻을 맞추어 했다 하여 실정이 아닌 일을 지적하여 말하니 정미수에 관한 일을 여러 가지로 전의 사례를 찾아보았는데 그것은 불가한 것이 아니다. 신수근과 정미수에 관한 일은 아무리 여러 번 말을 하더라도 끝내 들을 수가 없다. 조상궁은 선왕조에 역시 공이 있었고 이번에도 공이 있으므로 그렇게 한 것이다.

─신들의 생각으로는 전하께서 공평 정대하게 마음을 가지시어 편당의 사사가 없게 하기 위하여 반복해서 아뢰는 것이옵니다. 전하께서 이조가 성상의 뜻을 갖추어 한 것이 아니라고 하셨는데 즉위하신 초기에 이조에서 어질고 유능한 이를 천거하여야 할 것인데도 신수근을 의망하였으니 이것이 성상의 뜻을 맞추어 한 것이 아니겠습니까? 이번의 논상은 전례에 구애되지 않고 그 공로를 보아서 이 시기에 마땅하도록 하는 것인데 정미수만은 어찌 반드시 전례에 따라 지나치게 제수해야 하옵니까? 참으로 탁월한 재능이 있더라도 전하께서는 이때에 등용하시는 것이 마땅하지 않은데 하물며 그 탁월한 재능이 보이지도 않음에서입니까? 조씨가 만일 실지 공로가 있다면 때로 의식衣食을 주어서 그 공을 갚으면 되는 것입니다. 전하께서 만일 조정을 존경하는 마음이 계시다면 궁중의 사소한 일을 외간에 내어 보이시지 않아야 하옵니다!

정언 이자건은 마치 다그치듯 임금을 책망했다.

─신수근, 정미수의 일은 들어줄 수가 없다. 다만 조상궁의 조카 복중은 종량從良하지 말도록 하라. 더는 말하지 말고 대간들은 그만 물러가라!

대간들의 공세에 지칠 법도 하였으나 연산군은 흔들리지 않았다. 실정失政이 아니라는 소신과 대신들에게 사사건건 휘둘리지 않겠다는 강고한 의지를 다지고 싶어서였다. 지평 최부와 정언 이자견은 더는 아뢰지 못하고 일단 물러났다.

최부는 연산군의 뜻을 도무지 이해할 수가 없었다. 임금의 뜻을 꺾으려는 것이 아닌 임금이 뜻을 바꾸어야 한다는 소신을 굽히려 하지 않았다.

전하께서 즉위하신 이래로 대간이 아뢴 것을 좇지 않으심이 없으니 간함을 좇는 아름다움이 극진하오는데 간혹 듣지 않으시는 것은 모두 외척, 후족에 관계되는 일입니다. 처음에 이철견, 윤탄을 등용하고 저번에는 또 안우건을 발탁 승진시켰으며 이번에는 또 신수근을 왕명을 출납하는 자리에 두셨습니다. 전하께서 청정하신 지 이제 겨우 3개월인데 등용한 외척이 벌써 이에 이르니 신 등은 10년을 못 가서 조정이 모두 외척의 조정이 될까 염려가 되옵니다. 또 임금의 명령은 한결같지 않아서는 안 되는데 전에 안우건의 일에 있어서 이미 개정하도록 명하시고 끝내 개정하지 않았으며 또 3도감의 논상 때에 아직 준직이 못 된 자는 다만 승직하도록 하시고서 특별히 정미수를 당상관에 승진시켰으니 이렇게 된다면 전하의 호령이 아침에 고치고 저녁에 변하여 백성이 믿을 수 없게 되지 않을까 염려되옵니다.

전하의 사람 쓰는 것이나 호령하는 것이 이러하므로 아랫사람들이 전하의 마음을 엿보게 되어 내관이 사삿일을 가지고 제 마음대로 직계하고 대신은 또 선왕조에서 죄를 입은 사람을 가지고 서용敍用하기를 계청啓請하는데 대간이 논박하는데도 도리어 옳다 하시니 이렇게 하기를 말지 않으면 그 폐해가 장차 이루 말할 수 없게 될 것입니다. 전하께서 만일 신수근을 부귀하게 하시려면 다른 관직에 두어도 족할 것이오. 정미수를 당상관으로 하시려면 뒷날에 등용하여도 역시 늦지 않을 것입니다. 신들은 다만 두 사람의 일만을 가지고 아뢰는 것이 아니옵니다. 신들은 전하의 사람 쓰고 호령하시는 것이 장차 치우치고 잡된 데에 이를까 염려하는 것이옵니다!

지평 최부는 이같이 글을 써 올려 아뢰었다. 하지만 최부의 간절한 간언에도 연산군은 묵묵부답이었다. 새로이 들으려 하지도 뜻을 바꾸려 하지도 않았다.

멸문가滅門家의 비애를 뼈저리게 겪고 있음에도 정미수는 일말의 내색조차 할 수 없었다. 당상관 승진문제로 시끄러운 조정이 사뭇 불안하기만 한 정미수는 높은 벼슬을 탐한 적도 없이 맡은 소임을 묵묵히 다하고 있을 뿐이었다. 그것이 자신에게 주어진 한계이며 정도인 것을 정미수는 너무도 잘 알고 있었다. 신수근은 임금의 정비正妃인 왕후의 오라비로서 당대의 외척 세도가라 불리어도 틀릴 것이 없으나 정미수는 작은 바람에도 언제든 꺼질 수밖에 없는 미미한 호롱불이나 다름없는 처지에 불과했다.

권력의 비정한 희생양인 정미수는 뵌 적도 없는 부친 영양위 정종鄭悰과 어머니 경혜공주를 종종 떠올리며 허황하고 서글픈 심정을 달래는 수밖에 없었다. 모자母子의 연緣을 맺어 모시고 함께 살아가고 있는 정순왕후 앞에서는 일말의 괴로운 심사조차 내색하지 않았다. 아니 그럴 수가 없었다. 양어머니 정순왕후의 피맺힌 심정을 헤아리고도 남기 때문이었다. 단지 묵묵히 안정되게 양어머니를 모시고 잘 살아가야만 했다. 그것이 외숙부 단종과 어머니 경혜공주에 대한 도리라 여겨서였다. 정미수와 정순왕후 두 사람은 인제나 시로의 치지를 먼지 헤이렸다. 상대의 생애가 얼마나 고통스럽고 외로울지를 익히 알고 있어서였다.

조의제문弔義帝文

좌의정 이극돈은 몇 날 동안 고민을 거듭했다. 금기禁忌였으나 임금은 기어이 사초史草를 보고자 했다. 사관들이 애써 막고는 있으나 역부족이라는 생각이 들었다. 김일손이 사초에 기록하여 자신을 비난했던 일을 곱씹으며 이극돈은 마음을 굳혀 갔다. 이극돈은 훈구대신들을 만날 때마다 사림파士林派인 김일손의 처사를 비난했다. 뾰족한 묘수를 찾지 못하고 있던 이극돈은 자신의 집으로 은밀히 유자광을 불러들였다.

−사림파의 득세를 이대로 두고 볼 수만은 없는 지경이 되었는데 무령군 대감은 어찌 생각하고 있는 것이오?

이극돈은 조용히 물으며 유자광의 입을 바짝 주시했다.

−사관史官임을 내세운 저들의 권세가 날로 커지고 있지를 않습니까!

사림에 대한 유자광의 배타심은 안면이 일그러질 정도였다. 이극돈이 예상했던 반응이었.

−사초는 정직하고 엄정해야 하는데 김일손이 작성한 사초는 난잡하고 사사로워 위험하기가 이를 데 없어서 장차 조정에 큰 화가 미칠까 심히 염려가 크오이다.

─사림파들의 오만이 하늘을 찌르고 있음을 이 사람이 모를 리가 있겠습니까?

사랑채 밖으로 새어나갈 만큼 유자광의 음성은 크고 날카로웠다.

─성종대왕의 실록을 편찬하던 때에 김종직이 쓴 조의제문弔義帝文을 내가 본 적이 있었지요. 지금에 와 생각해보니 그것은 단순한 사초 기록이 아닌 은근한 비유로 세조대왕을 비판하는 것이었음을 깨달았는데 참으로 놀라운 일이 아닐 수가 없었음이오!

이극돈은 이처럼 토로해놓고 유자광의 반응을 살피듯 연신 헛기침을 뱉어냈다. 김일손의 스승으로서 이미 세상을 떠났으나 김종직은 사림파의 상징적인 영수領袖로 여전히 존재하고 있는 인물이었다.

─사관이 사초를 빌어 선대왕을 능멸하였다는 것은 실로 용서할 수 없는 행태가 아니고 무엇이겠습니까?

유자광은 흠칫 놀랐으나 겉으로 드러내지는 않았다. 하지만 머릿속으로는 조의제문이 몰고 올 파급을 이미 가늠하고 나섰다. 김종직에게 개인적인 원한을 품고 있던 유자광으로서는 절호의 기회를 포착한 것이나 다름없었다. 관향貫鄕인 함양의 학사루에 걸어둔 자신의 시를 함양군수로 부임해온 김종직이 떼어내어 불살라버린 일은 죽기까지 잊을 수 없는 모멸적인 유린이라 여겨왔다. 조정에 출사는 하였으나 서자 출신이란 피해의식이 몹시 컸던 유자광은 김종직으로부터 당한 치욕을 기어이 되돌려주고 싶었다.

─이 사람도 사관을 하던 때가 있었으나 그야말로 김일손은 무뢰하기가 이를 데가 없는 자란 말입니다!

이극돈은 조의제문을 쓴 김종직과 득세하고 있는 사림파들을 엮어 숙청해버리겠다는 생각으로 유자광은 부추겼다. 김종직이 쓴 조의제문이란 자신이 꿈에 초나라 회왕을 만났으며 항우가 초나라 회왕을 죽여 강물에 버렸다는 것으로 다름 아닌 단종을 죽여 영월 동강에 버린 세조의 패악과 왕위찬탈을 빗대어 지은 글이었다.

-임금을 능멸한 죄는 역모와 다를 바가 없는 것입니다. 정녕 아니 그러합니까? 날이 밝는 대로 입궐하여 전하께 낱낱이 고해 올릴 것이오!

유자광은 어금니를 꽉 깨물었다. 무거운 침묵이 잠깐 흘렀다. 이극돈은 병풍 옆에 놓여 있는 반닫이를 열었다. 그곳에는 김일손의 사초에서 발췌한 김종직의 조의제문을 기록한 한지韓紙가 놓여 있었다. 이극돈은 한지를 꺼내 들어 유자광에게 건네주었다. 이극돈의 예상대로 전개되어 갔다.

이른 시각인 묘시卯時에 집을 나선 유자광은 노사신의 가택으로 바삐 향했다. 뜻밖의 기회가 혹 날아가기라도 할 것처럼 마음이 급했다. 품속에는 이극돈으로부터 받은 김종직의 조의제문이 들어 있었다. 노사신은 조반도 들기 전인 이른 시각에 찾아온 유자광을 자못 의아해했다.

-사초史草를 구실로 세조대왕을 능멸하려는 자들이 있어 먼저 영상대감께 알려드리려 이렇게 찾아온 것이외다!

-능멸이라니 그게 어인 말이오? 소상히 말을 해보시오.

찾아온 연유를 들은 노사신은 바짝 긴장했다. 영의정 자리에서 물러난 훈구대신 노사신은 세조가 총애했던 총신寵臣이었다. 유자광은 품속에 든 한지를 꺼내어 노사신에게 건넸다. 노사신은 한지를 펼쳐 빠르게 훑어 내려갔다. 노사신의 미간에 이내 깊은 주름이 파였고 낯빛은 점차 흑빛으로 변해갔다. 유자광은 의미심장한 눈길로 노사신의 기색을 주시했다.

-우상대감이 성종대왕 실록을 편찬하는 책임자가 되어 이런 사실을 알게 되었기에 망정이지 김종직과 사림파들의 불경죄가 이대로 묻힐 뻔했던 것을 생각하면 그야말로 피가 거꾸로 도는 심정입니다!

유자광은 손바닥으로 자기 무릎을 크게 내려치기까지 했다.

-그래, 무령군 대감은 어찌할 생각이오?

-영상대감과 함께 입궐하여 전하께 이 사실을 반드시 고해야 한다는 생각으로 영상대감을 찾은 것이 아닙니까?

유자광은 달아오른 기분을 온전히 가리지 못했다. 노사신은 지그시 눈을 감았다. 유자광과 함께 입궐하여 임금에게 알리는 것이 썩 내키지는 않았으나 거부할 명분도 이유도 찾을 수는 없었다. 자칫 조정에 피바람이 불게 될지도 모를 것이 우려되기도 했으나 그보다는 사초를 빌어 세조를 능멸하였다는 기록을 무심히 여길 수는 없었다.

유자광으로부터 조의제문弔義帝文을 쓴 김종직의 의도를 전해 들은 연산군은 짐작대로 대노大怒를 했다.

-김일손의 사초를 모두 대내大內로 들여오도록 하라!

연산군의 명命은 서슬 퍼런 칼날처럼 예리했고 싸늘했다.

-예로부터 임금은 사초를 스스로 보지 않았사옵니다. 임금이 만약 사초를 보면 후세에 직필直筆이 없기 때문입니다.

―즉시 빠짐없이 대내로 들이라!

실록청 당상 유순이 만류했으나 연산군은 귀를 기울이는 척도 하지 않았다.

―여러 사관史官들이 기록한 사초를 신 등이 보지 않는 것이 없고 김일손의 쓴 사초 역시 모두 알고 있습니다. 신 등이 나이가 이미 늙었으므로 벼슬한 이후의 조종조祖宗朝 일은 알지 못하는 것이 없습니다. 김일손의 사초가 과연 조종조의 일에 범하여 그른 점이 있다는 것은 신 등도 들어 아는 바이므로 신 등이 망령되게 여겨 감히 실록에 싣지 않았는데 지금 들이라고 명령하시니 신 등은 무슨 일을 상고하려는 것인지 알지 못하겠습니다. 예부터 임금은 스스로 사초를 보지 못하지만 일이 종묘사직에 관계가 있으면 상고하지 않을 수 없으니 신 등이 그 상고할 만한 곳을 절취하여 올리겠사옵니다. 그렇게 한다면 임금은 사초를 보지 않는다는 의義에 합당할 것이옵니다!

이극돈의 노련한 처세가 돋보였다. 김일손의 사초에 문제가 있음을 알고 있었음에도 그의 자의적 판단을 우려하여 실록에 싣지 않았으나 지금 상황으로서는 상고하지 않을 수 없는 점을 강조한 것이다. 결국, 실록청의 당상들은 김일손의 사초에서 6 조목을 절취하여 봉해 올리기로 했다. 연산군은 종실宗室 등에 관해서 쓴 것도 또한 들이라 명을 내렸다.

분기를 좀처럼 가라앉히지 못한 연산군의 심사는 몹시 조급했고 거칠었다. 별감 세 사람을 세 곳으로 나뉘어 보내 궐 밖에서 기다리다가 김일손과 허반을 잡아 오는 낭청들이 보이거든 차례차례로 달려와 아뢰도록 했다. 또 겸사복장兼司僕將에게 명하여 건양문 밖으로 나가 연영문, 빈청 등 처를 에워싸고 파수를 보며 사람의 출입을 금지하도록 했다. 이윽고 의금부 낭청 홍사호가 김일손을 잡아끌고 왔다. 연산군은 의금부에 다시 명하여 허빈 또한 즉시 잡아 오도록 했다. 이전御殿에는 윤필상, 노사신, 한치형, 유자광, 신수근과 주서注書 이희순이 입시해 있었다. 연산군은 싸늘한 눈빛으로 김일손을 노려보며 좌전으로 나아오게 했다.

─네가 실록에 세조조의 일을 기록하였다는데 바른대로 말하라!

연산군의 음성에는 날 선 적의 감이 서려 있었다.

─신이 어찌 감히 숨기오리까! 신이 듣자 오니 권귀인은 바로 덕종의 후궁이온데 세조께서 일찍이 부르셨는데도 권씨가 분부를 받들지 아니했다 하였기에 신은 이 사실을 쓴 것이옵니다.

사태의 심각성을 제대로 인지하지 못하고 있는 듯 김일손은 다소 억울한 표정을 지어 보였다.

─누구에게 들었느냐?

─전해 들은 일은 사관이 모두 기록하게 되었기 때문에 신 역시 쓴 것입니다. 그들을 하문하심은 부당한 듯하옵니다.

─실록은 마땅히 직필이라야 하는데 어찌 망령되게 헛된 사실을 쓴단 말이냐? 들은 곳을 어서 바른대로 말하라.

─사관이 들은 곳을 만약 꼭 물으신다면 아마도 실록은 폐하게 될 것이옵니다!

임금의 상기된 용안과 격앙된 음성에도 김일손은 제대로 사태파악이 되지 않는 듯했다.

─그 쓴 것도 반드시 사정이 있을 것이고 소문 역시 들은 곳이 꼭 있

을 것이니 어서 빨리 말하라!

연산군은 고조된 분기를 주체하지 못하고 무섭게 다그쳤다.

―옛 역사에 이에 앞서라는 말이 있고 처음에라는 말도 있으므로 신이 또한 감히 세조조의 일을 쓴 것이라면 그들은 곳은 바로 귀인의 조카 허반이옵니다.

―네가 출신出身한 지도 오래되지 않았는데 세조조의 일을 성종실록에 쓰려는 의도는 무엇이냐?

―전해 들은 일은 좌구명이 모두 썼으므로 신도 또한 썼습니다.

―전번에 상소하여 소릉昭陵을 복구하고자 청한 것은 무엇 때문이냐?

연산군은 일전의 상소에 관한 의문까지 연결 지으려 했다.

―신이 성종조에 출신하였으니 소릉에 무슨 정이 있으리까. 다만 국조보감國朝寶鑑을 보오니 조종께서 왕씨를 끊지 아니하고 또 숭의전을 지어 그 제사를 받들게 하였으며 정몽주의 자손까지 또한 그 수령을 보전하게 하였으니 이는 모두가 조정의 미덕으로서 당연히 만세에 전해야 할 것입니다. 임금의 덕은 인정보다 더한 것이 없으므로 소릉을 복구하기를 청한 것은 군상君上으로 하여금 어진 정사政事를 행하시게 하려는 것이옵니다.

듣기에 합당한 김일손의 변辯은 당장 지어낸 것으로 여겨지지는 않았다. 불온한 다른 뜻이 결코 없다는 듯 김일손은 고개를 한번 가로젓기까지 했다.

―그 권씨의 일을 쓸 적에 반드시 함께 의논한 사람이 있을 것이니 말하라.

필시 동조자가 있을 것으로 연산군은 확신하고 있는 것 같았다. 성난 억양이 사뭇 심상치 않았다.

―나라에서 사관史官을 설치하는 것은 사史의 일을 소중히 여겼기 때문이므로 신이 직무에 이바지하고자 감히 쓴 것입니다. 그러하오나 이같이 중한 일을 어찌 감히 사람들과 의논하겠습니까. 신은 이미 본심을 다 털어놓았으니 신이 감히 청컨대 혼자 죽겠사옵니다!

사관의 본분과 책무를 다했다는 김일손은 누군가를 끌어들일 생각이 없다는 것을 호기롭게 밝혔다. 순간 임금을 비롯한 대신들의 당황스러운 눈빛이 김일손에게로 꽂혔다. 팽팽하게 부풀어 오르던 긴장감마저도 오히려 그대로 경직되는 듯했다.

―네가 또 덕종의 소훈 윤씨 사실을 썼다는데 그것은 어디에서 들었느냐?

―그것 역시 허반에게서 들었사옵니다!

―어느 때 어느 곳에서 어느 사람과 함께 들었느냐?

연산군의 진노는 한계점을 향해 치닫고 있었다.

―들은 달, 일이나 장소는 기억이 나지 않사옵니다. 그러나 이 같은 중한 일을 어찌 감히 잡인과 더불어 말했겠습니까? 신이 참으로 혼자서 들은 것이옵니다.

임금의 성난 캐물음에도 김일손은 사색이 되거나 하지를 않았다. 사관의 도리에 어긋남이 없었음을 도리어 강변하기까지 했다.

―그렇다면 허반이 두 가지 일을 모두 한때에 말했느냐?

―그러하옵니다!

―이러한 중대사는 어찌 잊을 리가 있겠느냐? 네가 들은 곳이라든가 어느 날 어느 달에 함께 들은 사람은 누구인지 모두 말하라.

결론을 정해놓은 연산군의 심문은 집요했다. 도저히 잠잠히 끝날 수는 없을 것 같았다.

―어느 날 어느 달과 들은 곳에 대해서는 신이 실로 잊었사옵니다. 신이 이미 큰일을 말씀드렸사온데 어찌 감히 이것만을 휘諱하오리까. 허반이 혹은 신의 집에서 자기도 했고 신도 또한 허반의 집에서 자기도 하였는데 함께 유숙할 때에 허반이 말하였으므로 신이 실로 혼자서 들은 것이옵니다.

임금의 의도와 상황의 심각성을 짐짓 깨달은 듯했으나 김일손은 크게 주눅 든 것 같지는 않았다.

―네가 또 악가樂歌에 대한 일도 썼는데 어느 곳에서 들었느냐?

―비록 동요라 할지라도 옛사람이 모두 썼으므로 신도 또한 이것까지 아울러 실었습니다. 후전곡後殿曲은 슬프고 촉박한 소리이온데 나라 사람들이 좋아하여 모두 노래하였습니다. 신은 나라를 근심하고 임금은 사랑하는 마음에서 항상 염려하던 터이온데 급기야 사가賜暇를 받아 독서당讀書堂에 있을 적에 성종께서 술과 안주를 내려주셨습니다. 신은 그 여물을 가지고 배를 띄워 양화도에 이르러 거문고 소리를 듣고 싶기에 무풍정茂豊正 총摠을 불렀더니 총摠이 거문고를 안고 와서 후전곡을 연주하므로 신이 총摠에게 말하기를 무엇 때문에 이 곡을 좋아하느냐? 하고 그 후에 사기史記를 찬수할 적에 신이 실로 임금을 사랑하는 마음에서 썼습니다. 확실히 다른 이유는 없사옵니다!

김일손은 담담한 기색으로 소상히 변辨을 했다. 연산군은 그에 대하여는 더는 캐묻지 않았다. 이번에는 허반을 좌전으로 나오게 했다.

-네가 김일손과 더불어 말한 바가 있는 것을 일고 있는데 사실대로 모두 진술하라.

-신은 말한 바가 없사옵니다!

두려운 기색이 역력한 허반은 단호하게 부인을 했다.

-그렇다면 너는 김일손을 알지 못한다는 것이냐?

-신이 신해년에 김해에 있는 종의 집에 갔을 적에 김일손이 사건이 있어 김해에서 국문을 당하고 있었으므로 신이 그 이름을 듣고 그곳에 가서 보았는데 드디어 상종을 하게 되었습니다. 그러나 일찍이 같이 지내면서 글을 읽은 일도 없으며 깊이 서로 사귀었으나 또한 말한 일은 없사옵니다.

엄중한 사태를 감지한 허반은 김일손을 알고는 있으나 그와 같은 말을 한 적이 없다며 부인을 했다.

-네가 한 말은 김일손이 이미 다 말을 했는데 네가 감히 속이려 하느냐?

연산군은 버럭 화를 내며 허반을 무섭게 노려보았다.

-그러한 사실이 있다면 어찌 감히 하늘을 속이리까. 청컨대 김일손과 더불어 대질을 하겠습니다.

-네가 김일손과 더불어 권귀인, 윤소훈의 일을 말했다는데 감히 끝내 피할 생각이란 말이냐?

-신은 바로 귀인의 삼촌 조카이온데 궁금宮禁의 일을 어찌 감히 말

하오리까. 김일손이 신을 끌어댄 것은 계교가 궁해서 그러한 것일 것이옵니다!

허반은 몹시 억울한 표정까지 지어 보였다. 연산군은 김일손을 즉시 어전御殿으로 다시 불러들일 것을 명했다.

-허반이 끝내 부인을 하니 네가 그와 면질面質을 하라!

-신이 궁금宮禁과 연줄이 안 닿는데 어디서 들었겠습니까. 신은 실지로 허반한테서 들었사옵니다.

-궁금宮禁의 일을 신이 어찌 감히 말하리까. 김일손이 계교가 궁해서 그러했거나 아니면 병이 깊고 혼미해서 그러했을 것이옵니다.

-신은 비록 혼암하고 미욱하오나 어찌 망언까지 하오리까!

김일손은 싸늘한 눈빛으로 허반을 노려보았다. 역시 허반이 속이고 있다고 여긴 연산군은 당장 어전에서 형장 심문을 할 것을 명했다. 하지만 허반은 형장 삼십 대를 맞고도 실정을 털어놓지 않았다. 화가 치민 연산군은 다시 명하여 김일손과 허반을 빈청賓廳에서 계속 국문하도록 엄명을 내렸다.

사초史草를 빌어 증조부 세조를 비난하고 능멸한 김종직과 김일손을 절대 용서할 수 없다는 것에 연산군의 생각은 멈추어 있었다. 의금부로 하여금 국문을 받는 김일손이 도중에 말한 것들을 빠짐없이 낱낱이 서계書啓하도록 했다. 어명을 받은 의금부 낭청 홍사호 등은 바짝 긴장하지 않을 수가 없었다. 자칫 피바람에 휘말릴 수도 있기 때문이었다.

신 등이 처음 김일손을 구속할 적에 김일손의 말이 이는 필시 실록에 관한 일일 것이다, 하므로 신 등이 어째서 그렇다고 하느냐 한즉 김일손은 나의 사초에 이극돈이 세조 조에 불경을 잘 외운 것으로 벼슬을 얻어 진라도 관찰사기 된 것과 정희왕후의 상喪을 당하여 장흥이 관기 등을 가까이 한 일을 기록하였는데 듣건대 이극돈이 이 조항을 삭제하려다가 오히려 감히 못했다고 한다.

실록이 빨리 편찬되지 못하는 것도 필시 내가 상에 관계되는 일을 많이 기록해서라고 핑계 대고 비어를 날조하여 성상께 아뢰었기 때문에 이렇게 된 것이니 지금 내가 잡혀가는 것이 과연 사초에서 일어났다면 반드시 큰 옥獄이 일어날 것이다. 그리고 이극돈의 아들 이세전이 이웃 고을의 수령이 되어 왔는데 가형家兄에게는 문안을 하면서도 나에게는 오지 않으면서 다만 '이 사람이 병을 얻었다는데 아직 죽지 않았소' 하였다 하니 이극돈이 나를 원망하는 것이 분명하다고 하였습니다.

의금부 낭청 홍사로는 토씨 하나 빠짐없이 기록하여 임금에게 올렸다. 연산군은 묵묵히 읽어 내려갔다. 용안에는 가라앉지 않은 성난 심기가 여전히 서려 있었다.

—사초에 쓴 것을 거짓 없이 사실대로 말하지 않는다면 네가 어찌 될 것이라 생각하느냐? 구구절절 설명을 안 해도 잘 알 것이 아니냐?

무령군 유자광은 싸늘한 어투로 김일손을 쏘아보며 무서운 결과를 상기시켰다.

—사초에 기록된바 황보인과 김종서가 죽었다 한 것은 절개로서 죽었다고 생각했기 때문이며 소릉의 재궁齋宮을 바닷가에 버린 사실은 조문숙에게 들었고 이개, 최숙손이 서로 이야기한 일과 박팽년 등의 일과

김담이 하위지의 집에 가서 위태로운 나라에서 거하지 않는다고 말한 일과 이윤인이 박팽년과 더불어 서로 이야기한 일과 세조가 그 재주를 애석히 여기어 살리고자 해서 신숙주를 보내어 효유하였으나 모두 듣지 않고 나아가 죽었다는 일은 모두 진사 최맹한에게 들었소이다!

김일손은 소상하게 대답하면서도 유자광의 심문에 아주 주눅이 들지는 않았다.

―최맹한은 이미 죽고 없는데 그 말을 어찌 믿을 수 있단 말이냐?

―증좌를 대라 하는 것은 내 말을 믿지 않기로 이미 작정을 한 것이 아니오?

―사관이란 직책을 빌어 왕조를 능멸하고도 살아남길 바라느냐?

―내 목숨이 바람 앞의 등불이나 진배없음을 알고 있으나 그렇다고 대감 손에 달린 것은 아니잖소?

살아남기 어렵다는 것을 간파한 때문인지 김일손은 오히려 차분했고 의연했다. 그로 인한 언짢은 심기로 인해 유자광의 미간에는 깊은 골이 파였다.

연산군은 글로써 김일손에게 물었다.

실록이라는 말이 과연 무엇을 이른 것이냐? 만약 실록이라 한다면 마땅히 사실을 써야 하는데 너의 사초는 모두가 헛된 것이니 어떻게 실록이라 이르겠느냐? 탄坦이라는 선사가 정분鄭苯의 시구를 보호한 일을 썼는데 그 의도가 어디에 있느냐? 또 소릉을 복구하기를 청하고 난신亂臣들을 절개로 죽었다고 쓴 것은 네가 반드시 반심叛心을 내포한 것이다. 세조께서 중흥하신 그 공덕은 천지보다 더하여 자손들이 서로 계승해서 지금까지 왔는데 네가 이미 반심을 품었으면서 어찌 우리 조정에 출사했느냐?

　파평부원군 윤필상 등이 연산군의 어서御書를 받들고 김일손을 국문했다.

　―신의 사초에 세조 조에 관한 일은 혹은 허반에게도 들었고 혹은 정여창에게도 들었고 혹은 최맹한, 이종준에게 들었는데 이 무리들이 모두 믿을 만한 자들이기 때문에 실지라 생각하고 쓴 것입니다. 신이 한낱 서생으로서 성종의 후한 은혜를 입었사옵고 또 성상께서 즉위하신 후에는 외람됨이 시종侍從의 영광을 입었사온데 어찌 반심이 있사오리까. 소릉의 복구를 청한 것과 난신들을 사절로 쓴 것은 황보인, 김종서, 정분 등이 섬기는 바에 두 마음을 갖지 않았으니 제왕이 마땅히 추앙하고 권장할 일이기 때문에 정분을 들어 전조前朝의 정몽주에게 비하였고 또 황보인, 김종서를 쓰면서 절개로 죽었다 한 것입니다.

　세조께서 영웅호걸이신 임금으로서 혼란을 소제하고 중흥의 업을 이룩하셨고 성종대왕께서는 영걸한 임금으로 지영持盈 수성守成을 하셨는데 전하께서 성종의 업을 계승하셨으니 오늘날 사람들이 모두 조정에 서고자 하는 것입니다. 그러므로 각근하여 직職에 죽겠다는 것이 바로 신의 마음이기 때문에 종사한 것이옵니다!

　김일손은 소신대로 대답했다. 결론을 알고 있기에 달라질 것이 없다는 생각이었다. 윤필상은 그런 김일손을 넌지시 바라보면서 이번에는 사초에 기록된 노산대군의 일에 대하여 물었다.

　―사초에 이른바 노산의 시체를 숲속에 던져버리고 한 달이 지나도

염습하는 자가 없어 까마귀와 솔개가 날아와서 쪼았는데 한 동자가 밖에 와서 시체를 짊어지고 달아났으니 물에 던졌는지 불에 던졌는지 알 수가 없다고 한 것은 최맹한에게 들었습니다. 신이 이 사실을 기록하고 이어서 쓰기를 김종직이 과거하기 전에 꿈속에서 느낀 것이 있어 조의제문弔義帝文을 지어 충분忠憤을 부쳤다 하고 드디어 김종직의 조의제문을 쓴 것입니다.

숨길 것이 없어서인지 김일손은 더할 수 없이 담담했다.

윤필상 등으로부터 국문鞠問에 관한 보고를 받은 연산군의 심기는 걷잡을 수 없이 더욱 사나워져 갔다. 기어이 실록을 열람하겠다는 의지를 꺾으려 하지도 않았다.

-홍문관과 예문관에서 임금이 실록을 보는 것은 부당하다고 하였는데 평시라면 이 말이 가하다. 그러나 지금 큰일을 상고하려고 하는데 완강히 불가하다고 하니 이는 반드시 그 내용이 있어 그런 것이다. 의금부에 명을 내려 국문하도록 하라!

임금이 지켜야 할 도리를 대놓고 저버리려는 처사가 아닐 수 없었다. 연산군은 급기야 열람을 막는 관원들을 국문하려 했다.

-예로부터 임금은 사초를 보아서는 아니 되옵니다. 홍문관, 예문관은 그 직책이 사관을 겸대하였으므로 성상께서 사초를 보시지 못하게 하는 것이 바로 그 직분이오니 국문은 온당치가 않사옵니다.

대사간 김계행은 놀란 기색으로 국문을 강하게 만류했다.

-대사간도 그들과 생각이 같단 말이냐?

-그러하옵니다. 그리해서는 정녕 아니 되옵니다!

-일에 따라 때에 따라서는 임금도 볼 수가 있어야 옳은 것이 아니더냐!
연산군은 대사간 김계행을 쏘아보며 힐난하듯 했다. 대간의 말을 듣지 않겠다는 완강한 표현이었다.

김종직에 일찍부터 앙심을 품었으나 갚지 못한 유자광은 뜻밖에 찾아온 복수의 기회를 결코 놓칠 수 없다는 생각을 거듭 곱씹었다. 일을 엄중히 부각하여 판을 최대한 크게 벌여야 한다는 계산을 하고 있었다. 김종직이 쓴 조의제문은 임금의 증조부인 세조를 능멸한 것이라는 올가미 식 논리로 옭아매겠다는 심산이었다. 유자광은 임금을 알현했다.
-김종직이 감히 이러한 부도한 말을 했다니 청컨대 법에 의하여 그 죄를 엄히 다스리소서. 또 이 문집 및 판본을 다 불태워버리고 간행한 사람까지 아울러 죄를 다스리시기를 청하옵니다.

유자광은 자못 심각한 표정으로 조의제문을 구절마다 풀이해서 아뢴 후에 김종직을 논죄할 것을 청하였다.
-어찌 이러한 마음 아픈 일이 있단 말이냐? 나라에서 종친에게 그 녹禄을 잃지 않게 하니 그 은혜가 막중하거늘 이총은 조관朝官들과 결탁해서 장차 무엇을 하려는 것이냐? 만약 종친이라 하여 그 죄를 다스리지 아니한다면 여러 종친이 어찌 경계할 줄을 알겠느냐? 반드시 형장 심문을 하도록 하라.

유자광의 의도대로 판이 커지고 있었다. 연산군은 그가 누구이든 한 가닥의 연관이 있는 자들까지 모조리 파헤치려 했다.
-전하의 추상같은 명이 참으로 현명하고 공평하다고 생각되옵니다!

허리를 납작 굽힌 유자광의 얼굴에 만족스러운 웃음기가 얼핏 번졌다가 사라졌다. 유자광과 윤필상이 의논하여 김종직의 죄를 논하기로 했다. 대사헌 강귀손은 신하들로 하여금 뜻을 알게 한 후에 죄를 결정하는 것이 옳겠다고 아뢰었고 연산군은 오늘에야 비로소 대간이 있음을 알았다며 받아들였다. 강귀손은 당연히 승정원으로 하여금 주장해야 한다 했고 대신들은 그게 옳겠다며 동의했다.

―세조께서 일찍이 김종직을 불초不肖하다 하셨는데 김종직이 이것을 원망하였기 때문에 글월을 지어 기롱하고 논평하기를 이에 이른 것이다. 신하가 허물이 있으매 임금이 책했다 해서 이렇게 하는 것이 가한가? 여러 재상들은 반드시 알아두라!

김종직의 불경을 절대 용서할 수 없다는 연산군의 결심은 추호도 흔들림이 없을 것 같았다.

―김종직의 문집文集을 편찬한 자를 국문하기를 청하옵니다.

―편집한 자가 만약 그 글 뜻을 알았다면 죄가 크지만, 그러나 알지 못했다면 어찌할 것이오?

대사헌 강귀손은 파평부원군 윤필상을 쳐다보며 신중해야 함을 피력했다.

―어찌 우물쭈물하며 머뭇머뭇하는가?

무령군 유자광은 대사헌 강귀손의 신중론을 질타했다.

―신 등이 김종직의 조의제문弔義帝文을 보니 그 의미가 깊고 깊어 김일손이 충분忠憤을 부쳤다는 말이 없었다면 진실로 해독하기 어려웠습니다. 그러나 그 뜻을 알고 찬집하여 간행하였다면 그 죄가 크오니 청

컨대 반드시 국문鞠問하소서!"

임금의 뜻을 진즉 간파한 윤필상은 국문을 거듭 청했다.

-처음 찬집자의 국문을 정하자고 발의할 때에 신은 말하기를 그 글 뜻이 진실로 해독하기 어려우니 만약 편집한 자가 그 뜻을 알았다면 진실로 죄가 있지만 알지 못했다면 어찌하랴, 하였는데 유자광의 말이 어찌 우물쭈물하느냐? 어찌 머뭇머뭇하느냐? 고 하니 신이 실로 미안한 것이옵니다. 김종직의 문집은 신의 집에도 역시 있사온데 신은 일찍이 보고도 그 뜻을 이해하지 못했습니다. 신은 듣자오니 조위가 편집하고 정석견이 간행했다 하는데 이 두 사람은 다 신과 서로 교분이 있는 처지라서 지금 신의 말은 이러하고 유자광의 말은 저러하니 유자광은 반드시 신이 조위 등을 비호하고자 하여 그런다고 의심할 것인즉 국문에 참예하기가 미안할 뿐입니다. 청컨대 피하겠사옵니다.

강귀손은 곤혹스러운 입장과 생각을 임금이 헤아려줄 것을 조심스레 아뢰었다.

-편집한 자나 간행한 자를 아울러 국문하도록 하라. 또 유자광의 말이 비록 그러하다 할지라도 경卿이 그로써 피해서는 되겠는가?

조급한 연산군은 한가로이 들리는 청을 마냥 들어줄 수 없었다.

임금의 전교를 받든 조정 대신들은 김일손의 사초에 실린 김종직의 조의제문弔義帝文을 재차 세밀히 해석하며 논의를 거듭했다. 결론을 완성 짓기 위한 중요한 과정이었다.

'김종직은 초야의 미천한 선비로 세조조에 과거에 합격했으며 성종조에 이르러서는 발탁하여 경연經筵에 두어 오래도록 시종侍從의 자리에 있었고 종경終境에는 형조판서까지 이르러 은총이 온 조정을 경도하였다. 병들어 물러가게 되자 성종께서 소재지의 수령으로 하여금 특별히 미곡을 내려주어 그 명을 마치게 했다. 지금 그 제자 김일손이 찬수한 사초에 부도不道한 말로 선왕조의 일을 터무니없이 기록하고 또 스승 김종직의 조의제문을 실었다. 그 말에 이르기를 정축 10월 어느 날에 밀성으로부터 경산으로 향하여 답계역에서 자는데 꿈에, 나는 초나라 회왕의 손자인데 서초패왕에게 살해되어 빈강에 잠겼다 하고 문득 보이지 아니하였다. 꿈을 깨어 놀라며 생각하기를 회왕은 남초 사람이요. 나는 동이 사람으로 지역의 거리가 만여 리가 될 뿐이 아니며 세대의 선후도 역시 천년이 훨씬 넘는데 꿈속에 다시 감응하니 이것이 무슨 상서일까? 또 역사를 상고해보아도 강에 잠겼다는 말은 없으니 정녕 항우가 사람을 시켜서 비밀리에 쳐 죽이고 그 시체를 물에 던진 것일까? 이는 알 수 없는 일이다' 하고 드디어 글을 지어 조문한다.

조의제문弔義帝文을 수없이 곱씹고 있는 연산군의 분기憤氣는 예리한 칼끝의 번득임 같았다.

'하늘이 법칙을 마련하여 사람에게 주었으니 어느 누가 사대 오상을 높일 줄 모르리오. 중화라서 풍부하고 이적이라서 인색한 바 아니거늘 어찌 옛적에만 있고 지금은 없을 손가! 그러기에 나는 이인夷人이요 또 천년을 뒤졌건만 삼가 초 회왕을 조문하노라. 옛날 조룡이 아각牙角을 농롱하니 사해의 물결이 붉어 피가 되었네. 아 아! 형세가 너무도 그렇지 아니함에 있어 나는 왕을 위해 더욱 두렵게 되었네. 과연 하늘의 운수가 정상이 아니었구려. 빈의 산은 우뚝하여 하늘로 솟음이야! 그림자가 해를 가리어 저녁에 가깝고 빈의 물은 밤낮으로 흐름이여! 물결이 넘실거려 돌아올 줄 모르도다. 내 마음이 금석을 꿰뚫음이여! 왕이 문득 꿈속에 임하였네. 자상紫陽의 노필老筆을 따라가자니 생각이 진돈하여 흠흠欽欽하도다. 술잔을 들어 땅에 부음이여! 바라건대 영령은 와서 흠향하소서'

조의제문을 읽어 내려가는 연산군의 눈자위가 파르르 떨렸다. 조룡이 아각을 농했다는 조룡은 진시황인데 김종직이 진시황을 세조에게 비한 것이요. 항량이 진을 치고 손심을 찾아서 의제義帝를 삼았으니 김종직은 의제를 노산魯山에게 비한 것이다. 관군을 함부로 무찔렀다고 한 것은 세조가 김종서를 베인 데 비한 것이요. 반서反噬를 입어 해석이 되었다는 것은 노산이 세조를 잡아버리지 못하고 도리어 세조에게 죽었느냐 하는 것이요. 자양은 노필老筆을 따름이여 생각이 진돈하여 흠흠하다고 한 것은 김종직이 주자를 자처하여 그 마음에 부賦를 짓는 것을 강목의 필筆에 비한 것이다. 그런데 김일손이 그 문文에 찬贊을 붙이기를 이로써 충분忠憤을 부쳤다 하였다. 내가 생각건대 우리 세조 대왕께서 나라가 위의 한 즈음을 당하여 간신이 난亂을 꾀해 화禍의 기틀이 발작하려는 찰나에 역적무리들을 베어 없앰으로써 종묘사직이 위태했다가 다시 편안하여 자손이 서로 계승하여 오늘에 이르렀으니 그 공과 업이 높고 커서 백왕의 으뜸이신데 뜻밖에 김종직이 그 문도들과 성덕聖德을 기록하고 논평하여 김일손으로 하여금 무서誣書하는 지경에까지 이르렀으니 이 어찌 일조일석의 연고이겠느냐! 속으로 불신의 마음을 가지고 세 조정을 내리 섬겼으니 나는 이제 생각할 때 두렵고 떨림을 금치 못한다. 하여 조정의 3품 이상과 대간, 홍문관들로 하여금 속히 형刑을 의논하여 아뢰도록 하라.

연산군은 큰소리로 추상같은 명을 내렸다. 치명적인 적의가 일그러진 용안에 어른거렸다.

―지금 김종직의 조의제문을 보오니 입으로만 읽지 못할 뿐 아니라 눈으로 차마 볼 수가 없습니다. 김종직이 세조조에 벼슬을 오래 하자 스스로 재주가 한세상에 뛰어났는데 세조에게 받아들임을 보지 못한다 하여 마침내 울분과 원망의 뜻을 품고 말을 글에다 의탁하여 성덕을 기록했는데 그 말이 극히 부도합니다. 그 심리를 미루어보면 병자년에 난역亂逆을 꾀한 신하들과 무엇이 다르리까. 마땅히 대역의 죄로 논단하고 부관참시해서 그 죄를 명정明正하여 신민의 분을 씻는 것이 실로 사체事體에 합당하다 생각하옵니다.

영중추부사 정문형이 대역죄로 다스릴 것을 아뢰었다. 대신들과의 의논은 형식적인 절차에 불과했다. 그야말로 돌이킬 수 없는 형국으로 치닫고 있었다.

―김종직의 불신한 심리는 그 죄가 용납될 수 없으니 마땅히 극형에 처하소서!

예조판서 박안성이 이어 목소리를 높여 아뢰었다.

―김종직이 분명 두 마음을 품었으니 불신한 죄가 이미 심하온즉 율律에 의하여 처단하는 것이 편하옵니다. 공조판서 변종인이 나서서 아뢰었다.

―조의제문과 지칭한 뜻을 살펴보니 김종직의 죄가 베어 마땅하옵니다.

형조판서 이창신이 나서서 아뢰었다.

－그의 범죄는 차마 말로 못 하겠으니 율문에 의하여 논단해서 인신으로 두 마음 가진 자의 경계가 되도록 하소서.

대사성 성세순이 나서서 아뢰었다.

－김종직이 음으로 이런 마음을 품고 세조조를 섬겼으니 그 흉악함을 헤아리지 못하온즉 마땅히 중벌로 처해야 하옵니다.

예문관 직제학 이균이 나서서 아뢰었다.

－김종직이 조의제문을 지은 것이 정축년 10월이었으니 그 불신의 마음을 품은 것이 오래이었습니다. 그 조문을 해석한 말을 살펴보니 비단 귀로 차마 들을 수 없을 뿐 아니라 역시 눈으로도 차마 보지 못하겠습니다. 그 몸이 비록 죽었을지라도 그 악을 추죄할 수 있사오니 마땅히 반신叛臣의 율律에 따라 논단하소서. 김종직의 귀신이 지하에서 반드시 머리를 조아리며 달갑게 복죄伏罪할 것이옵니다.

이조참의 이복선은 마치 자신이 죄라도 지은 듯이 연신 머리를 조아려가며 아뢰었다.

－지금 김종직의 글을 보오니 말이 너무도 부도합니다. 난역으로 논단하는 것이 어떠하오리까?

홍문관 부제학 정광필이 나서서 아뢰었다. 김종직을 역적으로 단죄하자는 말이었다. 멸문지화가 기정사실화되고 있다 해도 과언이 아니었다.

－김종직의 조의제문은 말이 많이 부도하니 죄가 베어도 부족합니다. 그러나 그 사람이 이미 죽었으니 작호爵號를 추탈하고 자손을 폐고 廢錮하는 것이 어떠하옵니까?

집의執義 이유청이 나서서 아뢰었다. 하지만 임금의 생각을 제대로 헤아리지 못한 의견에 불과했다.

―김종직의 대역大逆이 이미 나타났는데도 이 무리들이 의논을 이렇게 하였으니 이는 비호하려는 것이 아닐 수 없다. 어찌 이같이 통탄할 일이 있느냐? 저들이 앉아 있는 곳으로 가서 잡아다가 형장 심문하라!

연산군은 집의 이유청과 사간 민수복의 논의에 표시를 하여 파평부원군 윤필상 등에게 보여주었다. 격앙된 숨소리는 더욱 거칠어져 갔다. 마음 같아서는 심문 과정을 생략한 채 연계된 자들과 비호하는 자들까지 모조리 잡아들여 당장 목을 베어버려도 시원치 않은 것 같았다. 치밀어 오른 화로 인해 용안은 이미 붉게 달아올라 있었다.

연산군은 실록청實錄廳에서 올라온 사초史草를 대신들에게 내보였다. 권경유가 기록한 글이었다. 그 사초에 이르기를 김종직이 일찍이 조의제문을 지었는데 충의가 분발하여 보는 사람이 눈물을 흘렸다, 라고 되어 있다며 문장의 부도함을 날카로이 지적했다.

―이 무리들의 기롱과 논평이 이 지경에 이르고 있으니 무릇 제자라 하는 자는 모조리 구금하여 국문을 하는 것이 어떠하겠는가?

진노震怒한 연산군의 음성이 대전大殿을 뒤흔들었다.

―성상의 하교가 지당하시옵니다!

파평부원군 윤필상은 한 치의 망설임도 없이 임금의 뜻을 받들었다.

―수업했다 이르는 자도 만약 김종직의 평일의 논論을 들었다면 구금하여 국문하는 것이 또한 가하겠으나 제술에서 과차科次만 받은 자는 분간하는 것이 어떠하옵니까?

신성부원군 노사신은 그 제자들을 구분하여 국문하는 것이 가하다는 의견을 냈다.

―권경유는 단지 과차인데도 그 시초기 이러하니 비록 과차만 한 자에 있어서도 역시 국문하지 않을 수는 없다. 나는 사예邪穢를 깨끗이 씻을 작정이니 경卿 등도 이 뜻을 알아주도록 하라!

연산군의 생각은 바뀔 수가 없었다. 세조조를 모독하고 기롱한 죄를 지은 김종직의 온 궤적을 갈기갈기 찢어발겨야 속이 풀릴 일이었다.

―성상의 하교가 지당하옵니다!

윤필상은 더는 논의할 필요가 없다는 뜻으로 노사신을 흘깃 쳐다보았다.

사초 사건 관련자들의 처벌 수위를 정하는 것은 결코 간단한 일이 아니었다. 조정 대신들은 저마다의 생각과 그 관계에 따라 의견을 달리했다. 논의를 이어가는 임금과 대신들의 뜻도 각기 다를 수밖에 없었다.

―표연말과 이원은 진실로 죄가 있거니와 정석견이 말하기를 김종직의 글을 펴볼 겨를이 없었다 하였는데 그 나머지 사건 관계자는 모조리 석방하는 것이 어떠하냐? 그러나 이주의 말한 바는 반드시 내용이 있으니 신문해보도록 하라!

―이 세 사람은 당연히 석방해야 하오며 김전은 당연히 신문할 일이 있사오며 최부는 또한 사초와 행장에 다 제자라 칭하였고 그 초사招辭에 또 이르기를 비록 시집은 수장하였지만 펴볼 겨를이 없었다, 한 것은 이 말이 바르지 못한 것 같사오며 사초에 이르기를 김굉필은 더욱 김종

직이 애중히 여기는 바 되었다, 하였으니 이 세 사람은 석방할 수 없습니다. 단지 목록만 보고 그 글을 보지 못했다는 정석견의 그 말도 바르지 못한 것 같으나 그러나 전라도는 사무가 많으니 진실로 펴볼 겨를이 없었을 것이오며 또 그가 김종직에게 붙지 않은 내용은 유자광이 갖추어 알고 있사옵니다.

노회한 대신 윤필상은 임금의 뜻을 거스르지 않으면서 자신의 의견을 정중히 피력했다.

─신이 듣자온즉 함양 사람들이 김종직의 사당을 세운다고 하기에 바로 물어본 결과 대개 표연말, 유호인이 사주한 것이요. 그 고을 부로들이 하고자 한 것은 아니었습니다. 신은 본 고향이므로 중지시켰더니 나중에 신이 남원 고을에 사는데 표연말이 승지가 되어 정석견에게 편지를 통해서 신에게 촉탁을 하게 하였습니다. 그래서 정석견이 신을 찾아와 표연말의 뜻을 말하므로 신은 말하기를 그대의 생각에는 사당을 세우는 것이 어떠하다고 생각하는가? 하였더니 정석견이 말하기를 우리 조부가 향곡鄕谷에 있어 아이들을 교수敎授하여 근후謹厚함으로 소문났는데 이때에 조정에서 유일을 구하자 고을 사람들이 내 조부로 명命에 응하려 하니 내 형은 말리면서 말하기를 내 조부의 행적은 이뿐인데 어진 이를 구하는 명령에 응하려고 한다면 이는 비단 당세當世를 속이는 것일 뿐 아니라 또한 후세를 속이는 것이라 하였는데 지금 이 사당을 세우는 것도 역시 후세를 속이는 것이다, 하였은즉 정석견이 김종직의 당黨이 아니라는 것은 명백하옵니다.

무령군 유자광의 목표는 오롯이 김종직이었다. 지난날 김종직으로부터 당한 수모를 반드시 되갚아주는 것만이 뜻하는 의미였다.

―채수, 이창신, 김심은 석방하라. 무령군이 비록 정석견이 김종직에게 붙지 않은 사실을 해명했지만 역시 선뜻 석방하는 것은 불가하다. 그러나 뭇사람들의 공론이 역시 석방할 만하다 하니 석방하도록 할 것이나 다만 문집을 간행한 잘못만은 율律에 의해 비추어 계하도록 하라. 성중엄은 구금을 당한 지가 이미 오래요. 또 그가 연루된 것은 이목의 편지 때문이니 아직 석방을 보류하고 신문해야 할 일이 있거든 국문하는 것이 어떠하겠느냐?

조정 대신들의 공론을 받아들이면서도 연산군은 세밀히 따져 처분하려 했다.

―성중엄의 범죄에 대한 경중은 현재로 분별되지 못했으니 선뜻 석방할 수 없사옵니다!

윤필상은 대신들이 나눈 의견을 나서서 아뢰었다.

―그것은 알겠다. 지금 이 옥사獄事는 세상에 폭로하기 위한 것인데 불초한 자가 다시 써두는 일이 있을까 염려된다!

―신문이 끝나면 당연히 교서敎書를 발포發布하여 중외에 유시해야 하고 그 옥사와 교서는 사관이 마땅히 모두 써야 하니 비록 불초한 자가 써두는 일이 있다 할지라도 후세에서 누가 잘 믿겠습니까?

―내일 내가 마땅히 다시 말할 것이다.

―이주는 마땅히 형장 심문할 것을 청하옵니다.

―이는 반드시 사연이 있을 것이니 형장 심문하도록 하라!

윤필상 등 대신들의 뜻과 연산군의 뜻이 그리 다르지는 않았다. 이

주는 형장 30대를 맞았다. 언관으로서 전하의 의향을 돌리고자 그리하였을 뿐 딴 사정이 있지 않았음을 공초供招했다.

연산군은 선대왕조를 모욕한 대역죄인들을 도저히 용서할 수 없다는 집념에 사로잡혀 있었다. 사초 사건에 직접 관련된 자들의 목숨은 이미 저승 문턱에 당도해 있다 해도 과언이 아니었다. 조정에서는 관련자들의 죄목을 의논하고 정했다.

김일손, 권오복, 권경유는 대역의 죄에 해당하니 능지처사하고 이목, 허반, 강겸은 난언절해亂言切害의 죄에 해당하니 베어 적몰하고 표현말, 정여창, 홍한은 난언을 했고 강경서, 이수공, 정희량, 정승조는 난언한 것을 알면서도 고발하지 아니하였으니 아울러 곤장 1백 대에 3천 리 밖으로 내쳐서 정역定役하고 이종준, 최부, 이원, 강백진, 이주, 김굉필, 박한주, 임희재, 이계맹, 강흔은 붕당을 지었으니 곤장 80대를 때려 먼 지방으로 부처付處하고 윤효순, 김전은 파직을 시키고 성중엄은 곤장 80대를 때려서 먼 지방으로 부처하고 이의무는 곤장 60대와 도역徒役 1년에 과하고 유순정은 국문하지 못했으며 한훈은 도피 중에 있습니다.

파평부원군 윤필상이 대신들과 의논한 서계書啓를 임금에게 올렸다. 연산군은 관련자 각 사람 한 대목도 대충 보지 않았다.

-강겸이 맨 처음 허반의 말을 들었으나 김일손이 말을 내놓은 후 답하기를 나도 역시 일찍이 권씨의 조행이 과연 높다고 들었다, 하였은즉 허반의 죄와는 차이가 있지 않을까 하옵니다.

무령군 유자광이 나서서 생각을 아뢰었다.

-김종직이 시문詩文을 지어서 기록하였으니 대역으로서 논단하는

것이 진실로 당연하오나 김일손 등은 단지 김종직의 시문만을 찬양하였으니 김종직과 더불어 죄과를 같이하는 것은 부당하옵니다. 이일은 마땅히 후세에 전해야 할 것이온즉 용이하게 결징지을 수 없사오니 난언절해亂言切害로 논하는 것이 어떠하겠습니까? 비록 이같이 하여도 역시 마땅히 가산은 적몰해야 하옵니다.

선성부원군 노사신은 조정에 거센 피바람이 몰아칠 것을 경계했다. 종국에는 임금에게도 이로울 것이 없다는 판단에서였다.

─신종호, 이육은 지금 비록 사망하였으나 아울러 그 죄를 다스리는 것이 어떠하옵니까?

윤필상의 생각은 노사신과는 달랐다. 경중에 따라 처분을 해야 하되 누구라도 관련된 자는 비록 그가 세상을 떠났다 해도 죄를 물어야 한다는 뜻이었다.

─김일손 등을 벨 적에는 백관百官으로 하여금 가보게 하라. 근일 지방 등지에서 지진이 일어난 것도 바로 이 무리들 때문에 그런 것이다. 옛사람은 지진이 임금의 실덕失德에서 온다고 하였으나 그러나 금번의 변괴는 이 무리의 소치가 아닌가 여겨진다. 유생儒生이 혹은 관관에 있고 혹은 사학四學에 있으므로 단지 옛글만 보았고 조정의 법을 알지 못하여 서로 더불어 조정을 비방하니 어찌 이와 같은 풍습이 있었겠는가? 이 무리가 비록 학문이 있다 할지라도 소위가 이러하니 도리어 학식이 없는 사람만 못하다. 죄 있는 자는 당연히 그 죄에 처해야 하는 것이니 이 뜻으로서 다시 선성부원군에게 물으라. 그리고 무령군이 말한 강겸의 일은 과연 가긍한 점이 있으니 그 죄가 마땅히 허반보다 경輕해야 하

며 그 나머지도 스스로 율문律文이 있을 것이나 오직 이주만은 당연히 한 등급을 더해야 한다. 윤효순은 기망한 말이 있었으니 당연히 파직해야 하며 이극돈은 아뢰려 한 지가 오래였다 한다. 어세겸도 역시 파직해야 하느냐? 의논하여 아뢰라. 또 이육과 신종호도 마땅히 죄를 다스려야 한다. 이는 큰일이니 나는 종묘에 고유告由하고 중외에 반사頒赦하려고 한다. 경卿 등의 생각은 어떠한가?

연산군은 사초 관련자들의 죄를 단호히 처결하겠다는 뜻을 천명했다. 심지어 지방 도처에 지진이 일어난 것도 그들의 탓으로 여겼다. 더구나 김일손 등의 죄를 경하게 다스려야 한다는 선성부원군 노사신의 의견을 사뭇 못마땅해했다. 평소 노사신을 정중히 예우하던 것도 잊은 듯했다. 증조부 세조의 혈통 왕조를 기롱하고 능멸하려 했다는 사실에 연산군은 일말의 선처를 베풀 뜻이 없음을 분명히 한 것이다. 기필코 죽이고 말겠다는 살기가 너울거렸다.

스승 김종직이 쓴 조의제문弔義帝文을 사초史草에 기록한 순간부터 사관 김일손의 죽음은 예고되어 있었는지 모른다. 김종직은 부관참시를 당했다. 그리고 김일손은 광통방廣通坊에 끌려 나와 결국 능지처참凌遲處斬되었다. 사관 권오복과 권경유도 마찬가지였다. 이목과 허반은 참수형을 당했다. 강겸, 표연말, 홍한, 등은 곤장 백 대를 맞고 유배형에 처해졌다. 이밖에도 사초 사건에 일말의 연관이 있거나 사림파의 무수한 사람들은 대부분 유배를 당했다. 연산군은 냉혹했고 잔인했다. 김일손이 거열형을 당하는 것을 모든 조정 대신들이 지켜보게 했다. 그 상황에서 낯을 가리거나 참석하지 않은 대신들은 처벌하기까지 했다. 또 실록청의 관리들이었던 어세겸, 이극돈, 유순, 윤효순 등은 파직당했고 홍귀달, 조익정, 허침, 안침은 좌천되었으며 조위는 유배를 당했다. 사초의 기록을 빌미 삼아 사사로운 감정과 원한을 갚고자 했던 이극돈, 유자광 등이 폭로하고 꾸민 무오년의 비극이었다. 김종직의 조의제문은 세조의 증손자인 연산군의 분노를 사기에 충분한 글이었고 김종직과 김일손은 스스로 화를 자초한 것이라 해도 아주 틀린 것은 아니었다.

반면 훈구파의 원로로서 사림파를 못마땅히 여겨왔던 노사신은 뜻밖에도 사초 파문을 축소시키려 했다. 유자광 등의 반대에도 불구하고 연루자는 처벌을 받아야 하겠지만 김종직의 제자라 하여 모조리 대역죄로 처벌하는 것은 부당하다는 의견을 굽히지 않았다. 청론淸論하는 선비들이 마땅히 조정에 있어야 한다는 뜻을 내세웠다. 참수형이 확실시되는 이들의 상당수가 사림을 옹호한 노사신에 의해 유배로 감형되었다. 노사신이 사림을 옹호한 연유는 대간이 위축되면 신권臣權이 지나치게 약해지게 되고 반면에 왕권이 더 강화된다면 조정의 안정을 오히려 해칠 수 있다는 사려 깊은 판단에서였다. 훈구세력인 노사신이 더 크게 번질 수 있는 대형 옥사獄事를 막은 것이다.

세조의 증손자인 연산군은 김일손 등 사초에 관련된 자들을 단죄한 것을 종묘사직에 고유하고 중외에 사령赦令을 반포했다.

삼가 생각하건대 우리 세조혜장대왕께서 신무神武의 자질로 나라가 위의危疑하고 뭇 간신이 도사린 즈음을 당하여 침착한 기지와 슬기로운 결단으로 화란禍亂을 평정시키시니 천명과 인심이 저절로 귀속되어 성덕聖德과 신공神功이 우뚝 백왕의 으뜸이었다. 그 조종祖宗에게 빛을 더한 간대艱大한 업적과 자손에게 끼친 연익燕翼의 모훈謨訓을 자자손손 이어받아 오늘에까지 이르러 아름다웠는데 뜻밖에 간신 김종직이 화심禍心을 내포하고 음으로 당류黨類를 결탁하여 흉악한 꾀를 행하려고 한 지가 오래되었노라. 그래서 그는 항적이 의제義帝를 시해한 일에 기탁하여 세조대왕을 헐뜯었으니 그 하늘에 넘실대는 악은 불사不赦의 죄에 해당하므로 대역으로서 논단하여 부관참시를 하였다. 그 도당 김일손, 권오복, 권경유가 간악한 붕당을 지어 동성상제同聲相濟하여 그 글을 칭찬하되 충분忠憤이 경동한 바라 하여 사초에 써서 불후不朽의 문자로 남기려고 하였으니 그 죄가 김종직과 더불어 죄과가 같으므로 아울러 능지처사하게 하였노라.

그리고 김일손이 이목, 허반, 강겸 등과 더불어 선왕의 일을 거짓으로 꾸며대서 서로 고하고 말하여 사초에까지 썼으므로 이목, 허반도 아울러 참형에 처하고 강겸은 곤장 백대를 때리고 가산을 적몰하여 극변으로 내쳐 종으로 삼았노라. 또 그 사초에 관련된 죄인들은 경중에 따라 모두 이미 처결되었으므로 삼가 사유를 들어 종묘사직에 고하였노라. 돌아보건대 나는 덕이 적고 일에 어두운 사람으로 이 간당들을 베어 없앴으니 공구한 생각이 깊은 반면에 기쁘고 경사스러운 마음도 또한 간절하다. 아! 인신人臣이란 난리를 만들 뜻이 없어야 하는 것이다. 부도不道의 죄가 이미 굴복하였으니 뇌우가 작해하듯이 마땅히 유신惟新의 은혜에 젖도록 하겠다. 그러므로 이에 교시하는 것이니 이 뜻을 납득할 줄 아노라!

연산군은 실록청에 전교하여 김종직, 권오복, 김일손, 권경유 등의 사초를 전부 불살라버리라 명을 내렸다. 그들이 기록했던 글들은 흔적조차 남겨두지 않겠다는 생각이었다. 김종직이 저술한 점필재집佔畢齋集 또한 마찬가지였다. 훈구세력 이극돈은 자신의 허물을 사초에 기입한 사림파인 김일손을 해치기 위해 김일손이 사초에 기록한 조의제문弔義帝文을 발견했음에도 즉시 알리지 않은 죄로 파직을 당했으나 조금도 억울해하지 않았다. 사실 엄청난 옥사獄事를 촉발시킨 장본인은 바로 이극돈이었다. 김일손의 능지처사는 예상보다도 큰 결과였기에 이극돈으로서는 본래의 뜻을 이루고도 남은 것이다.

더구나 유자광은 손에 피 한 방울을 묻히지도 않고 후련하게 복수를 한 셈이었다. 이극돈이 찾아와 김종직이 쓴 조의제문의 실체를 꺼내놓는 순간 유자광은 뜻밖의 횡재를 한 것처럼 내심 쾌재를 불렀다. 김종직에게 당한 모멸적인 수모를 제대로 앙갚음할 수 있겠다는 생각에서였다. 비록 김종직이 이미 죽어 세상을 떠났으나 유자광은 김종직의 부관참시를 확신했다. 그러니 서슬 퍼런 무오년 여름 정국에 속으로 웃고 있는 유일한 사람은 무령군 유자광이라 해도 과언이 아니었다.

사초 관련자들의 처벌을 정할 때도 연산군은 선성부원군 노사신 등의 논의보다는 유자광의 의논을 주로 받아들였다. 유자광은 권세가 있는 사람에게 기울어 아부하고 결탁하는 재주가 탁월했다. 반드시 넘어뜨릴 자는 또한 모함을 서슴지 않았다. 권력에 목마른 유자광의 생존방식이었다. 파평부원군 윤필상, 선성부원군 노사신, 좌의정 한치형과 임금의 처남인 도승지 신수근과도 원만히 지내기를 애썼으며 심지어 원한으로 앙심을 품고 있었음에도 김종직이 살아생전에 임금의 총애를 받아 한창 융성하였을 때는 스스로 몸을 낮추었으며 김종직이 죽었을 때는 만사輓詞를 지어 통곡하기까지 했던 유자광이었다.

임금의 신임으로 의기가 양양해진 유자광의 위엄은 중외에 행해져서 급기야 조정에서도 감히 그 뜻을 거스르는 이들이 없을 정도였다. 유자광은 바야흐로 제 세상인 양 돌아보고 꺼리는 것이 없었으며 염치없는 무리들이 노상 따라붙어 문에 가득했다. 유림儒林들은 탄식만 하고 있었기에 학사學舍는 쓸쓸하여 글을 읽고 외우는 소리가 들리지 않을 정도였다. 이에 사헌부 지평 정인인이 차마 더는 지켜볼 수 없다는 생각으로 나서서 아뢰려 했다. 근일에 간당奸黨을 베어 없앤 일에 있어 윤필상 등에게 상을 준 것은 진실로 당연하나 다만 유자광에게는 이미 한 자급을 가했는데 그 아들 유진마저 또 당상으로 승진시킨 것과 김자원이 내시로서 임금의 명령을 출납하는 것은 바로 그 직분이온데 역시 한 자급을 올린다는 것은 심히 온당치 않다는 의견이었다. 하지만 승지 홍식은 지난날 전교를 내려 이르신 것을 상기하며 관은寬銀을 베푼 일에 대하여 감히 그르다 하는 자는 율律에 의해 처단하고 절대로 놓아두지 않는다, 하셨는데 성상의 분부가 이러했더라도 감히 들어가서 아뢰겠는가? 하자 정인인은 두렵고 위축되어 마침내 물러갔다. 언관들이 소임을 다할 수 없는 실로 위태로운 국면이 벌어지고 있었다.

광기狂氣

　　　　　　　　　　사면되어 배소配所에서 돌아온 이세좌는 단봉문丹鳳門 밖에서 사은했다. 연산군은 험난한 만 리 길을 와서 궐문 밖에서 사은하니 아직도 충성이 남아 있다 하며 술을 하사했다. 또 이르기를 이것은 네가 전일에 내게 기울여 쏟은 것이다, 하니 이세좌는 울면서 감읍했다. 지난해 9월 창덕궁 인정전에서 양로연이 열렸을 적에 연산군은 연회에 참석한 대신들에게 술을 받고 답례 술을 주기도 했다. 그때 예조판서 이세좌는 연산군의 답례 술을 마시다가 실수로 술을 흘려 임금의 곤룡포를 적시는 어이없는 불충을 저지르게 되었다. 편전便殿으로 돌아온 연산군은 승지들을 불러 그 사실을 알리고 이세좌를 국문하라 명을 내렸다. 이세좌는 취중의 단순한 실수라 했으나 연산군은 받아들이지 않았다. 급기야 이세좌를 파직시키고 함경도 온성으로 유배를 보냈다. 그리고 석 달 후에 이세좌의 유배를 풀어주어 한양으로 돌아오게 했다.

　　연산군은 왕위에 오른 직후, 생모 윤씨의 존재와 사사賜死된 이유까지도 알게 되었다. 선왕 성종이 승하하면서 묘지문에 쓰여있던 판봉상시사判奉常寺事 윤기견이란 이름 때문이었다. 그때 영돈녕 윤호를 잘못 쓴 것이란 말이냐며 입직승지에게 물었다. 윤기견은 폐비가 된 윤씨의 부친으로 윤씨가 왕비로 책봉되기 전에 죽었다는 설명을 듣게 되면서 생모 윤씨의 존재와 폐위와 죽음을 알게 된 것이다. 즉위 직후에 그 사실을 알게 되었으면서도 연산군은 별다른 반응을 보이지 않았고 일절 속내를 드러내지도 않았다. 다만 한동안 거의 수라를 들지 않았을 뿐이었다.

그런 사실을 전해 들은 조정 대신들은 적잖은 두려움에 떨어야 했다. 더구나 폐비윤씨가 사사되던 당시 조정에서 직책을 맡고 있던 대신들과 일말의 연관이라도 있는 사람들은 크나큰 불안감에 더욱 휩싸일 수밖에 없었다. 폐비윤씨의 사약을 들고 갔던 이는 다름 아닌 당시 좌승지였던 이세좌였다. 그러니 이세좌의 두려움은 이루 말할 수 없을 정도였다. 어명을 받은 죄밖에 없었으나 운명 앞에서는 소용이 없었다. 그러했음에도 연산군은 잊은 듯이 10여 년 동안이나 생모 윤씨의 사사賜死에 관하여 전혀 언급이 없었다.

경기관찰사 홍귀달은 왕명을 받아들이지 않았다. 신하로서 이유 불문한 대죄였다. 하지만 손녀가 후궁이 되는 것을 홍귀달은 몹시 내켜 하지 않았다. 홍귀달의 손녀가 빼어난 용모를 지녔다는 것을 알게 된 연산군이 간택령을 내려 입궐을 명했지만 홍귀달은 받아들이지 않은 것이다.

―신의 자식 홍언국의 여식이 신의 집에서 자라고 있습니다. 예궐詣闕하여야 하는데 마침 병이 있어 신이 언국을 시켜 사유를 갖추어 고하게 하였는데 관계 관사에서는 예궐하기를 꺼린다고 하여 언국을 국문하게 하였습니다. 진정 병이 있지 않다면 신이 어찌 감히 꺼리겠습니까? 비록 지금 곧 들게 하더라도 역시 들 수가 없을 정도이옵니다. 신이 가장

이기로 대죄하옵니다!

　경기관찰사 홍귀달은 손녀가 병이 있어 예궐하지 못하는 것이라며 강변하듯 아뢰었다.

　―홍언국을 국문하면 그 진실과 허위를 알게 될 것이다. 아비가 자식을 위하여 구원하고 아들이 아비를 위하여 구원하는 것은 지극히 불가한 일이니 홍귀달도 함께 국문하라!

　―대신이 아뢰는 말을 막아 가리울 수는 없었사옵니다!

　도승지 박열은 난처한 직임을 말하며 어쩔 줄을 몰라 했다.

　―누가 곧 입궐하라 하였기에 이런 패역한 말을 하느냐? 그 불공함이 이세좌가 하사주下賜酒를 기울여 쏟은 죄와 다름이 없다. 대신이 이런 마음을 가지고서 관찰觀察의 소임을 할 수 있겠느냐? 그 직첩을 거두라. 또 도승지는 홍귀달의 불공한 말을 입계하였다. 대신의 아뢰는 말을 막아 가리지는 못하더라도 죄를 청할 수는 있는데 그러지 않았으니 따로 전지傳旨를 만들어 국문하라!

　홍귀달의 변辨에 오히려 능욕감마저 느껴진 탓인지 연산군의 달아오른 분기는 쉽사리 가라앉을 것 같지 않았다. 더구나 불공함이 이세좌와 다름없다 한 것은 정녕 예사로운 것이 아니었다. 연산군의 의식 속에는 생모 윤씨가 사사될 때 이세좌가 사약을 들고 갔던 그 사실이 매우 깊이 각인되어 있어서였다.

　―승지들이 전원 국문을 받으니 누가 추고推考할 전지를 지을 수 있겠습니까?

　좌부승지 이계맹이 조심스레 나서서 아뢰었다.

―홍귀달이 대신이니 백관의 사표師表라 할 수 있는데 이런 불공한 말을 아뢰었다. 대저 대신이 재상이노라 하지 않고 그 마음을 경계하고 조심하면 신진 선비들이 역시 본받게 될 것인데 위를 업신여김이 이세좌와 같은 것이다. 어떻게 생각하는가?

좌부승지 이계맹이 이유를 들어 아뢰었으나 연산군은 동문서답하듯 했다. 홍귀달과 이세좌에게로 향한 강포한 감정은 더욱 커져만 갔다.

―홍귀달이 제 지위를 믿고 불공한 말을 한 것인지 그 마음을 알지는 못하겠습니다. 그러나 그 말은 그른 것이 맞습니다!

우승지 성세순이 홍귀달의 그릇된 처사를 힐난했다.

―어세語勢가 불공하니 오로지 위를 업신여기는 마음에서 나온 것이다. 사헌부의 의견은 어떠한가?

―홍귀달이 필시 그 아들이 죄를 입을까 두려우므로 와서 구원한 것입니다. 비록 곧 들게 하시더라도 예궐할 수가 없습니다, 라는 말은 지극히 불공합니다. 신들은 지금 전교를 듣고 놀라는 마음이 이를 데가 없사옵니다.

임금의 물음에 대사헌 이자건은 신하로서 당연히 불공한 처사라며 놀랍다는 듯 대답했다.

―군신의 분의는 엄히 하지 않을 수 없다. 엄하지 않으면 상하가 문란하여 이적夷狄이나 다른 것이 없다. 그러므로 전교와 전지를 자주 내려 폐습을 없애려는 것인데 이제껏 고쳐지지 않고 오늘에 이르렀다. 전일 이세좌가 하사주를 기울여 쏟아 나의 옷을 적시기까지 하였으니 그 죄가 불경을 범한 것이다. 신하로서 죄가 무엇이 불경보다 크겠는가?

대간인 자들이 의당 탄핵하여야 할 것인데 그의 세력이 두려워 입을 다물고 아무 말이 없었으나 이세좌는 이미 죄를 주었다. 대저 지금 대간은 그 근거를 보면 재상은 세력이 두려워 말하지 않고 세력 없는 고단한 삶을 보면 반드시 논란하여 탄핵을 말하는데 대간만 그러는 것이 아니라 재상까지 한 사람도 말하는 자가 없었다.

　대간이나 재상 된 자들이 서로 붕당朋黨이 되어 위를 고립되게 하니 이렇게 하기를 말하지 않는다면 나라의 오래되고 먼 왕업이 반드시 장차 떨어지고 말 것이다. 앞서 무오년에 붕당의 무리들이 이미 중한 벌을 받았으니 앞 수레의 엎어짐을 역시 거울삼아야 할 것인데 그런 풍습이 다 없어지지 않고 아직도 남아 있으니 이런 패습은 없애지 않을 수 없다. 물에 비한다면 아직 터지지 않았을 때에는 둑을 쌓아 막을 수 있지만 무너져 넘친 뒤에는 사세가 막을 수 없는 것이다. 예전에 이르기를 면대하여서는 따르고 물러가서는 뒷말하지 말라 하였는데 지금 홍귀달의 아뢴 것은 대개 이세좌가 공경스럽지 못한 죄를 범하였는데도 중한 죄로 다스리지 않았기 때문이다. 이런 패역한 말은 친구 간이라도 좀 높은 자에게는 감히 하지 못할 것인데 하물며 인군人君의 앞에서이겠는가? 엄하게 국문을 하라!

　생모 윤씨가 사사당할 때 사약을 들고 간 이세좌와 손녀의 입궐을 거부한 홍귀달에 대한 연산군의 적의敵意가 하교에 고스란히 담겨 있었다.

　─성상의 하교가 지당하옵니다. 이세좌는 과연 중한 죄를 범하였습니다. 지금 감히 다시 추론하기를 청하지 못하지만 홍귀달 역시 불경의 죄를 범하였으니 추국推鞫하여 죄주기를 청하옵니다.

대간들을 제 소임을 다하지 못하는 부류로 여기며 질시하는 임금의 지적에 대사헌 이자건은 한껏 몸을 낮추었다. 연산군은 의정부 및 육조를 즉시 부르고 승지들은 물러가지 말고 머물도록 했다.

　좌우로 도열해 있는 조정 대신들을 번갈아 노려보는 연산군의 싸늘한 눈빛에는 한 맺힌 원망이 서려 있었다. 대신들은 오금이 저릴 수밖에 없었다. 다리가 후들거리고 낯빛이 변하는 이들이 다수였다. 이세좌가 하사주를 기울여 쏟아 임금의 곤룡포를 적셨다는 지난 일을 지속해서 상기시킨 의도 때문이었다. 생모 윤씨가 폐위되고 급기야 사약을 받고 죽었다는 사실에 극심한 내면의 몸살을 앓아온 임금이 이제 기어이 복수의 칼을 빼어 들 것만 같아서였다. 도열해 있는 대신들은 모두가 두려움에 몸을 떨어야 했다.

　-이세좌가 중죄를 지고 귀양 갈 적에 재상이나 대간이 그 세력을 무서워하여 한 사람도 그 처벌이 경함을 말하지 않았고 방면될 때에도 역시 누구 하나 빨리 풀려온 것에 대해 말한 자가 없었다. 이 때문에 재상들이 모두 교만해져 아무개도 귀양 간 지 얼마 안 되어 돌아왔으니 모두들 내가 죄를 입더라도 오래지 않아 방면될 것이다, 하여 홍귀달 역시 경계하지 않고 공손스럽지 못한 말을 한 것이니 지금 마땅히 국문하여 죄를 주어야 한다. 이세좌가 지금 방면되었으나 하필 도성 안에 있게 해야겠느냐? 성 밖에 두는 것이 어떠한가? 협의하지 말고 말하라.

　연산군은 영의정 성준이 병으로 예궐하지 못하자 주서注書 이희보를 보내 의견을 물었다.

　-이세좌가 당초 중한 죄를 범하였는데 오래지 않아 풀려났으니 성

상의 은혜가 지극히 중합니다. 또 지금 그 집에 편안히 있는 것은 지극히 지나친 일이니 성 밖에 둔다는 성상의 하교가 지당하신 것입니다.

영의정 성준은 이미 답을 내어놓은 임금의 물음에 일 점도 어긋나지 않았다.

－이세좌의 죄는 과연 중한 것입니다. 당초 사면하는 날에 신들의 생각 역시 바르다 여겼으나 다만 특별히 내리는 은명이기 때문에 감히 아뢰지 못하였던 것인데 지금 생각하니 신들의 잘못이었습니다. 성 밖에 있게 한다는 성상의 하교가 지당하옵니다. 지금 홍귀달의 죄를 다스리는 것인즉 모든 재상들이 알아두어야 하겠습니다!

파평부원군 윤필상이 대신들을 대표하여 나서서 뉘우치듯이 잘못된 처신을 고하였다.

－신하의 죄가 불공不恭보다 큰 것이 없으니 내가 망령되이 스스로 존대尊大하려 하여 말하는 것이 아니다. 대체로 군신 사이의 분의는 엄히 하지 않을 수 없는 일이니 임금으로서는 임금의 도를 알고 신하로서는 신하의 도를 알아 임금과 신하가 각기 그 도를 다하여야 한다. 만일 임금과 신하의 분의가 엄하지 못하다면 조정 안에서 무슨 일이 바로 될 수 있을 것이랴? 불경죄를 범한 자에게는 법으로 응당 다스려야 한다. 그러므로 전에 이세좌를 먼 곳으로 귀양 보냈던 것인데 지금 도로 사람이 희소하고 조잔하여 피폐한 고을로 내쫓는 것이 마땅하니 정배할 곳을 의논하여 아뢰도록 하라.

이세좌의 불경죄를 반복하여 지적하는 연산군의 생각은 오로지 한곳으로 향했다. 윤필상 등의 대신들은 이세좌의 귀양지를 강원도 영월로 뜻을 모아 아뢰었고 연산군은 받아들였다. 또 홍귀달이 아들의 죄 입을 것을 두려워한 것이나 손녀가 병이 있어 낫지 않았으니 비록 명하여 들게 하더라도 아마 예궐할 수 없었을 것입니다, 라는 말은 아들을 비호한 뜻이 확실하다 아뢰었다. 연산군은 홍귀달에 대하여도 생각을 밝혔다. 대저 전쟁 때라면 부자간이 서로 구원해야 하겠지만 이런 일은 서로 구원하는 것이 마땅치 않다며 홍귀달에 대한 노여움도 누그러뜨릴 마음이 없음을 분명히 했다. 생모 윤씨가 폐위당할 때 그가 도승지였음도 내심 간과할 수 없는 이유일 터였다. 당시에 홍귀달은 중전의 폐위를 반대했었다. 하지만 지금 연산군에게 그런 사실은 눈에 귀에 들어올 리가 없었다.

연사군은 이세좌의 예에 따라 홍귀달의 죄를 처결하고자 했다. 이세좌가 몸이 중한 죄를 범하고 먼 곳으로 귀양 갔을 적에 마침 대비께서 편안치 않으실 때이므로 백성들이 원통을 품은 자가 있을까 염려해서 사면을 내려 그 원통함을 풀게 하려 했던 것이다. 그때 이세좌가 대신으로서 먼 지방에 귀양 가 있기 때문에 특별히 놓여오게 한 것이다. 그런데 무릇 대신 된 자들이 서로 징계하고 힘써야 할 것인데 큰 죄가 있다 하더라도 나라의 사직社稷에 관한 것이 아니면 반드시 형장도 받지 않고 비록 먼 곳으로 귀양가더라도 반드시 오래지 않아 돌아온다, 하며 이세좌를 준례로 삼아 두려워하고 꺼리지 않으므로 홍귀달의 언사가 불공한 것이니 위를 업신여기는 풍습이 이보다 더할 수 없는 일이다. 이런 사람은 도성 밖으로 내쫓는 것이 의리에 매우 합당하여 전지傳旨를 내리는 것이니 그리 알라며 대신들에게도 모두 경고하듯 했다. 대신들의 죄를 엄히 다스리지 않아 임금의 명이 업신여김을 당하고 그로 인해 군신 간의 기강도 허술해진 것이라는 연산군의 인식은 싸늘하기가 이를 데 없었다.

이세좌에 대한 적의와 홍귀달에 업신여김을 당했다는 연산군의 능멸감은 소멸될 수 없는 증오심으로 단단히 굳어졌다. 대사헌 이자건, 대사간 박의영, 집의 권홍, 사간 강숙돌, 장령 이맥과 김근사, 지평 김인령과 김철문, 정언 김관을 의금부에 가두게 했다. 이세좌가 중한 죄를 범하였으나 오래지 않아 방면되므로 그 세력을 두려워하여 아뢰지 않은 것이며 사헌부와 사간원의 대간들이 책무를 다하지 않은 것으로 도리어 선동하기까지 한다는 이유에서였다. 위를 능멸하는 풍습을 통렬히 없애야 한다며 의금부에 하옥된 그들을 속히 국문하도록 명했다. 조정은 매우 암울한 형국 속으로 빠져들어 갔다.

이세좌에 대한 연산군의 극심한 증오는 결국 천륜의 감정에서 기인된 것임은 말할 것이 없었다. 임금의 명을 거부할 수도 선택하여 받아들일 수도 없는 한 사람의 신하에 불과한 이세좌였다. 하지만 연산군은 생모 윤씨를 사사賜死하기 위해 사약을 들고 간 이세좌를 결코 용서할 생각이 없었다. 당시 승정원의 좌승지로서 임금의 명을 따를 수밖에 없는 처지였음을 모르지 않을 테지만 연산군은 마치 생모 윤씨를 죽음에 이르게 한 인물이 이세좌인 것으로 믿고 싶어하는 것 같았다. 차마 선왕인 성종을 대놓고 원망하며 탓할 수가 없으니 분노의 최우선 대상을 이세좌로 정한 듯했다.

연산군은 이후에 큰 사면령을 내리더라도 이세좌는 용서하지 않겠다고 천명을 했다. 이세좌의 아들을 불러들여 불경죄를 범한 사람을 빨리 놓아주어 그로 인해 재상들이 징계되지 않음으로 불경한 사람은 함께 있을 수 없어 내치는 것이니 원망하지 말라 이르게 했다. 조정 대신들은 연산군의 감정이 어느 지경에 이르렀는지 알고도 남을 정도였다. 어차피 정해진 운명인 것을 깨달은 이세좌는 벗어날 수 없음도 모르지 않았다.

홍귀달에 대한 감정 또한 별반 다르지 않았다. 홍귀달의 추국이 늦다며 의금부 당상을 불러 질책했다. 그러면서 이것도 필시 재상이기 때문에 이러는 것이니 모두 위를 업신여기는 풍습 때문이라며 지적을 이어갔다. 홍귀달은 이미 직첩職牒을 거두었으니 재상의 준례로 하지 말 것을 명하면서 옥에서 자물쇠를 목에 채웠는지를 확인하기까지 했다. 나아가 의정부에는 지금 세상을 보면 노성老成한 대신이 있고 뒤이어 재상이 된 자가 있는데 서로 비호하고 덮어 그 허물을 말하지 않는다.

대간이 된 자는 불경한 사람을 보고도 세력이 두려워 말하지 않고 말하지 않을 것도 또한 논계한다. 이뿐만이 아니라 재상으로 있는 자에게는 한마디의 말이 없고 고단한 자에 대하여는 반드시 또 논박한다. 그와 같이 자리에 있는 자들이 그름을 말하지 않아 점차 붕당을 이루어 임금으로 하여금 위에 고립되게 하니 이런 위를 능멸하는 풍습을 고치지 않을 수 없다. 전지傳旨를 의정부에 내리도록 하면서 전지를 지을 때는 승지들이 함께 자세히 의논하라 했다. 반복하여 의정부에 또 전지하기를 군신의 분별은 엄하지 않을 수 없고 위를 능멸하는 풍습은 반드시 고치지 않을 수 없다고 했다.

근자에 묵은 폐단이 인습이 되고 오만이 습관이 되었기 때문에 여러 번 전지를 내려 그 폐단을 제거하려 하여도 사람들이 고칠 줄을 모른다. 대신일지라도 역시 불경한 죄가 있으면 대간이 의당 탄핵을 논박하여야 할 것인데 그 기반을 보고서는 세력이 성한 것을 두려워하여 말하지 않고 고단한 것을 보면 반드시 극력 논하기를 주저하지 않으며 혹은 말할 만한 것이라도 말하지 않고 말할 것이 아닌데도 억지로 말한다. 대간만이 아니라 재상 된 자도 감히 말하지 못한다. 지금의 재상, 대간이 이러하고 이후의 재상, 대간도 서로 붕당이 되어 다시 이렇게 한다면 임금이 장차 위에 고립될 것이니 이 풍습을 자라게 할 수는 없다. 중외에 효유하여 통렬히 폐습을 고치도록 하라.

군신의 분별을 엄하게 하여 위를 능멸하는 풍습을 고치려는 연산군의 집착은 사납고 무서웠다.

의금부에서는 홍귀달을 대죄인에 해당한다고 아뢰었으나 연산군은 의외로 사형을 감하여 부처付處하라 명했다.

-재상이 귀양갈 때 낭청郞廳이 압령押領해 가는 것은 역시 정례가 있다. 그러나 경한 조리를 범한 것이라면 가하되 홍귀달같이 분한 마음을 품고 말이 불공不恭에 관계된 사람은 그 죄가 이와는 이유가 다르다. 만일 낭청으로 압령해 가게 한다면 재상의 체모가 있으니 옥졸로 하여금 압령해 가게 하는 것이 어떤가?

-이후로 이런 죄인은 옥졸로 하여금 압령해 가게 하는 것을 영구히 법으로 정하소서!

의금부사 이계동은 지당한 것이라 하며 연신 머리를 조아렸다.

―이세좌 같은 자 역시 옥졸로 압령해 가게 하라!

귀양 보내는 방식까지 따져 명을 내릴 정도로 홍귀달과 이세좌에 대한 연산군의 증오심은 집요하기 이를 데가 없었다.

―어명을 받들겠사옵니다!

의금부사 이계동은 한껏 목청을 높였다.

―이세좌가 대신으로서 불경죄를 범하였으니 무릇 재상이 된 자는 의당 이세좌로 경계를 삼아야 할 것인데 홍귀달은 그 아들을 비호하려고 불공한 말로 위를 능멸하려고 하였다. 홍귀달로 말하면 한때의 사표師表였던 사람으로 학문이 있었으니 사리를 모른다고 할 수 있겠는가? 이러하기 때문에 죄주기를 한 것이다. 홍귀달이 선왕조를 섬겨오며 직위가 재상의 중임에 이르렀는데 내가 이렇게 죄주기를 하게 되니 마음이 편할 수 있겠는가? 그러나 나는 대신을 존중하는데 대신이 나의 마음을 알지 못하고 업신여김이 이러하니 위를 능멸이 여기는 풍습을 고치고 싶으므로 죄를 주고 용서하지 않는 것이다. 그 배소配所를 써서 아뢰라.

죄를 주지 않을 수 없는 이유를 세세히 열거하는 연산군의 언사에는 필시 비수가 깃들어 있었다. 의금부에서 홍귀달의 유배지로 경원, 강계, 삭주를 써서 아뢰었다. 연산군은 그중 경원으로 유배하라는 명을 내렸다.

증오의 불길은 꺾일 줄을 모르고 활활 타올랐다. 대놓고 내색할 수는 없어도 대신들은 우려감을 떨쳐내지 못했다. 연산군은 전, 후의 대간으로서 이세좌의 일에 논하지 않은 이들을 한 명도 숨김없이 써서 아뢰라 했고 그것을 숨기면 반드시 죄를 줄 것이라 했다. 아울러 홍문관도 언급을 하며 인물을 논하는 곳이 아니나 때로 인물을 논박하기도 하였음에도 이세좌에 대하여는 논한 사람이 없으니 그때의 홍문관 관원들도 빨리 써서 아뢰라 채근을 하기까지 했다. 그뿐만이 아니었다. 이세좌와 홍귀달이 불경죄를 범하였으니 모두 왕도에 돌아오지 못할 자들이라 했다.

도중에는 반드시 병을 칭탁하여 지체할 것이며 연도의 수령들이 실어다 주며 위로해 보낼 것이니 유시諭示를 내려 그렇게 하지 말라는 명을 속히 전하도록 했다. 지방 수령들이 이세좌와 홍귀달을 위로하지 못하도록 미리 쐐기를 박아 둔 것이다. 연산군의 날 선 집요함에 조정 대신들의 불안감은 더욱 커져만 갔다. 지나간 일이든 향후에 생길 일이든 만약 그와 연관된 어떤 일로 인해 임금의 심기를 거스른다면 결코 벗어날 수 없는 낙인의 올가미에 걸려들 것은 미루어 짐작이 필요 없을 정도였다. 종국終局에는 기어이 목숨을 거둘 것이라는 예상이 틀리지 않을 것도 말이다. 그러니 누구도 예외 없이 몸을 사릴 수밖에는 없었다.

사헌부와 사간원이 합세하여 이세좌의 죄를 논한 후에 어전御殿으로 나아가 아뢰었다.

−이세좌는 일찍이 중한 죄를 범하였는데 온성으로 유배하였으니 이것은 경한 법을 쓴 것입니다. 그러나 이미 지난 일이니 신들이 감히 아뢰지 못하겠사옵니다. 지금 먼 지방으로 귀양 보내야 할 터인데 다시 영월로 보내시니 이것은 그 죄대로 죄를 준 것이 아닙니다. 반드시 먼 지방으로 보내도록 하소서. 홍귀달 역시 불경죄를 범하였는데 사형을 감하여 속바치게 하신 것입니다. 이런 죄인은 마땅히 율律에 의하여 논단할 것을 청하옵니다.

대사헌 홍자아는 임금의 심기에 거슬리지 않기 위해 한마디 말에도 주의를 기울이는 기색이 역력했다. 반면에 연산군은 이제야 사헌부가 제 몫을 하고 있다는 만족한 표정을 지어 보였다.

—이세좌와 홍귀달은 다 중한 죄를 범했다. 이세좌는 내가 손수 술잔을 주었는데 엎질러 쏟고 마시지 않았으며 홍귀달은 그 아들을 구원하려다가 말이 불공不恭을 범하게 되었으니 그 죄가 차이가 있다. 이세좌는 장형을 속바치게 하지 않았는데 홍귀달에게 장형을 속바치게 한 것은 홍귀달이 한때의 사표師表이었기 때문이다. 이세좌를 영월로 귀양 보내는 것은 과연 아뢴 바와 같으니 변방의 사람 없는 곳으로 골라서 다시 아뢰라.

임금이 손수 건네준 술잔을 술에 취해 임금의 곤룡포에 엎질러 쏟은 것도 죄가 아닌 것은 아니나 당시 상황을 따져 얼마든지 가벼이 넘길 수도 있는 일이었다. 이세좌에 대한 연산군의 본질적인 감정은 실수로 엎지른 술이 아닌 바로 생모 윤씨에게 들고 간 사약이었다.

—이세좌를 전날의 배소配所인 온성이나 그 이웃 고을로 귀양 보내고 홍귀달의 죄도 경하지 않으니 그 해당하는 법으로 논단하소서!

대사간 최인이 나서서 의견을 아뢰었다.

—이세좌의 범죄는 임금을 업신여기는 중에도 더욱 임금을 업신여긴 것이다. 적용한 법이 그 죄에 합당하지 않다면 그때의 법관이 그르다. 홍귀달의 범죄는 다만 불경죄이니 그러므로 단지 장형을 속바치고 멀리 귀양 가게 한 것이다. 무릇 작은 죄라면 대신을 너그러이 용서해야 하겠지만 이런 큰 죄는 가려 용서해주지 말아야 하기 때문에 이렇게 한 것이다.

연산군은 이세좌와 홍귀달의 죄가 다른 점을 상기시켰다. 이세좌를 어찌 여기고 있는지 확연히 드러나 있었다.

  ―듣건대 이세좌와 홍귀달의 추안推案을 들이게 하셨다는데 만일 그 율律의 죄명을 상고하신다면 유배流配 위에 반드시 그 죄가 있을 것이니 율을 상고한 뒤에 처치하도록 하소서. 홍귀달이 비록 이세좌와 다르지만 불경죄야 무엇이 다르겠습니까. 역시 율에 의해 죄주는 것이 어떻겠사옵니까?

  대사헌 홍자아는 불경을 저지른 것은 다를 수 없다는 점을 강조했다.

  ―무릇 신하는 충성스런 마음으로 위를 섬겨야 하는 법인데 경연經筵 같은 데서는 존경하는 듯하다가 물러가면 비웃듯이 붕당을 지어 위를 능멸하며 의논을 하는 풍습이 있다. 신하로서 어찌 차마 이런 짓을 할 수 있으랴? 또 대간 된 자들이 스스로 붕당을 이루어 재상을 논박하며 비판하기도 한다. 전일에 박은이 동료들의 의논을 배제하고 제 마음대로 지은 상소를 고쳤으니 의당 좋은 자리에 서임하지 말아 곤체하게 하여야 할 것이다. 또 박은 같은 자가 반드시 반드시 많을 것이니 알아내어 아뢰도록 하라.

  ―홍귀달의 조율이 옳게 된다면 그 죄가 형장을 속바치고 멀리 귀양가는 데 그치지 않을 것이니 율대로 하시며 이세좌의 죄도 다시 조율하여 그 죄를 다 받게 하시오소서.

  ―내일 육경六卿 및 대간 들을 불러 함께 의논하도록 하겠다!

  대간을 비롯한 대신들에 대한 연산군의 불신은 매우 컸으나 대신들은 그 점을 제대로 간파하지 못하고 있었다. 연산군의 생각은 단조로운 듯했으나 실상 단조로운 것만은 아니었다.

운명이라 여기면서도 이세좌는 극심한 두려움을 느끼지 않을 수 없었다. 이세좌는 궁궐 문밖에서 임금에게 사죄의 절을 올렸다. 그러나 연산군은 그 사실을 자신에게 알린 승지들을 국문하라 명을 내렸다. 임금의 뜻을 탐색하려는 이세좌의 노림수를 헤아리지 못한 죄를 승지들에게 물은 것이다. 증오와 복수와 불신으로 점철된 연산군의 생각과 행보는 몹시 거친 폭풍전야를 예고하는 듯했다. 의금부에서는 이세좌를 강원도 평해로 귀양 보낼 것을 주청했다. 연산군은 그대로 받아들이고 주서注書 이희보를 보내 이세좌의 귀양길을 엿보도록 했다.

-신이 용진龍津으로 달려가니 한사람이 초라한 차림으로 가는 것이 보였는데 가보니 이세좌였고 따라가는 사람은 그의 아들 이수정과 손자 두 사람뿐이요. 별로 전송하며 위로하는 자는 없었습니다. 다만 압령해 가는 옥졸이 없는 것은 이상하였습니다!

-압령해 갈 옥졸을 곧 잡아다 추국하고 다시 옥졸 두 사람을 보내어 대신 압령해 가게 하라. 또 그 아들 이수정은 직을 맡고 있으면서 마음대로 직을 떠나 따라가니 그것이 잘못이 아니냐? 그도 역시 잡아다가 국문하도록 하라.

주서 이희보의 보고를 받은 연산군의 용안은 이내 일그러지고 말았다. 전송하는 이들을 볼 수 없었다는 말에 예상이 빗나간 분풀이를 이수정에게 하려는 것 같았다. 연산군은 지난날의 대간들도 가두거나 귀양 보내겠다는 생각을 굳히고 있었다. 불경죄를 범한 자들을 방관한 죄도 그들과 다름없다는 논리였다. 대간을 핍박하는 것은 언관의 역할을 부정하는 것이나 다름없는 매우 위험한 발상이었으나 연산군은 전혀 개의치 않았다. 조금도 서슴지 않고 칼날을 휘두를 태세였다.

연산군의 정신은 생모 윤씨가 사약을 받고 죽어갔다는 극명한 사실에 깊이 꽂혀 있었다. 경연經筵에 참석하지 않은 지는 이미 오래되었고 지나치리만큼 밤낮으로 주색酒色을 일삼았다. 분출 직전의 용암처럼 거센 분기는 임계점을 향해 치닫고 있었다. 내면의 소용돌이는 잠시도 멈출 줄을 몰랐다. 피 묻은 적삼이 한시도 뇌리를 떠나지 않았다. 사약을 마신 생모 윤씨가 피를 토하며 쓰러졌을 장면을 떠올릴 때는 부들부들 몸을 떨기까지 했다. 외조모가 입궐하여 고이 간직해온 피 묻은 적삼을 눈앞에 펼쳐놓았을 때 연산군은 그 앞에서 한 방울의 눈물도 보이지 않았다. 어쩌면 원한이 너무 깊어져 그럴 수 있었다.

임사홍으로부터 생모가 억울하게 폐위당하고 사사되었다는 사실을 소상히 전해 들은 연산군은 비통한 심정들을 연일 곱씹었다. 폐위와 사사에 한 가닥이라도 연루된 자들은 살아남을 수 없을지도 모를 일이다. 내색할 수는 없어도 선왕인 성종에 대한 원망도 이루 말할 수 없을 정도였다. 조모인 인수대비와 생모인 줄만 알았던 자순대비와 이복 아우 진성대군에 대한 감정도 마찬가지였다. 생모에 관한 일을 암묵적으로 덮어두려 했던 사실에 속으로 분개하며 이를 갈았다. 철저히 소외되고 기롱당했다는 적의가 마구 부풀어 올랐다. 생모 윤씨의 폐위와 사사 그리고 외톨이었던 자신의 처지를 끊임없이 곱씹고 있는 연산군의 울분은 날이 갈수록 커져갈 수밖에 없었다.

조정은 살얼음판처럼 위험했다. 불경죄를 단죄하는 것에 온통 임금의 생각이 꽂혀 있으니 그럴 수밖에는 없었다. 아비의 뒤에 숨어 죄를 면하려 했다는 홍귀달의 아들 홍연국도 국문을 피하지는 못했다. 그리고 또 이세좌가 귀양에서 돌아왔을 때 그를 찾아가 방문한 자들이 많았을 것이라며 죄가 두려워 자수한 자들까지 포함하여 모두 밝혀내 국문하라 명했다. 그리고 이세좌가 임금을 업신여기는 죄를 지었는데도 대간들이 탄핵하지 않은 것은 그 세력을 두려워한 것으로서 그렇다면 임금은 위에 고립될 수밖에 없는 것이 되니 대신의 죄는 종묘사직에 관계된 것에만 있는 것이 아니라며 재차 강하게 질책을 했다. 당시의 간관들을 의금부에 하옥하라 명했다.

귀양 가던 홍귀달을 다시 잡아 오게 하여 좌승지 이계맹을 시켜 형장을 때리는 것을 감독하게 했다. 그러면서 군신의 분별이 없고 위를 능멸하는 풍습이 있는데 먼저 노성한 재상을 죄준 뒤에야만 아랫사람들이 경계할 줄을 알게 되므로 이리하는 것이라는 이유를 홍귀달에게 똑똑히 전하라 명했다. 참으로 무서운 집착이 아닐 수 없었다. 귀양길의 이세좌도 그대로 놓아둘 리가 없었다. 다시 잡아 오게 하여 도승지 박열과 의금부사 김수동에게 성 밖에서 형장 때리는 것을 감독하게 했다. 지금 형장 때리는 것이 그른 줄 안다. 그러나 불공한 자가 있는 것이 모두 너 때문이므로 이렇게 죄를 주는 것임을 또한 전하라 명했다. 실로 가혹한 증오가 아닐 수 없었다. 이세좌와 홍귀달은 올가미를 빠져나갈 수 없는 체념에 도달할 수밖에 없는 지경에 이르렀다. 스스로 자진을 하는 것이 낫겠다는 생각이 깃들기에 충분했다.

연산군은 주서注書 윤기수를 좌의정 이극균에게 보내어 우찬성 노공필과 형조판서 김응기를 어찌 처리하는 것이 좋을지를 물었다. 영의정 성준과 우의정 유순에게도 물었다.

―노공필과 김용기 등이 이세좌를 심방하고도 그 죄가 종묘사직에 관계되지 않는다. 하니 어찌 반드시 난신적자인 뒤에야만 종묘사직에 관계된다고 하겠는가? 이 말을 들은 뒤로는 먹는 것이 달지 않고 잠자리가 평안하지 않으니 노공필 등을 하옥하고 싶은데 어떠한가?

―무릇 반역을 도모한 대역의 죄인으로 난신적자인 뒤에야 종묘사직에 관계된다고 생각하옵니다. 이세좌는 불경죄를 범하였으므로 노공필 등이 난신적자와는 죄가 같지 않다고 여겼기 때문에 그렇게 아뢴 것입니다. 그러나 역시 잘못되었으니 옥에 가두어야 하겠습니다.

좌의정 이극균은 자신의 논의를 임금이 매우 못마땅하게 여기고 있음을 깨닫고서 이내 불안감에 휩싸였다.

―노공필 등이 아뢴 것은 부당하오니 옥에 가두는 것이 마땅하옵니다.

영의정 성준은 임금의 뜻에 조금이라도 거슬릴까 극히 조심했다.

연산군은 주서 윤기수를 다시 보내어 좌의정 이극균에게 물었다.

―이세좌의 일을 경卿에게 물은 것이 아니나 경이 정승이기 때문에 노공필, 김응기의 일을 물은 것인데 경이 큰 불경과 불경의 죄로 나누어 논하였으니 불경죄가 어찌 다른가? 이세좌가 하사하는 술을 기울여 쏟았으니 이 역시 큰 불경인데 이렇게 논계論啓하니 매우 마땅치 못하다.

―신의 대답이 몹시 잘못되었습니다!

임금의 가시 돋친 지적에 좌의정 이극균은 즉시 실언을 인정하며 자신을 낮추었다.

―경卿의 의논에 기왕의 허물은 교화와 함께 간다는 것입니다, 라고 하였는데 이를 인용한 것은 아주 그른 것이라 여겨질 뿐이다.

―전일의 대간들이 이미 사유赦宥를 거쳤고 또 그때 좌천되어 강등하였기 때문에 신이 단장취의斷章取義 한다는 것이 잘못 인용되어 아뢰었으니 신이 실로 죄를 지었습니다!

좌의정 이극균은 임금의 진노가 자신에게까지 향할까 두려워 전전긍긍했다. 자칫하면 병중의 몸으로 귀양을 가게 될 수도 있다는 생각이 들었다.

지난밤의 술기운이 채 가시지 않은 연산군의 불그스레한 용안에서 피로감이 묻어나왔다. 밤낮을 가리지 않은 주색酒色과 생모 윤씨의 폐위와 사사賜死에 연관된 이들에 대한 증오심만이 연산군의 정신을 지배하고 있었다.

―노공필과 김응기가 이세좌의 죄는 종묘사직에 관계되지 않는다, 하였는데 어찌 반드시 대역大逆인 뒤에야만 종묘사직에 관계된다 할 것인가? 이는 이세좌를 구원하려는 것에 지나지 않는다. 형장을 때리려다가 대신이므로 속바치게만 한 것이다. 그러나 이제 외방으로 귀양 보내고 싶은데 어떠한가?

―……노공필 등이 아뢴 것은 크게 불가하옵니다. 그러나 어찌 이세좌를 구원하려는 마음이 있었겠습니까?

임금의 날 선 물음에 도승지 박열은 선뜻 대답하지 못했다.

―재상 중에서 두 사람만이 그렇게 아뢰기를 하니 그들의 마음이 반드시 다른 것이다. 의당 형장 심문해야 하고 또 형장을 때려 귀양 보내

야 한다. 그러나 우선 직첩을 거두고 외방에 부처付處해야 겠으니 경卿 등의 생각은 어떠한가?

―성상의 하교가 지극히 지당하시옵니다!

임금의 전교에 파평부원군 윤필상은 다른 의견이 있을 리 없다는 뜻으로 아뢰었다. 지금 세상을 옛날같이 할 수는 없지만 역시 위를 공경하는 의리가 있은 뒤에야만 될 수 있으니 지금 일이 있는 것으로 인하여 불경不敬하는 풍습을 통렬히 고쳐야 한다는 점을 연산군은 재상들에게 또다시 강조했다. 파평부원군 윤필상, 영의정 성준, 우의정 유순 등은 지당하시옵니다, 하며 대답을 몇 번씩이나 반복했다.

이세좌의 아들과 사위 또한 무사할 수는 없었다. 모두 형장을 때린 후에 먼 외딴 지방으로 각기 귀양을 보내라는 어명이 내려졌다. 그뿐만이 아니었다. 형장을 면하게 하는 대신에 여덟 살인 첩의 아들까지 외방으로 귀양을 보내도록 했다.

―반역을 모의한 대역에 연좌된 자라도 나이가 차지 않으면 그 어미에게 돌려주어 나이 차기를 기다려 죄를 주는 것이 옛 법이옵니다. 이세좌의 서자도 나이 차기를 기다려 죄를 줌이 어떠하리이까?

우의정 유순은 조심스레 임금의 기색을 살폈다.

―이세좌의 죄는 반역보다도 심하다. 도성 밖으로 내쳤다가 나이 차기를 기다려 죄를 주도록 하라!

연산군은 잠시 우의정 유순을 노려보았다. 이세좌에 대한 연산군의 증오심은 실로 깊고 깊었다. 이세좌가 들고 간 사약을 마시고 피를 토하며 죽어간 생모의 모습과 피 묻은 적삼의 실체는 연산군의 정신을 끊임

없이 뒤흔들었다. 반면에 이세좌로서는 억울함이 이루 말할 수 없었으나 어쩔 도리가 없었다. 임금의 신하로서 어명을 받든 죄밖에 없다 해도 이제 와 사실을 돌이킬 수는 없었다. 주어진 운명일 따름이었다.

적막한 임금의 침전에 조용히 술상이 들어갔다. 중궁전이나 후궁들의 처소에도 들지 않은 밤이었다. 골똘히 생각에 잠겨 있던 연산군은 혼자서 술을 따라 마셨다. 수일 전에는 임사홍으로부터 생모 윤씨가 폐위되고 사사되던 당시의 일들을 세세히 전해 들었다. 지난밤에는 내관 김자원을 불러 캐내듯 궁금한 것들을 물었다. 용서할 수 없다는 생각은 이미 굳힌 후였다. 이 밤을 넘기고 싶지 않은 현란한 갈등이 술잔 속에서 소용돌이를 쳤다.

-자원이 거기 있느냐?

-전하! 찾아계시옵니까!

침전문 밖에 있던 내관 김자원은 이내 침전 안으로 들어와 머리를 조아렸다.

-의금부에 명을 전하여 정귀인과 엄귀인을 지금 당장 잡아끌고 오도록 해라. 지체 말고 당장 말이다!

연산군의 격앙된 음성이 허공을 갈랐다. 주먹을 쥔 손을 부들부들 떨기까지 했다.

-……분부를 받들겠나이다.

침전을 물러나는 내관 김자원의 머릿속에는 이내 도륙의 장면들이 그려지고 있었다. 기어이 올 것이 왔다는 생각이 들었다. 김자원은 임금의 심정을 이해하고도 남는다는 듯 미세하게 고개를 주억였다. 한 맺힌 원한이 당연하다는 생각이었다. 당시 정귀인과 엄귀인이 중전을 시기 질투하고 모함도 하여 중전이 폐서인되는 데 앞장섰던 것은 궁중 사람들 모두가 알고 있는 사실이었기 때문이었다. 김자원은 추상같은 임금의 명을 의금부에 전달했다.

정귀인과 엄귀인은 아닌 밤중에 날벼락을 맞은 심정이었다. 충격에 몸이 경직되어 걸음조차 제대로 뗄 수가 없었고 입도 얼어붙은 것처럼 되었다. 정귀인과 엄귀인이 창경궁 뜰에 끌려온 시각은 술시戌時를 지나고 있을 때였다. 포승줄에 두 손이 결박당한 채로 꿇어앉은 그들은 끌려온 연유를 눈치채고서 극도의 두려움에 떨어야 했다.

-네년들이 내 어미를 폐출하고 죽이는 데 앞장섰던 것을 내 모를 줄 알았더냐?

연산군은 어좌에서 벌떡 일어나 손가락으로 그들을 가리키며 살기 서린 눈으로 노려보았다.

-……성상! 선왕을 생각해서라도 이 사람을 살려주시오!

정귀인은 몹시 울며 애원을 했다.

-선왕을 생각해서 살려 달라 했느냐?

끓어오르는 분노로 인해 연산군의 용안은 흉할 정도로 일그러졌다. 선왕을 들먹인 것은 오히려 정귀인의 실언이었다. 타오르는 불에 기름을 끼얹은 것이나 다름없었다.

-지난날의 일은 모두 잘못했으니 부디 용서를 해주시오!

극심한 두려움으로 인해 엄귀인의 목소리는 제대로 들리지도 않을 정도였다.

―살려 달라. 용서해 달라 했느냐? 내 어미를 죽게 했던 네년들의 입에서 정녕 그런 말이 나올 수 있다는 것이냐. 여봐라! 저년들의 주둥이에서 저런 말이 두 번 다시 나올 수 없도록 몽둥이로 매우 쳐라. 사정을 두지 말고 계속해서 쳐라…….

격분한 연산군은 이성을 잃고 있었다. 어둠 속의 안광은 야수처럼 강렬했다. 두 명의 의금부 나장들이 그들 귀인 한 명씩을 맡아 몽둥이질을 가하기 시작했다. 사정없이 매질을 당하는 그들의 입에서는 비명조차 크게 터져 나오지 않았다. 참혹한 고통으로 인해 이내 정신을 잃을 지경에 다다른 채로 가느다란 신음만을 길게 토해냈다.

―의금부사는 가서 봉안군을 당장 끌고 와라. 그놈들에게 여기 있는 지어미를 만나게 해 줄 것이다.

연산군의 증오와 복수심은 가열하게 타오르고 있는 장작불처럼 뜨거워져만 갔다. 어명을 받든 의금부사와 도사들은 즉각 창경궁 문을 빠져 나갔다.

사저에 있던 안양군 이항과 봉안군 이봉은 두 식경 만에 창경궁 뜰로 잡혀 왔다. 영문도 모른 채 끌려온 그들은 사색이 된 채로 두려움에 벌벌 떨었다.

―안양군과 봉안군은 여길 똑바로 보아라. 죄가 매우 큰 여자들이니 저들을 너희들이 몽둥이로 때려라. 빨리 치도록 하라!

연산군은 이미 제정신이 아니었다. 멍석에 말아져 있는 두 귀인을 가리키며 몽둥이로 때리도록 채근을 했다. 내키지 않았지만 안양군과

광기狂氣 … 123

봉안군은 의금부 도사가 쥐여 주는 몽둥이를 받아들 수밖에 없었다. 빨리 시작하라는 연산군의 성난 다그침에 안양군 이항은 하는 수 없이 매질을 가했다. 연산군은 더 힘껏 내리치라며 소리를 질렀다. 반면 봉안군 이봉은 어둠 속이었으나 멍석에 말아 있는 한 사람이 친모라는 것을 알아채고 몸이 굳어버린 채로 고개 숙여 울기만 했다.

화가 머리끝까지 치민 연산군은 봉안군 이봉이 손에 들고 있던 몽둥이를 빼앗아 멍석에 말아 있는 두 귀인을 미친 듯이 마구 내리쳤다. 악에 받친 듯 무자비하게 발로 짓밟기까지 했다. 두 귀인은 정신을 완전히 잃은 것인지 작은 신음조차도 흘리지 못하고 있었다. 극심한 공포가 어두운 밤의 허공마저 옥죄고 있는 듯했다. 연산군은 의금부 도사에게 몽둥이를 건네며 계속 매질을 하라 했다. 무참하고 가혹한 창경궁의 밤이었다. 안양군 이항과 봉안군 이봉은 차마 그 광경을 바라보지 못하고 고개를 돌린 채로 소리 죽여 울었다. 임금의 잔인한 폭력에 승정원과 의금부의 관원들도 바짝 얼어붙을 수밖에 없었다.

실성한 것처럼 연산군은 장검을 뽑아 들고 자순대비의 침소로 향했다. 사약을 받고 죽어간 생모 윤씨의 마지막 모습과 피 묻은 적삼이 뇌리를 너울너울 스쳐 갔다.

─대비는 나오시오. 밖으로 빨리 나오시란 말이오!

연산군은 고래고래 소리를 질렀다. 아우 진성대군의 생모인 자순대비는 친모로만 알았던 자신을 키워준 계모였다. 포악한 임금의 갑작스러운 들이닥침에 자순대비 전의 공포감은 순식간에 극에 다다랐다. 대비전의 시녀들은 뒷문으로 모두 도망을 쳤다. 겁에 질린 자순대비는 밖으로 나올 엄두를 내지 못했다.

-전하! 아니 됩니다. 이러시면 아니 됩니다. 어서 돌아가시옵소서!

소식을 듣고 달려온 중전 신씨는 매달리듯 연산군을 붙잡고 울며 말렸다. 중전 신씨의 만류를 뿌리치지 못한 연산군은 창경궁 뜰로 가까스로 돌아갔다. 하지만 이번에는 안양군 이항과 봉안군 이봉의 머리채를 잡아끌고 대왕대비인 인수대비전으로 갔다.

-대비마마께서 그토록 아끼는 손자들을 데리고 이렇게 문안 인사를 왔습니다. 손자들이 올리는 술을 받으셔야지요.

-……술은 받지 않아도 됩니다.

인수대비는 당황하며 손을 내저었다.

-손자가 올리는 술을 거절해서는 아니 됩니다. 어서 술을 받으세요.

억지로 술을 권하는 연산군의 의도는 알 길이 없었다. 병중이었으나 도저히 거절할 수 없는 인수대비는 결국 술을 받아마셨다.

-술을 올린 안양군에게 하사하는 것은 없습니까?

연산군의 당혹스러운 주문은 기롱의 차원이 아닌 기이한 협박이나 다름없었다. 어찌해야 좋을지 몰라 잠시 망설이던 인수대비는 베 두 필을 안양군에게 내어줬다. 인수대비의 낯빛은 이미 흑색으로 변해 있었다. 극도의 충격과 노여움 때문이었다.

-내 어머니가 무슨 잘못을 그리 많이 해서 죽인 겁니까?

예리하게 번득이는 비수처럼 연산군의 물음은 가히 직설적이었다.

-주상은 무슨 말을 그리하시오!

병세가 깊은 인수대비는 쇠잔한 기력을 가까스로 지탱하고 있었다.

─후궁들을 부추겨 내 어머니를 모함하게 만들고 중전의 자리에서 끌어내린 후에 사약까지 내려 죽게 한 것을 내가 정녕 모를 줄 알았단 말입니까?

─주상은 말씀을 삼가세요!

─내 어머니를 왜 죽였느냐 말입니다?

악이 받친 연산군의 고함은 대왕대비 전이 흔들릴 정도로 컸다. 심하게 일그러진 용안은 차마 보기에도 두려울 정도였다. 발광하듯이 적개심을 주체하지 못한 연산군은 급기야 서너 걸음 거리를 성큼 좁혀가 조모 인수대비를 머리로 들이받았다. 힘없이 뒤로 나가떨어진 인수대비는 이내 정신을 잃고 말았다. 연유를 떠나 임금인 손자가 조모인 대왕대비를 머리로 들이받은 것은 그야말로 전대미문적인 패륜의 극치가 아닐 수 없었다. 연산군은 분명 제정신이 아니었다. 대비전을 나서면서는 정신을 잃고 쓰러져 있는 조모 인수대비를 싸늘하게 노려보기까지 했다.

대비전의 상궁과 나인들이 달라붙어 축 늘어진 대비를 조심스레 일으켜 앉혔다. 가물가물한 의식 속에서 살아있음이 형벌이고 치욕스러운 인수대비는 이런 사실이 부디 꿈이었으면 했다. 성종 그러니까 차남인 자산군의 아들인 손자 융㶇이 조모인 자신에게 차마 입에 올릴 수 없는 불경한 언사와 머리로 들이받는 패륜적 폭력까지 행사할 줄은 정말이지 꿈속에서조차 짐작할 수 없었던 일이었다. 당장 눈을 감을 수 있다면 얼마나 좋을까 소원할 뿐이었다.

연산군은 의금부에 명을 내려 귀인 정씨와 엄씨의 시신을 갈기갈기 찢어 젓을 담가 도성 밖의 산과 들에 뿌려 까마귀밥이 되도록 했다. 멍석에 말려 있던 친모에게 제대로 몽둥이질을 가했다는 이유로 안양군 이항에게는 말 한 필을 상금으로 내어주기까지 했다. 미치지 않고서는 인간의 탈을 쓰고 도무지 할 수 없는 일을 연산군은 서슴없이 자행했다. 연산군의 살기는 조정과 도성을 동지섣달처럼 바짝 얼어붙게 했다. 불똥이 어디로 튈지 모르기에 모든 조정 대신들은 예외 없이 전전긍긍했다. 은밀한 수근거림조차도 조심할 정도로 말을 아끼며 몸을 사렸다.

임금의 도리를 완전히 벗어난 행위인 것을 뻔히 알면서도 누구도 나서서 감히 진언하지 못했다. 그것은 삼사三司의 언관들조차도 마찬가지였다. 그리한다는 것은 자신의 목을 당장 베어달라는 것과 다를 바가 없어서였다. 폐비 윤씨의 망령이 살아난 것이라고 여기면서도 차마 입 밖으로 낼 수는 없었다. 어디가 끝인지 그 끝을 알 수 없다는 것이 더욱 두려운 일이었다. 중전의 폐위와 사사를 막지 못했다는 죄명을 씌운다면 어느 대소신료라도 빠져나갈 수 없는 일이어서 연산군의 의도에 따라 얼마나 많은 이들이 걸려들지 한 치 앞을 알 수 없는 노릇이었다. 목숨을 장담할 수 없는 대신들은 일말의 연관을 다시금 곱씹어보며 사시나무 떨듯 하는 수밖에 달리 도리가 없었다.

성종의 후궁인 귀인 정씨와 엄씨가 죽임을 당했던 그 밤에 손자인 연산군으로부터 폭언과 폭행을 당한 인수대비는 그날로부터 한 달 후에 세상을 떠났다. 안양군 이항과 봉안군 이봉은 일단 귀양을 떠났고 옹주들은 변방에 부처되었다. 하지만 대신들이 예상했던 대로 그것으로 끝날 일이 아니었다. 연산군은 당시 폐위와 사사에 가담하였거나 동의했던 대신들은 빠짐없이 전부 찾아내어 국문鞫問하라는 엄명을 내렸다. 드디어 올 것이 왔다는 사실에 조정은 소리 없는 아비규환에 빠져들었다. 사약을 전달한 이세좌와 폐위에 동의한 윤필상에게는 스스로 자진하라는 명이 내려졌다. 심지어 이미 세상을 떠나 땅속에 묻혀 있는 한명회, 정창손, 남효온, 정여창, 어세겸, 이파 등은 무덤을 파헤쳐 부관참시에 처하고 한치형도 능지에 처하도록 했다. 또 폐위를 적극적으로 막지 않은 것과 영의정의 자리에 있으면서 임금의 뜻을 따르지 않은 이극균도 결국 살려두지 않았다. 마찬가지로 영의정을 지낸 성준 또한 폐위와 관련된 익명서를 올렸다는 것이 발각되어 참수형에 처해졌다.

무자비한 피바람이 기약 없이 이어졌다. 연관이 없는 자들마저 무수히 잡아들여 갖은 이유를 들어 참수하거나 사사를 하기도 했다. 그들의 재산은 전부 몰수되었고 친족들까지 다수 죽이거나 노비로 전락시켜 변방으로 보냈다. 궁궐 안은 국문을 받는 이들의 비명이 끊이지 않았으며 이미 자진하거나 사사된 이들의 무덤도 다시 파헤쳐 능지하거나 훼손하기도 했다. 그야말로 연산군은 하늘이 두렵지도 않은지 아무런 거리낌도 없이 오로지 폐위되고 사사당한 생모의 원한을 갚겠다는 일그러진 신념으로 발광을 지속했다. 도성에는 비명과 피비린내와 죽은 이들이 연일 넘쳐났다.

사림파들이 당한 무오년戊午年의 희생은 갑자년甲子年의 피바람에 비할 바도 아니었다. 일말의 연관이라도 있다는 판단을 연산군이 하게 되면 그가 누구이건 그의 목숨은 부지하기 어려웠다. 삼사三司의 언관은 물론 조심스레 자제를 당부했던 일부 훈구대신들조차 무자비한 피바람 앞에서 연산군이 무엇을 하든 가히 거스를 엄두를 내지 못하고 굳게 입을 다문 채 자기 목숨이 날아갈까 전전긍긍할 뿐이었다.

임금의 뜻을 익히 알고 있는 대신들은 빈청에 모여 의논했다. 그리고 폐후廢后의 시호를 제헌齊獻이라 올리고 회묘를 회릉懷陵이라 고쳐 아뢰었다. 연산군은 내심 흡족해하며 받아들였다. 예조참판 신용개와 참의 성희안은 존숭하는 시호를 올렸으니 회릉을 종묘의 의식대로 할 것을 아뢰었다. 연산군은 기다렸다는 듯이 그들의 의견을 흔쾌히 받아들였다. 피바람을 가라앉히고 목숨을 보전하기 위해서는 임금의 심기를 달래는 수밖에 없다는 것을 조정 대신들은 너무도 잘 알고 있었다.

미진한 곳이었다. 성종께서는 명철하신 임금이시다. 폐비할 때에 있어 대신이나 대간이 그 그름을 극력 말한 사람이 없었다. 가령 내간에서 그 불가함을 진언하더라도 밖에서는 조정 대신이나 대간이 역시 힘써 다투었다면 성종께서 또한 깨달으셨을 것이다. 더욱이 정유년에는 폐위하려다가 중지하였는데 마침내 자녀가 번성하는 경사가 있었고 경자년에야 폐위하여 사삿집에 있게 하였다가 임인년이 되어서야 큰 변을 가져오게 되었다. 이로 본다면 성종께서의 생각으로는 그다지 그르게 여기지 않으신 것인데 참소하는 말이 이간질하였기 때문에 끝내는 복을 던지는 의심을 가져오게 된 것이다. 시경詩經에 이르기를 저 참소하는 사람을 잡아다가 이리와 범에게 던져 준다고 하였으니 이는 바로 참소를 미워한 말이다. 이런 뜻으로 다시 지어 바치라!

우의정 허침과 대제학 김감이 함께 지어 올린 교서가 마음에 들지 않은 연산군은 미진하니 다시 지어 바치라 전교를 내렸다. 그러면서도 끝내 선왕 성종을 원망하지는 않았다. 허침과 김감은 물론 조정 대신들은 바짝 긴장할 수밖에 없었다. 만에 하나 감정이 상한 임금이 상당한 이유를 붙여 트집을 잡기라도 한다면 당장 귀양을 가게 되거나 참수를 당할 수도 있는 일이었다. 생모 윤씨에 관한 임금의 심기가 극도로 예민해져 있음을 다시금 곱씹어야 했다.

춘추의 의리에 어머니는 아들로 하여 귀해지고 추숭하는 법이 한漢나라 역사에 실려있다. 생각하건대 처음에 덕으로 뽑혀 초위椒闈에 자리를 정하셨다가 나중에는 참소를 만나고 소인들에게 시달리게 되었으나 도로 금슬의 화목이 있고 아들을 보는 경사가 있게 되었으니 만일 참으로 덕을 잃었다면 어찌 이 일이 있었겠는가? 그 뒤 꾸미고 얽어맴이 날로 심하여져 스스로 밝히지 못하고 폐위되어 사삿집에 계시다가 그만 큰 변을 만나셨다. 당초에 내간에서는 안에서 저지하고 대신과 대간이 밖에서 다투었다면 선왕의 성명聖明하심과 또 이 몸이 있으니 반드시 마음을 돌리는 힘이 없지 않았을 것인데 어찌 그리 의심이 있었겠는가? 내가 어린 나이로 듣고 봄이 없으면서 외람되어 큰 전통을 계승한 지 10년이 되었다. 그 연유를 캐물어 비로소 그 사실을 알게 되니 하늘 아래 다시 없을 그 슬픔이 어찌 끝이 있으랴? 이러하기에 널리 여러 의논을 모아 제헌왕후로 추존하고 묘도 높여 능으로 한다. 그 큰일을 얽어 만든 자가 아직도 선왕 후궁의 반열에 있으므로 곧 죄주고 산 자나 죽은 자를 서인庶人으로 하니 거의 간사함을 다스리는 법을 바로 잡고 하늘에 계신 원한을 씻어 나의 애통하고 그립기 이를 데 없는 심정을 펴게 되었노라!

생모 폐비 윤씨를 제헌왕후로 추증하는 교서를 내린 연산군은 만감이 교차하는 심정으로 생전의 모습조차 알지 못하는 생모를 떠올렸다. 사약을 들고 갔던 이세좌와 폐위와 사사賜死에 동의했거나 막지 못한 대신들을 모조리 처단하고 급기야 왕후로 추존하는 교서를 내림으로써 이제야 아들의 도리를 하였다는 회한에 젖어 들었다. 생모의 피맺힌 원한을 갚고 신분을 높여드리게 되었다는 비원悲願은 형언할 수가 없을 정도였다. 참으로 고대해왔던 날이 아닐 수 없었다. 연산군의 눈자위는 어느새 축축해지고 있었다.

피바람의 소용돌이는 멈출 기미를 보이지 않았다. 마치 숨통이 끊어진 사람의 목에 질긴 활줄을 칭칭 감는 것 같은 처절하고 집요한 복수를 경고했듯 산 자들에게 보여주려는 것만 같았다. 연산군의 보복은 끝난 것이 아니었다. 한명회, 심회, 정인지, 정창손, 김승경 등이 종묘에 배향되어 있다면 확인하여 당장 내치라 명을 내렸다. 또 이파의 자손은 폐하여 서인으로 하고 이세좌의 아들과 사위, 아우로서 부처 된 자는 폐하여 서인으로 하여 영구히 사판仕版에 오르지 못하도록 했다. 살피지 않으면 보이지 않을 잔재의 뿌리까지 완전히 뽑아버리겠다는 집념이었다. 심지어 정창손, 한명회 등의 배향配享을 내치는 일에 대하여 당초에 죄주기를 의논한 재상과 대간, 홍문관 등이 의논하여 아뢰지 않은 것을 불경하게 여겨 그들도 모두 국문하라 전교를 내렸다. 극심한 두려움에 사로잡혀 있는 대신들은 숨조차 편히 쉴 수가 없을 정도였다.

연산군은 가히 잔인했다. 눈 하나 깜짝하지 않고 세월을 거슬러 올라갔다. 생모 윤씨를 폐위할 때 함께 의논한 재상으로서 만약 빠진 자가 있다면 그 몸은 비록 죽었더라도 부관참시하는 형벌이 있으니 다시 상고하여 아뢰도록 했다. 지나친 처사임이 분명했으나 대신들 중 누구도 감히 나서서 반대의견을 아뢰지 못했다. 또 정창손, 정인지, 한명회 등은 아내의 묘 석물까지도 모두 철거하게 했다. 그들이 누렸던 권세의 흔적조차도 용납하지 않겠다는 냉혹한 심사였다. 증조부 세조가 용상에 오르는 데 지대한 공을 세운 정난공신들이지만 연산군으로서는 폐위를 막지 못한 원한 서린 대신들일 뿐이었다. 공신들로서 오랜 세월 부귀영화를 누려왔으나 이미 죽은 몸으로 부관참시를 당한 그들의 운명은 실로 처참하기 이를 데 없었다. 권력의 무상일 따름이었다.

술시戌時에 인수왕대비가 창경궁 경춘전慶春殿에서 훙서薨逝했다. 빈청에 모여 있던 좌의정 유순, 우의정 허침, 예조판서 김감 및 육조 당상들이 모두 편전에 들었다.

―지난달 안순왕후의 상사喪事에는 6일 만에 성복成服하였는데 이번에는 어떻게 해야 하리이까?

좌의정 유순이 나서서 나지막이 아뢰었다.

―나면 반드시 죽음이 있는 것이다. 대비께서 춘추가 이미 높으시고 본래 오랜 병이 계셨는데 일이 이렇게 되었으니 어찌하여야 할 것인가? 인양전에 빈소를 모시고 3일 만에 성복하되 상제喪祭는 일체 덕종의 옛일에 의하여 한다. 평시에 유교遺敎가 이러하였다.

연산군은 그리 슬퍼하는 기색도 없었다. 춘추가 높고 오랜 지병이 있었기에 왕대비가 세상을 떠난 것이니 심히 애통하지 않다는 말이었다. 조모와 손자 간의 애틋하고 진한 혈육의 정을 나누지 못한 결과였다. 인수왕대비는 의경세자의 세자빈이었다. 그러니까 아들인 성종에 의해 추존된 덕종의 부인이었다. 덕종 때의 준례와 상제를 써서 상사喪事를 진행하라 함은 지아비의 예를 따라 해야 한다는 뜻이었다. 기실 연산군에게 있어 인수왕대비는 정이 들지 않은 차가운 조모이면서 생모 윤씨를 폐위와 사사에 이르게 한 용서하고 싶지 않은 원망의 대상일 뿐이었다. 한 달 전에 두 귀인을 죽였던 날 밤에 인수왕대비에게 가했던 입에 담을 수 없는 패륜적인 폭언과 폭행에 관하여 달리 죄책감을 느끼고 있는 것 같지도 않았다. 그야말로 세조가의 비극이 아닐 수 없었다.

인수왕대비가 세상을 떠났다는 소식을 접한 정순왕후는 진심으로 명복을 빌었다. 세조의 며느리였으나 인수왕대비는 원한의 대상도 아니었다. 세조의 업보로 인해 의경세자가 요절하면서 지아비를 잃고 일찍 혼자가 된 처지를 안타깝게 여겼었다. 더구나 고령에 지병까지 있음에도 손자인 임금으로부터 차마 들을 수 없는 폭언과 폭행까지 당했다는 있을 수 없는 소문에는 고개를 여러 차례 가로젓기도 했었다.

세조에 대한 하늘의 진노가 아직 끝나지 않았음이 확연히 느껴졌다. 용상을 찬탈한 죄과로 인한 응보로서 하늘이 세조를 가차 없이 유린하고 있다는 생각이 들었다. 낙뢰가 정수리를 훑고 간 것처럼 전율이 흘러내렸다. 세조의 패악과 연산군의 패악이 그리 다르게 여겨지지 않았다. 심란하고 미묘한 감정들이 중첩되고 있어서인지 정순왕후의 입에서 긴 한숨이 흘러나왔다.

의금부도사 안처직은 연산군의 부름을 받고 어전御殿에 입시하여 이세좌의 죽음 당시에 대하여 아뢰었다.

―신이 이달 4일 밝을 무렵에 양포역良浦驛에 가서 이세좌가 남해까지 가지 못하고 겨우 이역에 온 것을 만났습니다. 신이 역 한쪽 나무 아래에 앉아 이세좌를 불러 말하기를 위에서 너에게 죽음을 내렸으니 속히 죽도록 하라, 하니 이세좌가 손을 모아 잡고 땅에 엎드려 말하기를 신이 중죄를 범하였는데 몸과 머리가 나누어짐을 면하게 되었으니 성상의 은혜가 지극히 중한데 감히 조금인들 지체하겠습니까? 하고 또 혼잣말로 자진하기란 정말 어렵다 하더니 정자나무를 쳐다보며 말하기를 이 나무에 목맬 수 있다. 그러나 가리운 것이 없어 안 되겠다 하면서 그 곁 민가로 가서 종에게 말하기를 내 행장 속에 명주 홑이불이 있으니 한 폭을 찢어오라 하였습니다. 그리고 말하기를 내가 죽은 뒤에 개가 찢어먹지 못하게 하기를 바랄 뿐이다, 하고 그만 상위로 올라가 명주 폭으로 두 번 그 목을 매어 대들보 위에 달고 발을 상 아래로 떨어뜨렸는데 좀 있다가 기운이 끊어졌습니다. 신이 한참을 앉아 있다가 곤양 군수를 불러 함께 맨 것을 풀고 생기가 없음을 살핀 뒤에 돌아왔습니다.

―이세좌가 무슨 옷을 입었더냐?

―이세좌가 한삼이두汗衫裏肚와 감다색 찢어진 철릭에다 위에 흰 베옷을 입었으며 초립을 쓰고 녹비화를 신고 검고 가는 띠를 띠었는데 목을 맬 때 흰옷과 한삼을 풀고 갓과 띠를 끄르고 죽었습니다.

―죽을 때에는 안색이 어떠하더냐?

이세좌에 대한 연산군의 집착은 놀라웠다. 이세좌가 들고 간 사약을 마시고 죽어간 생모 윤씨의 마지막 모습과 대비를 하려는 듯했다. 이세좌가 이미 그렇게 죽었음에도 그에 대한 증오심은 사라지지 않은 것이다.

―안색은 변하지 않고 평상시와 같았습니다!

의금부도사 안처직은 임금의 기색을 살피며 머리를 조아렸다.

―이세좌가 울지 않고 안색이 전과 같았으니 죽게 되어서도 그 기염을 꺾지 않으려 한 것이 아닌가? 또 옛날에도 이 같은 자가 있었는데 어질다고 보느냐?

승지들을 내려다보며 묻는 연산군의 눈빛은 더없이 싸늘했다.

―무릇 사람은 기국器局과 도량이 다르므로 죽을 때에 놀라서 전도顚倒하는 자가 있고 조용히 죽음에 나가는 자가 있습니다. 그러나 절개에 죽고 의에 죽는 것이라면 가하지만 이세좌로 말하면 진실로 조용히 죽음에 나갈 때가 아니옵니다!

도승지 박열이 임금의 심기를 살피듯 침착하게 아뢰었다. 연산군은 의금부도사 안처직과 승지들을 모두 물러가게 했다. 그리고는 지그시 눈을 감고 깊은 생각에 빠져들었다.

폭정暴政

　　　　　　　　　　임금이 경연經筵에 참석하지 않는 데도 조정 대신들은 부당함을 아뢰지 못했다. 연산군의 심기에 따라 그 날 당장 목숨을 잃을 수도 있기에 누구도 선뜻 나서서 진언할 수는 없었다. 연일 주색酒色에 빠져 지내는 연산군은 밤낮으로 크고 작은 잔치를 열었다. 궁궐은 술과 풍악과 기녀가 넘쳐나는 저자의 기방과 다를 바 없을 정도였다. 임금의 도리를 저버린 연산군은 이미 옳고 그름조차도 분간하지 못하고 있었다. 가야금과 비파와 갈고 소리가 마음에 들지 않는다며 새로운 것으로 바꾸어 들여오도록 했고 궐내는 악기 소리가 끊이지 않았다. 지나치리만큼 자주 사냥을 나서는 연산군에게 옥체가 상할까 염려된다는 대신들에게는 도리어 자신들이 편안해지고자 함이라며 진심을 곡해하고 못마땅해했다.

　　-신 등은 혹은 언로에 방해됨이 있다는 계를 범하고 혹은 밤까지 사냥한다는 계를 범하였으니 퇴대退待하시라는 명을 청하옵니다.

　　도승지 박열은 바닥에 머리가 닿을 만큼 깊숙이 허리를 굽히고 사직을 청했다.

　　-그때에 앞장서서 주장한 자가 누구인가?

연산군은 못마땅한 표정으로 박열을 쏘아보았다.

―기미년에 성준이 김인후를 가리켜 간휼奸譎이라 하매 그때의 재상, 대간이 함께 성준의 불경不敬이 심함을 논박하여 아뢰었는데 이 때문에 대간이 다 갈리고 신과 정수강이 장령掌令에 배직拜職되어 그날로 성준이 불경하다는 뜻을 아뢰었으나 먼저 발언한 자가 누구인지는 모르옵니다!

한 치의 거짓이 없다는 듯 박열은 일체 머뭇거림 없이 아뢰었다.

―경신년 사냥 때에 장순손, 박은이 경연 번으로 입직하여 논계하고서 신 등이 이튿날에 사진仕進하니 장순손이 요사이 밤까지 사냥함은 상체를 노고케 할 것 같으니 아뢰지 않을 수 없다더라 하므로 신 등이 미처 생각하지 못하고서 같은 말로 아뢰었습니다. 또 언로에 방해됨이 있다는 말은 통 기억할 수가 없어서 앞장서서 주장한 자를 모르옵니다.

우부승지 권균 또한 박열과 대답이 같았다. 연산군은 더 묻지 않았다. 그들의 말을 믿어서인지는 알 수 없었다.

이틀 후, 연산군은 사냥의 일 등을 논계論啟한 죄의 경중을 분별하여 써서 아뢰라 의정부에 전교를 내렸다.

반드시 먼저 발언한 자가 있을 터이거늘 재상들이 해가 오래되어 기억하지 못한다고 핑계하나 직계直啓하지 않은 것이라면 어찌 형신刑訊하기 어려우랴. 또 사냥은 구례舊例가 절로 있어 말할 것이 못 되거늘 그때 누군가 밤까지 사냥하면 인마人馬가 지친다고 하였으나 밤까지 하더라도 돌아오는 것이 오히려 묵고서 오는 고생보다 낫지 않은가? 선비가 필묵으로 입신하여 식록食祿이 절로 편안하니 분주하기를 꺼려서 말할 뿐이지 어찌 참으로 임금을 사랑함이랴. 만약 뜻밖의 변이 있으면 신하는 마땅히 제 몸으로 지켜서 비록 칼과 창에 몸이 뚫리더라도 한마음으로 위를 호위하여야 하거늘 지금은 사람마다 다 스스로 편안할 생각을 하니 갑작스러운 때에 누가 능히 성심으로 호위하랴? 또 사냥은 한편으로는 백성을 위하여 해害를 덜고 한편으로는 종묘를 위하여 짐승을 바치고 한편으로는 무사를 연습하기 위함이거늘 자질구레한 사람들이 제 몸 편하기에 힘쓰느라 어지러이 말함은 옳지 않다. 전에 사냥할 때에 보니 김양보가 겸선전관兼宣傳官이기에 명하여 형명形名을 쓰게 하였더니 모른다고 하고 또 일을 보는 데에는 힘쓰지 않았으니 이것이 다 무례함이다. 죄를 주라.

임금의 빈번한 사냥을 지나치게 여기는 대신들에게 제 몸을 편하게 하려는 불충에 다름 아닌 것을 강조한 뜻이었다. 사냥이 온당치 못함을 아뢴 자는 물론 이거니와 밤까지 사냥함이 온당치 못함을 아뢴 자도 죄를 면할 수는 없었다. 연산군은 잦은 사냥을 막으려는 대신들의 처사를 이해할 수 없었다. 더욱이 분한 마음을 품기까지 했다. 사직의 안위는 오로지 위를 업신여기는 풍습에 말미암음으로 관계가 경輕하지 않으니 모름지기 앞장서서 주장한 자를 끝까지 따져내어 죄를 주어야 피폐한 풍속이 변할 것이라고도 했다.

사냥에 대하여 간한 장순손과 박은 등은 결국 국문을 당하게 되었다. 밤까지 사냥함을 앞장서서 주장하여 논계한 것을 두고 좌의정 유순이 심문했다.

—지난 경신년 10월 사이에 신이 부제학이었을 때 수찬修撰 박은과 함께 입직하였는데 박은이 사냥의 일을 본관本館도 논계함이 어떠냐 하

기에 신이 동료와 의논해서 아뢰어야 하리라고 답하였더니 박은이 서리를 시켜서 동료들에게 두루 알리어 의논이 합하였으므로 아뢴 것입니다.

―신과 장순손이 본관에 입직하였을 적에 밤까지 사냥하는 일을 동료와 의논하여 아룀이 어떠냐 하고 장순손이 먼저 서리를 시켜서 동료들에게 알리어 의논을 모았으므로 신이 말단 관원으로서 막을 수가 없어서 부득이 논계에 참여하게 된 것입니다.

장순손의 떠밀기 주장에 박은은 당시 말단 관원이었던 것을 내세우며 억울해했다. 자칫 논계의 주동자로 정해진다면 목숨마저도 위태로울 수 있음을 알기 때문이었다.

―두 사람이 서로 미루니 형신刑訊함이 어떠하리이까?

좌의정 유순이 난감해하며 의견을 아뢰었다.

―변변치 못한 사람은 끝까지 따져서 죄를 결단하여야 하리라. 형장刑杖을 쓰면 더운 달에 상할 것 같으니 우선 묶어 두고 물으라!

연산군은 집요했다. 잠잠히 가라앉을 일이 아니었다.

의금부 나장이 좌의정 유순의 지시로 박은을 줄로 묶었다. 박은은 장순손이 먼저 발언하였다는 주장을 거듭했으나 장순손은 강하게 부인을 했다. 만약 신이 먼저 아뢰고자 하였다면 어찌 반드시 입직하는 날을 기다려서 그와 상의한 뒤에야 동료를 모아서 아뢰었겠느냐며 박은의 발언으로 말미암아 동료를 모아 의논하여 아뢰었을 따름이라 했다. 또 박은은 성품이 논사論事를 좋아하여 모든 언사 때에 반드시 먼저 스스로 건의하는데 어찌 신에게 끌려서 논계에 참여하겠느냐며 박은을 몰아붙였다.

위기감을 느낀 박은 역시 가만히 있지 않았다. 장순손이 비록 신이 먼저 발언하였다고 하나 대저 논사 때에는 반드시 앞장서 주장하는 사람이 먼저 스스로 말을 꺼내서 의논을 모으는 것이 상례이며 상관이 만약 하관의 말로 의논을 모으려면 또한 반드시 일을 아뢰어야 한다고 하니 어찌하랴? 하여 의논을 모으거늘 장순손이 스스로 가부可否로 의논을 모았으니 신이 앞장서 주장한 것이 아님이 분명하다며 거듭 강변을 했다.

　좌의정 유순은 또 권홍을 국문했다. 지난 경신년 10월 사이에 신이 홍문관 교리校理로서 본관에 사진仕進하니 장순손, 박은 등이 입직하여 신 등에게 사냥의 일을 논계하기로 이미 의논을 같이하였으니 아룀이 어떠냐? 하기에 신이 또한 망령된 생각으로 논계에 참여했던 것이라며 권홍은 어찌할 수 없었던 실수를 인정했다.

　좌의정 유순으로부터 국문 진행에 관해 보고를 받은 연산군은 단호히 명을 내렸다.

　-박은은 다시 형신刑訊하고 따질 만한 일이 있거든 장순손도 형신하도록 하라. 또 순손은 죄가 중하므로 혹 스스로 목을 맬까 염려되니 굳게 가두고 감시하라!

　-박은은 형신하여도 승복하지 않고 장순손에게 미루니 순손도 형신하여야 마땅합니다마는 박은이 곧지 않으므로 더 형신하여도 승복하지 않은 뒤에야 순손을 형신 함이 마땅하옵니다.

　-박은은 전에도 범하였으니 일차를 헤아리지 말고 형신하라.

　-박은은 형신함이 참으로 마땅합니다마는 여러 번 형신을 더하면 정상을 알아내지 못하고서 먼저 죽을까 염려되니 일수가 되거든 형신하

기를 청하옵니다.

─죄인은 일차를 헤아리지 말아야 하거늘 어찌 두 차례 형신을 받고서 죽으랴! 박은은 전일 경연에서 발언이 매우 가벼웠으니 본디 재주를 믿고 까부는 것이다. 그 행사를 보면 그가 먼저 발언하였음을 알만하다. 또 사람은 형신을 한 차례 받고서 죽는 자가 있고 서너 차례에 이르러서 죽는 자가 있으니 이 사람은 본디 일차를 헤아리지 않고 형신하여 지치고 괴롭게 하여야 정상을 알아내어 처형할 수 있으려니와 만약 한 차례 받고서 죽는다면 비록 중형을 더한들 무슨 도움이 되겠는가?

─듣건대 범한 바가 매우 그르니 신 등이 아껴서가 아니라 미처 정상을 알아내지 못하고서 죽을까 염려되므로 아뢴 것이옵니다.

좌의정 유순은 임금의 기색을 살피면서 몸을 낮추었다. 대신들은 이미 짐작하고 있었다. 사냥에 관하여 지나침을 논계하고 아뢴 대신들을 임금이 그대로 덮어두지 않으리라는 것을 말이다.

대신들의 예상은 조금도 빗나가지 않았다. 급기야 연산군은 박은을 다시 심문하라 했다. 어차피 효수하기로 마음을 굳힌 상태였다. 박은이 하지 않은 일이라면 장순손이 그와 같이 말하지 않았을 것이라며 박은을 다시 형신해야 한다고 했다. 좌의정 유순은 즉시 박은을 심문했다. 하지만 박은의 말은 달라지지 않았다. 사냥의 일은 실로 장순손이 먼저 발언하였다는 주장을 끝내 굽히지 않았다. 그러함에도 연산군의 귀에는 변명으로밖에 들리지 않았다. 분명한 일을 숨기어 승복하지 않으니 더욱 죄주지 않아서는 안 된다는 것이다. 만약 형신하는 중에 목숨이 떨어지면 뜻대로 계속 형신을 받게 하지 못하리니 오늘은 결단을 내어야 한다며 장순손이 비록 앞장서 주장한 것은 아니로되 박은의 말을 따랐음이 그른 것이니 또한 죄를 결단할 수밖에 없다고 했다.

─박은이 비록 승복하지 않으나 신 등은 반드시 그의 짓이라 여기니 죄줌이 참으로 마땅합니다!

임금의 뜻이 어디에 있음을 익히 알고 있는 좌의정 유순은 임금의 심기가 혹여 상할까, 한마디 말도 실수하지 않으려 애를 쓰는 기색이 역력했다.

─그자가 글을 읽어 이치를 알며 벼슬은 홍문관에 이르렀거늘 물음을 대하여 숨기니 더욱 그르다. 만약 그 숨김에 따라 끝내 따지지 않으면 나라의 기강이 어디에 있겠는가?

─명백한 일을 승복하지 않으니 일차를 헤아리지 않고 더 형신하여 정상을 알아내기를 청하옵니다.

─박은이 형신을 받을 적에 그 소리가 대내大內까지 들렸으니 분을 품고서 그러는 것이 아닌가? 그러나 일이 이미 명백하니 그 죄를 결단하여 행하여야 마땅하니 효수梟首 따위의 일을 준비토록 하라!

연산군은 눈 하나 깜짝하지 않고 효수를 꺼내 들었다. 살려둘 수 없다는 앙심이 말끝에서 묻어나왔다. 좌의정 유순 등 대신들은 사뭇 놀란 표정을 감추지 못했다. 설마하니 사냥의 지나침을 앞장서 논계하였다 하여 목숨까지 빼앗으리라고는 예상치 못해서였다. 혹독한 형신과 귀양을 짐작한 것이다. 그야말로 주어진 운명이 아닐 수 없었다. 평소 회피하는 바 없이 간언을 주저하지 않았던 박은이었지만 구차히 무관함을 내세우며 벗어나 보려 했으나 소용없이 죽임을 당해야 했다. 대신들은 너나없이 두려움에 떨 수밖에 없었다.

홍문관 수찬修撰 박은은 죽음을 면할 수 없었다. 군기시 앞 거리에서 백관이 서립序立한 가운데 참수하여 효수하고 적몰籍沒하라는 명이 내려졌다. 그뿐만이 아니었다. 박은의 자식들에게도 죄를 주라 했으며 거짓충성으로 스스로 편안하고 위를 업신여겼다, 라는 죄명을 쓴 찌를 달게까지 했다. 참으로 가혹한 처사가 아닐 수 없었다. 침통하고 불안한 대신들의 심정은 이루 말할 수 없을 정도였다. 자칫 단 한 번이라도 임금의 눈 밖에 난다면 목숨을 보전할 수 없다는 것을 생생히 목격하고 있어서였다. 다른 이의 일이 아닌 언제든 자신에게 닥칠 수 있는 것을 깨닫게 된 것이다. 온전한 정신을 지녔다 할 수 없는 임금에게서 되도록 멀어지고 싶은 마음만이 간절할 따름이었다. 내심으로는 젊은 임금의 옥체가 별안간 부실해지기를 바라고 있을지도 모를 일이었다.

연산군의 앙심은 끝이 날 줄 몰랐다. 죄를 입어 배소配所를 분정하였으나 도리어 스스로 몸 편히 여기며 수령도 접대하는 수가 있으니 난역에 연좌되었거나 중죄를 범한 자 및 이같이 앞장서서 주장한 자라면 경중京中으로 돌아오게 하여서는 안 된다 했다. 그 나머지 배소를 분정한 자는 다 올라와서 천한 일을 하게 하면 몸이 절로 편안하지 못하여 허물을 고쳐 스스로 새로워지려니와 만약 그 허물을 고치지 않으면 엄중히 논죄하는 것이 마땅한 것이라 했다. 나무나 돌을 나르는 따위 일에 관원을 시켜 검찰하게 하여 거부하는 자는 죄를 다스리고 제술製述할 일이 있으면 짓도록 하는 전교를 내렸다. 좌의정 유순은 경중에서 부려서 노고하여 스스로 새로워지게 함이 좋겠다고 아뢰었다. 임금의 뜻을 고분

고분 받들어야 할 뿐이었다.

18세에 급제하여 홍문관에 뽑혀 들어간 박은은 늘 경연에 참가하여 치란治亂과 득실을 지적하여 진술하되 말이 매우 적절하였으며 마음을 정하고 행위를 바로 하여 늘 옛사람과 같기로 스스로 따졌다. 타관 문장이 매우 높고 생각이 샘솟듯 하여 한때의 글 잘하는 선비가 다 스스로 미치지 못한다고 여겼다. 왕이 그 정직함을 미워하여 내치려고 생각하게 되매 마침 홍문관이 상소하여 일을 논하였는데 그를 미워하던 대신이 그 기회를 따라서 꾸며 헐뜯었다. 왕이 노하여 그의 관직을 파면한 뒤에 또 외방으로 귀양 보냈으나 박은은 슬픈 모습도 없이 말하는 빛이 태연하였다. 이에 이르러 그를 죽이니 이때 박은의 나이 26세였다. 사관은 박은의 졸기卒記를 이같이 적어놓았다. 연산군의 광기狂氣는 아까운 한 명의 선비를 결국 죽이고 말았다

연산군의 내면에 자리한 무서운 적의敵意는 수그러들 줄을 몰랐다. 이세좌와 이극균 따위 같은 자가 건백建白하여 세운 법을 폐지하라 명했다. 그뿐만이 아니었다. 그들의 집은 허물어 못을 만들고 그곳에 죄명을 써 알리도록 했다.

이극균이 지난날 경연에서 일이 복종할 만하면 사람들은 복종하다 하였거늘 아마도 그 뜻을 임금의 잘못을 가리켜 다른 뜻을 품고 억제하지 못하여 그러하였으니 기록을 상고하여 아뢰라. 또 이극균, 윤필상, 이세좌, 이파 등의 집은 못을 만들고 돌을 세워 죄명을 써서 만세萬世의 인신으로 하여금 징계를 알게 하라. 또 마음대로 생각하고 위를 업신여

겨서 능지처참한 자를 서계하라. 아울러 죄인의 관을 빼갠 곳에 돌을 세우고 죄명을 써서 사람들에게 그 죄악을 알게 하라. 이에 앞서 죄를 범한 자는 혹 삼족을 멸하였으되 돌을 세워 죄악을 적은 자는 한때 한 짓이 그러한 것이다. 이세좌와 같은 무리는 본디 매우 다스려야 하니 그 연좌된 사람의 집을 모조리 헐라!'

연산군이 내린 명은 공포 그 자체였다. 대신들은 누구도 예외 없이 오금이 저릴 수밖에 없었다. 지난날 연산군이 유달리 이극균을 예우하였던 것은 모두가 알고 있는 사실이었다.

연산군은 대제학 김감, 병조판서 임사홍, 유찬성 강호, 등에게 명하여 이극균, 이세좌, 윤필상 등의 죄명문罪名文을 지어 바치게 했다.

연산군은 대상자들의 각 사연을 이렇게 적시했다.

'이극균은 삼공三公의 중신으로서 충심을 다하기에 힘써서 왕실을 도와야 하거늘 감히 염세焰勢를 고취 선동하고 남몰래 은위恩威를 팔아서 무사武士와 서로 맺어 거마가 문 앞을 채우며 군상을 업신여겨 주대가 공손하지 못하며 국시國是를 버리고 사친私親을 따라 이세좌의 불경한 죄를 넌지시 감싸니 발호의 뜻이 이미 뚜렷하고 무장無將의 마음이 이에 있었으나 특별히 너그러운 법에 따라 스스로 목숨을 끊게 하였거늘 감히 분한 말을 내어 원망을 위에 돌리니 신하의 죄가 어느 것인들 이보다 크랴. 이에 명하여 능지에 처하여 거리에 효수하고 그 재산을 적몰하고 그 자식을 주멸하고 그 족당을 나누어 귀양 보내게 하며 또 그 집을 저택하고 돌을 세워 죄악을 적게 하여 신하로서 불충한 자로 하여금 징계를 아는 바가 있게 하노라.'

'이세좌는 임인년에 승지로 있어 마침 궁위宮闈의 큰 변을 당하였으니 제 몸을 잊고 힘써 간쟁하여 그 화난을 늦추어야 하거늘 감히 부도한 말을 내고 독약을 구해 가지고 가서 그 변고에 임하였으니 이것이 차마 할 일이랴. 화심禍心을 싸 감추고 사당을 널리 심으며 자제子弟와 종족을 조정에 벌려두어 그 근거를 믿고 교오하여 위를 업신여겨 예연禮宴의 사주賜酒를 쏟고 마시지 아니하여 술이 튀어 어의御衣에 미치니 불경이 막대하도다. 이에 명하여 능하여 효수하고 그 가산을 적몰하고 주멸誅滅이 그 자식에 미치고 족당을 분배하고 그 집을 저택하고 돌을 세워 죄악을 적게 하여 후세의 신하로서 불충한 자를 경계하노라.'

'윤필상은 여러 조정을 섬긴 구신舊臣으로서 기해년과 임인년의 변에 마땅히 종사의 대계를 부지하고 죽음으로써 간쟁하여 궁액이 안정하기를 바라야 하거늘 일을 의논할 때에 그 사녕邪佞을 행하여 영합에 힘써 큰 변고를 도와 이루었으되 특별히 너그러운 법에 따라 죽음만을 내렸거늘 오히려 두려워하는 마음이 없이 나라의 처분을 마음대로 헤아려 감히 말을 내니 그 간사하고 아첨하여 나라를 그르친 죄가 하늘에 찼도다. 이에 명하여 능지하여 효수하고 가산을 적몰하고 주멸이 그 자식에 미치고 족당을 분배하고 그 집을 저택하고 돌을 세워 죄악을 적게 하여 후세에 밝히 보여서 징계를 알게 하노라.'

이들 3인과 이파, 조지서, 이주, 한훈, 홍식 그리고 궁인 전향과 수근비의 저택 한 집터에도 돌을 세워 죄악을 적어 새겨놓게 했다. 혼백도 편히 쉴 수 없는 그야말로 극도로 감정적인 잔인한 처사가 아닐 수 없었다.

교형에 처해진 전 이조판서 홍귀달의 집터에는 다행히도 죄명문을 써넣은 돌을 세우라는 명이 내려지지는 않았다. 차후 어찌 될지 알 수 없는 노릇이기는 했다. 경기관찰사로 있을 적에 입궐토록 명이 내려진 손녀를 병이 있어 예궐하지 못함을 아뢰었던 순간부터 홍귀달의 목숨은 바람 앞의 등불이나 다름없던 신세였다. 이세좌를 정죄할 때에 홍귀달의 말은 실수니라 하였기에 목숨만은 건지게 될 줄 알았다. 하지만 예측 불가한 연산군의 마음은 종잡을 수가 없었다. 그의 말은 매우 공경하지 못하다며 그러한 자는 살려두어도 쓸모가 없다고 했다. 임금에게 오만함이 심하여 풍속을 바로잡는 때에 이르렀기에 재상이라 하여도 죄주지 않을 수 없으니 교형에 처하라 명하여 결국 홍귀달도 죽을 수밖에는 없었다.

홍귀달은 한미寒微한 신분에서 일어나 힘써 배워서 급제하여 벼슬이 재상에 이르렀다. 성품이 평탄하고 너그러워 평생에 남을 거스르는 빛을 가진 적이 없으며 남이 자기를 헐듯 음을 들어도 성내지 않으니 그의 아량에 감복하는 사람이 많았다. 문장에 있어 서는 곱고도 굳세고 법도가 있었으며 서사敍事를 더욱 잘하여 한때의 비명碑銘, 묘지墓誌가 다 그의 손에서 나왔다. 정자에 편액扁額하기를 허백虛白이라 하고 날마다 서사를 스스로 즐겼다. 시정이 날로 거칠어지매 여러 번 경연에서 옛일에 따라 간언을 진술하니 이로 말미암아 뜻을 거스르더니 경기감사가 되기에 이르렀다. 그때 왕이 바야흐로 장녹수를 시켜서 자기 뜻을 부탁하였으나 홍귀달이 듣지 않으므로 왕이 언짢아하여 어느 일로 외방으로 귀양 보냈다가 이에 이르러 죽으니 사람들이 그 허물없이 당함을 다 슬퍼하였다. 다만 일찍이 이조판서로 있을 적에 뇌물을 많이 받았으므로 사람이 이를 비평하였다. 사관은 이같이 홍귀달을 평評하고 기록했다.

임금 연산군의 폭정과 향락과 기행은 도성은 물론 먼 외방의 민인들조차도 모르는 이가 없을 정도였다. 수시로 통념을 깨는 어명은 대신들을 매우 고달프고 무참하게 만들기 일쑤였다. 목숨을 내어놓을 각오가 없는 대신들은 순순히 따를 수밖에 없었다. 연산군은 내관 김자원을 시켜 영의정 유순, 좌의정 강귀손, 우찬성 이계동, 호조판서 이계남, 공조판서 한사문, 병조판서 임사홍, 도승지 박열, 좌승지 권균, 우승지 이계맹 등을 속히 대전大殿으로 들게 했다. 영문도 모른 채 입시한 대신들은 모두 긴장한 기색이었고 안면에는 두려움마저 서려 있었다.

임금의 어명은 가히 충격이었다. 궁궐에서 가까이 보이는 민가들을 전부 철거하라는 명이었다. 대신들은 속으로 아연실색했으나 겉으로는 기색을 달리할 수 없었다. 임금의 정신이 온전하지 않은 것을 다시 한번 확인하게 된 순간이었다. 나라에 도성에 백성들이 있어야 임금도 있는 이치를 마구 유린하는 처사가 아닐 수 없었다. 영의정 유순은 궁궐과 민가의 한계를 살피어 어명을 받들겠다고 했다. 달리 어쩔 도리가 없어서였다. 연산군은 헐만한 민가를 당장 친히 살피겠다며 동소문 안의 흥덕동, 사섬시동, 성균관동의 여염 사람을 모두 옮겨 피하게 하고 집에 숨어 있지 못하게 했다. 궁궐 가까운 민인들로서는 마른하늘에 날벼락을 맞은 것이나 다름없었다. 연산군은 소교를 타고 성균관 어귀에 나아가 궁장宮墻의 한계를 두루 살폈다. 내관 김자원과 병조, 한성부, 승정원의 당상과 낭청들이 임금을 따랐다. 기한의 여유를 따질 것도 없이 서둘러 어명을 받들어야 했다. 미처 피하지 못한 이들은 있기 마련이었다. 연산군은 흥덕동에 한 여자가 있는 것을 보고는 잡아 오게 했다. 사섬시동에 이르렀을 적에 막 해산하는 여자가 있다는 것을 알고서 동리를 지키던 부장部將을 국문하라 명했다. 더구나 흥덕동에서 찾아 잡은 사람 중에서 나이가 차지 않은 자는 그 가장을 가두도록 했다. 연산군의 기이한 정신이 그대로 드러나고 있었다.

평소 성균관 유생들을 못마땅히 여긴 연산군은 임금의 행차 시에 유생들이 모두 나와 길에 엎드리도록 했다. 유생들은 비록 현달顯達하지 못했으나 임금을 섬기고자 하니 임금이 행행行幸할 때에 각각 제집에 있어서는 안 되며 이제부터 모든 대소 행행 때에 성균관 사학의 유생은 모두 길 곁에 부복하도록 했다. 예도禮道를 보고 익히되 꺼리는 자가 있으면 죄가 대사성에게 미치도록 예조로 하여금 절목節目을 감의勘議하여 아뢰도록 명을 내렸다. 마치 임금을 업신여길지 모른다는 피해의식에 사로잡힌 듯했다.

지독한 모순이 아닐 수 없었다. 유생들은 전부 길에 엎드려 부복하라 하면서도 소격서동과 장의문 인근을 행차할 시에는 임금이 행행하는 곳을 엿보고 엿듣는 자가 있음은 매우 옳지 못하다며 안팎의 여염 민인들을 빠짐없이 옮겨내고 감히 몰래 숨는 자가 있다면 죄로써 다스리도록 한 때문이었다. 예민함의 칼날이 어디로 향할지 누구도 알 수 없는 노릇이었다.

궁궐을 민인들로부터 철저히 경계하려는 연산군의 생각은 참으로 이해하기 어려울 정도였다. 숙장문에서 빈청까지 담을 쌓도록 한 것도 모자라 궁궐을 굽어보는 민가는 집 뒤에 모두 담을 쌓아 굽어보지 못하도록 했다. 도무지 민인들이 섬겨야 하는 임금이라 할 수가 없었다. 아마도 어쩌면 향락에 젖어 사는 자신을 궁궐 외부와 철저하게 차단하고 싶은 본능적인 심사일 수 있었다. 타락산에도 목책을 설치하여 궐내를 보지 못하게 했다. 그뿐만이 아닌 창의문彰義門 밖의 근처에 사는 사람들을 빠짐없이 내보내고 전야田野에 흩어져 있는 이들까지도 모조리 찾아내어 쫓아 엿보지 못하도록 했고 규찰을 제대로 못 한 자도 처벌하도록 했다. 또 장의문 인근 사람들도 홍제원弘濟院 밖으로 내보내게 했다.

병조와 한성부, 공조의 당상들에게 전교를 내려 민가를 헐어야 할 곳에 가서 담 쌓을 한계를 표시하고 또 궁궐에서 1백 척 떨어진 곳에 표를 세우라 했다. 내일 당장 친히 살피겠다, 라며 만약 한 사람이라도 찾아서 내보내지 못한 자가 있다면 그 책임을 엄히 물을 것이라 했다. 더구나 성안의 길에 하루 사이만 사람의 통행을 금할지라도 무슨 방해가 되는 것이겠냐며 모두 금하라 했다. 명을 받은 당상들은 괴로운 심정을 주체할 길이 없었다. 어명을 받았으니 당연히 따라야 하지만 실상은 어명이 아닌 만행으로 여겨져서였다. 당상들은 나지막한 한숨을 길게 내쉬며 궐문을 나섰다.

궁궐이 내려다보이는 높은 곳에 목책을 설치하라는 어명에 영의정 유순은 깊은 고민에 빠졌다. 병조와 공조, 한성부의 당상들과 거듭 숙의를 하였으나 목책을 이루다 설치할 수는 없다는 결론을 냈다. 대책으로 곳곳마다 금표禁標를 세우되 금령을 범하면 받는 죄를 아울러 써서 늘여놓으면 사람이 감히 들어갈 수 없을 것이라는 생각이었다. 법이 엄하지 못하므로 사람이 범하게 되니 법금法禁을 엄히 세우면 누가 감히 범할 수 없을 것이라고 아뢰었다. 연산군은 의외로 대신들의 뜻을 순순히 받아들였다. 다만 담을 쌓는 한계를 직접 살피겠다고 했다.

충훈부忠勳府 뒤로부터 탁경지와 이세좌의 집 위로 또 오천정의 집 동산으로 또 상림원上林苑으로 또 경복궁의 성 모퉁이로 또 내불당, 청안군淸安君의 집 등과 남산 기슭까지 다시 옮겨서 타락산까지는 그 산등성에서 민가를 모두 헐고 화약고와 소격서는 유사를 시켜 곧 헐어서 창의문 밖으로 옮기고 그 건너편 산 밖을 한계로 삼아야 하겠으니 내일 우승지 이상 한성부, 병조, 공조가 함께 가서 살펴서 정하라 하며 철거한 뒤에 반드시 직접 다시 보리라고 했다.

도승지 박열과 우승지 권균, 좌승지 이계맹과 공조판서 한사문, 병조판서 임사홍, 참판 윤구, 한성부 부윤 반우형, 참의 최관 및 내관들이 동소문 밖에 함께 가서 금한禁限을 정하고 돌아와 아뢰었다.

―만약 모조리 큰길로 한계를 하면 그사이에 민가와 토전이 많으므로 다만 보등사로부터 남으로 이희양의 무덤 뒤 산허리를 넘어 다야원과 적유령을 거쳐 동소문 밖 길 위 북쪽까지 표를 세웠사옵니다.

도승지 박열의 음성은 어딘지 매끄럽지 못했다. 지근에서 임금의 명을 받들어야 하는 처지와 심사가 여간 곤혹스러운듯했다.

―그곳에 사는 사람을 이제 내치지 않으면 자손이 번성하게 되어 후에는 반드시 금하기 어려울 것이며 더구나 이제 철거할 때에 반드시 널리 헐어야 하리니 큰길을 따라 표를 세우고 동리 어귀에 경수표警守表를 만들어 사람의 왕래를 금하되 거기 사는 사람이 표 밖에 나가 살면서 모두 나누어 맡아 지키게 하고 활인서活人署는 곧 철거하도록 하라!

민인들이나 대신들의 처지나 심사는 일말의 고려사항이 아니었다.

심히 그릇된 처사였으나 연산군은 전혀 아랑곳하지 않았다. 잘못된 것임을 깨닫지도 못하는 것 같았다.

이조판서 김수동, 예조판서 김감, 참의 민상안, 호조판서 이계남, 형조판서 송질, 동지사 성세명, 한성부 좌윤 이손 등이 성균관을 옮겨 지을 터를 살피고 돌아와 동대문 밖 가은군加恩君의 집 동리가 마땅하다며 아뢰었다. 잠시 생각에 잠겼던 연산군은 지형을 그려 아뢰라 했다. 대신들은 두렵기가 그지없었다. 급기야 성균관이 도성 밖으로 밀려나게 되어서였다. 태조가 조선을 건국하며 도성 안에 세운 성균관은 나라를 이끌 인재를 양성하는 학문기관이며 유교 이념을 받들어 공자를 비롯한 성현들을 모신 사당이기도 하기에 나라의 근간을 상징하고 있다 해도 과언이 아니었다. 하지만 정승을 비롯한 조정 대신 누구도 감히 나서서 그릇됨을 주장할 수는 없었다. 그릇된 혁파를 받아들일 수 없는 것은 마음뿐이었다. 삼족 이상의 멸문지화를 감수할 수 없다면 속마음마저 들키지 않도록 조심하며 명을 따라야 했다.

연산군은 영의정 유순, 좌찬성 강귀손, 우찬성 이계동, 병조판서 임사홍, 호조판서 이계남, 공조판서 한사문, 도승지 박열, 좌승지 이계맹과 내관 김자원을 불러 생각을 밝히고 성균관동 안의 철거할 민가를 살펴보라 했다.

―예로부터 제왕으로서 때에 따라 도읍을 옮긴 이가 있어 우리 국초國初에는 경복궁을 세워 담 밖 백 척 안에 집을 짓지 못하게 하였고 창덕궁은 처음에 이궁이었으므로 좁아서 제도를 갖추지 못하였으나 이제는 이어서 오래 거처하게 되어 이미 정궐正闕이 되었거늘 성균관이 궁

장에 가까우니 나라의 체모가 온편치 못하다. 세조대왕의 본의를 마음대로 헤아릴 수는 없으나 원각사를 창설함에 어찌 만세에 전하여야 한다고 생각하셨으랴. 그 도道가 아닌 것 같은 것은 어찌 3년을 기다리랴. 비록 중 하나 또한 고칠 때가 있으며 제왕의 즐겨 숭상함이 같지 아니하여 부처를 숭상하기도 하고 부처를 배척하기도 한다. 이제 원각사의 부처가 외람되어 향사享祀를 받은 지 오래이거니와 원각사의 부처를 내처 버리고 공자의 신위를 거기에 옮겨 모시고 그런 뒤에 성균관을 철거함이 어떠한가? 젊은 유생들 누가 감히 반궁泮宮의 철거를 시비할 수 있단 말인가? 후세 사람으로서 비록 평의하는 자가 있을지라도 사도邪道를 내처 버리고 정도正道를 끌어들임이니 무슨 안 될 일이 있겠는가!

증조부 세조가 도성 안에 세운 원각사를 철거하고 그곳에 공자의 신위를 모시겠다는 연산군의 생각은 대신들로서는 짐작조차 할 수 없었다. 성균관 철거에 따른 유생들의 반발은 미리 차단하고 원각사 터에 성균관을 옮기겠다는 심산이었다. 과연 저세상의 세조는 자신이 세운 원각사를 증손자인 연산군이 철거하려는 것을 어찌 여길지 참으로 알 수 없는 일이었다. 통탄한다고 하여도 어찌할 수 없는 노릇이지만 말이다.

─절과 빈궁은 제도가 같지 않으니 원각사를 철거하고 성균관의 옛 제목을 써서 옮겨 세워도 무방할 것입니다. 더구나 증조의 사신이 오면 으레 다들 알 성하니 제도는 고치지 않을 수 없사옵니다.

도승지 박열은 혹 임금이 언짢게 받아들이지 않을까 극히 조심하며 아뢰었다.

─그리하라! 아직 꾸미기 전에는 모옥茅屋을 가설하여 공자의 신위를

모시는 것이 어떠한가? 이제 도감을 따로 설치하고 재상을 차출하여 제조를 삼고 성균관의 관원으로 낭청을 삼아서 제목을 날라다가 고쳐 지음이 마땅하리라.

─성균관을 원각사 터에 옮겨 지으면 그 신위는 우선 태평관에 옮겨 모시소서.

영의정 유순이 나서서 임금의 뜻을 받들었다. 감히 반대할 수는 없었다.

─개성부에도 반수泮水가 있는가? 유자儒子의 학업은 장차 임금을 섬기기 위함이거늘 성종조成宗朝에 유생들이 반수를 설치하여 목욕하는 곳으로 삼기를 청하였으니 이 또한 위를 업신여기는 풍습이다.

연산군은 성균관 유생들을 심히 못마땅하게 생각했다. 위를 섬김이 무엇보다 부족하다 여기고 있는 그들이 마뜩잖은 것이다.

─성균관을 철거한다면 사섬시司贍寺와 흥덕사도 철거하여야 마땅하리라. 대저 궁궐은 그윽하여야만 한다. 광경문廣慶門을 만들라고 명하였으나 여기에 문을 만들면 대내에 가깝지 않은가? 선왕 때에 후원後苑에서 관사觀射하시거늘 조지趙祉가 집에서 바라보므로 죄를 얻으매 따라서 그 고개를 이름하여 조지 집이라 하니 이는 아름다운 일이 아니다. 함춘원舍春苑부터 사섬시 건너편을 걸쳐 동소문까지 담을 쌓고 사섬시 석교에 문을 만들어서 대내가 그윽하게 하며 홍제원의 집부터 북으로 제안대군의 집 북쪽까지 표를 세워 한제限制를 지어서 사람의 출입을 금하라. 또 집을 헐 때에는 매양 집임자에게 스스로 헐게 하되 곧 헐지 않는 자가 있거든 독촉하여 헐도록 하라. 또 소경전昭敬殿까지 터의 한

계를 설치하여 길을 통하지 못하게 하되 제사 때만은 문을 열어서 출입시키라. 그리고 원각사의 부처는 세조께서 만드신 것이니 예조에서 맡아 처리하여 옮겨두게 하고 성균관을 원각사에 옮겨 설치하라. 또 그 곁에 가까운 민가를 헐고 양현고養賢庫를 지으라.

연산군이 내린 명은 기이하면서도 세밀했다. 증조부 세조가 만든 것을 차마 무시할 수는 없어서인지 원각사의 부처를 내처 방치하라 명하지 않은 것은 그나마 다행이라고 대신들은 생각했다. 원각사는 결국 철거되고 성균관이 그곳으로 옮겨가는 일만 남은 것이다.

민인들과 조정 대신들이 우러러 존숭하며 섬기는 임금과는 너무도 거리가 멀었다. 기행이라 여길 수도 없는 숱한 만행을 저질러 온 연산군의 언행은 새삼 놀랄 일도 아니었다. 반면 대신들의 한숨은 늘어만 갔다. 도무지 임금의 명이라 할 수 없는 것들을 받들어야 하는 것은 크나큰 고역이었다. 그러나 목숨을 지키기 위해서는 고분고분 명을 받드는 수밖에 달리 방도가 없었다. 급기야 연산군은 각지의 지방 수령들로 하여금 젊고 예쁜 자를 가려서 기녀로 바치도록 명을 내렸다.

기녀는 곧 어전에서 정재呈才하는 사람이니 모름지기 젊고 모습이나 얼굴이 좋은 자를 가려서 문적文籍에 두어야 하니 음률을 알더라도 얼굴이 못났으면 뽑아서는 안 되리라. 외방에 반드시 얼굴이 아름다운 자가 있을 터이거늘 자색姿色 있는 자는 수령이 숨기어 보내지 않고 못생기고 늙고 재주 없는 자만을 올려보내니 이는 위를 위하는 뜻이 아주 없는 것이다. 대저 계절의 물건이 맛있으면 위에 바치고자 하는 것이 사람의 상정常情이니 위를 위하는 일은 본디 이러하여야 한다. 대저 선비가 비록 재주가 많더라도 심술이 착하지 않으면 등용하기에 족하지 못한 것이니 이름은 기녀일지라도 재주와 용모가 없으면 또한 무엇에 쓰랴. 외방으로 하여금 식년式年을 기다리지 말고 별례別例로 선상選上하게 하되 숨기는 자가 있거든 그 수령을 논죄하고 예조나 장악원掌樂院의 관원으로서 사사로이 청탁을 받아들여서 바치거나 물리는 자도 아울러 죄를 다스리도록 하라.

연산군의 전교는 가히 충격적이었다. 도무지 임금의 정신과 도리와는 눈썹 한 올 만큼도 부합될 수 없을 정도였다. 주변국周邊國들의 침입 기미가 없는 것은 그나마 다행이었다. 만약 당장 전란戰亂에 휩싸이기라도 한다면 나라는 순식간에 풍전등화의 상황에 놓이게 될 것은 불을 보듯 뻔했다.

형조에는 기녀가 단장하고 궁궐에 드는 것을 논계論啟한 자를 상고하여 아뢰도록 명했다. 예조 및 장악원에는 기녀의 복장을 점검하여 기록하고 뒤에도 만약 더럽거든 처벌하도록 했다. 도무지 임금의 명이라 할 수 없었다. 기녀들이 주악奏樂 때에 지나치게 음률을 몰라 잡되게 연주하여 절도가 없음은 매우 옳지 못한 것이니 해관該官에게 일러 그러하지 못하게 하라는 어명을 내리기까지 했다. 일말一抹이라도 임금의 도리를 생각하고 있다면 차마 그럴 수는 없었다. 하지만 연산군에게 임금의 도리를 깨우치려 나선 사람은 아무도 없었다. 조정은 침묵 속의 통탄만이 팽배해져 갔다.

연산군은 만행이나 다름없는 어명을 연이어 내렸다. 금지구역의 한

계는 더 멀리해야 한다며 그 안에 비록 전토와 기옥이 있다 할지라도 임금의 땅이 아닌 것이 없는데 누가 감히 자기의 것으로 알겠는가 했다. 창경릉의 수호군守護軍도 또한 한계 밖으로 나가 살도록 하고 또 목책을 모화관의 아래 담 모퉁이에 설치하여 사람들의 통행을 금하고 오직 임금의 행차 때에만 임시로 철거하라는 전교를 한성부와 공조의 당상들과 경기감사에게 내렸다. 나라는 온전히 임금 일인만을 위하여 존재해야 하는 것을 당연시하는 폭정이었다.

연산군은 금표에 불만을 품은 자들의 입에 미리 재갈을 물리려 했다. 옛 제도에 차제差除할 때면 하루 전에 이조와 병조에서 궐내에 정청政廳을 마주 설치하고 주의注擬한 것을 임금의 낙점을 받은 뒤에 하비下批함이 전례인데 이에 이르러 왕의 법도 없는 음희淫戲가 오직 날이 부족하게 여기므로 편리한 대로 구전으로 하였다. 혹은 하루에 의계擬啓한 것을 10일이 되어도 내리지 아니하고 내폐內嬖의 사람들이 인연하여 청탁하므로 정사政事가 날로 잘못되었다고 지적을 했다.

서쪽 금표를 물려서 세우라 하면서 만약 입표立標가 온당하지 않다고 말하는 자 및 옛 땅을 생각하여 원망하는 말을 하는 자가 있으면 삼족을 멸하라는 명을 내리기까지 했다. 서쪽 금표는 덕수德水로부터 도성까지 그 거리가 30리였으나 민인들의 임금이어야 할 연산군은 그마저도 좁다 하며 다시 넓히도록 했다. 때는 바야흐로 중추仲秋가 되어 곡식은 다 익었으나 미처 수확하지 못하였고 갑자기 내쫓긴 사람들은 미친것처럼 울부짖었다. 민인들에게 연산군은 임금이 아닌 저주스러운 괴수나 다름없었다. 곳곳에서 민인들의 통곡 소리가 계속 들려왔다.

금표에 대한 원망은 위를 능멸하는 것이라는 연산군의 인식은 이미 올가미를 쳐놓은 것이나 다를 바가 없었다. 끝이 보이지 않는 임금의 그릇된 언행과 처사에 지각 있는 대신들과 민인들은 숨이 막혔고 치가 떨렸다. 지옥이 따로 없다고 여기는 민인들의 원망과 한숨은 늘어만 갔다. 연산군은 아랑곳하지 않고 의정부에 전교를 내렸다.

대저 백성들이 사는 땅은 임금의 땅 아닌 것이 없어 사사로이 할 수 없으므로 그 취사取捨와 여탈이 마땅히 위에 있어야 한다. 지금 금한禁限을 세운 것은 가까운 지역에서 군사를 훈련시키고 사냥을 하려는 것이다. 그 안에 전택田宅을 가진 소민들이 혹 원망할 터이나 지금 풍속을 크게 개혁시키고자 바야흐로 금령을 시행하는 것인데 근일 투서하는 사람이 있어 사사로운 붓으로 위에 속하는 말을 하기까지 하니 이는 실로 윗사람을 능멸하여 그런 것이다. 무릇 죄주는 법이 장 1백의 죄가 있고 1백 이상의 죄도 있음이다. 또 극형도 있는데 난언을 하는 자와 같은 것도 또한 아주 해로운 것과 그다지 해롭지 않은 차이가 있으니 형은 비록 차등이 있다 할지라도 죄는 같은 것이다. 옛날에는 삼족을 멸하는 법이 있었으니 만약 이런 법을 쓴다면 한집안의 형제나 숙질이 서로 경계하여 형이 착하지 못하면 아우가 착하고 아저씨가 착하지 못하면 조카가 경계하여 이렇게 서로가 힘쓰게 되면 풍속이 거의 바로 잡아지게 되리라. 이런 뜻으로 글을 지어 대중을 타이르도록 하라!

백성들의 한숨에 궁궐 기둥이 흔들린다 해도 연산군은 달라질 것 같지 않았다. 원망은 곧 임금을 능멸하는 것으로 여기고 있을 뿐이니 백성들의 신음은 거슬릴 뿐 두려울 리가 없었다.

성상의 하교가 지당하십니다. 다만 삼족을 멸하는 법은 비록 진秦나라 때에 비롯되었다 하나 이사李斯에게만 삼족을 멸하였다는 글이 있을 뿐 이밖에는 듣지 못하였습니다. 그러므로 후세에는 삼족이 된다는 것을 분명히 말한 것이 없어 한漢나라 이후 천백 세가 되도록 쓰지 않던 법이니 지금 성세聖世에 거행할 수 없는 듯하옵니다.

영의정 유순은 침통한 생각을 애써 누르며 매우 조심스레 의견을 아뢰었다. 금표를 원망한다고 하여 삼족을 멸하고자 한다는 것은 도무지 옳다고 받아들일 수는 없는 노릇이었다. 연산군은 이어서 하교하지 않았다. 생각이 흔들려서가 아니었다. 금한 안에 전택을 가진 자들이 금한이 어찌 그렇게도 광대하고 황전荒田이 어찌 그렇게도 많은가 하며 원한을 품는 것을 용서할 수 없다는 결심을 굳혀서였다.

연산군은 장악원掌樂院의 기생을 본래보다 배가 되는 숫자인 삼백 명으로 늘리려 했다. 실상 그리 놀랄 일도 아니었다. 설혹 삼천 명의 기생을 쓴다 해도 결코 만족하지 못할 처사일 따름이었다. 주색과 향락에 도취된 채로 위를, 그러니까 임금을 업신여긴다는 미명하에 눈 밖에 나거나 눈엣가시 같은 대신들과 그 일족들을 국문하고 도륙하는 것이 연산군의 정사政事 아니 패악의 일상이라 할 수 있었다. 이미 죽여 저세상 사람이 된 이극균에 대한 분기는 아직껏 풀리지 않은 듯했다. 이극균을 난신으로 논하였으니 그 아들도 당연히 부관참시해야 한다고 했다. 그러한 예가 반드시 많을 터인데 즉시 아뢰지 아니함은 잘못이라며 의금부 당상 및 의논에 참여한 대신들마저도 모두 국문하라는 명을 내렸다.

또 이세준 같은 자를 고찰하여 아뢰도록 했다. 대신들은 소름이 끼쳤고 오금이 저렸다. 누구라도 이극균처럼 임금의 눈 밖에 나지 말란 법이 없어서였다.

이극균, 성준 등의 묘지에 가보았던 자들을 자수시켜 치부케 하라 한 것은 실로 극렬한 광기가 아닐 수 없었다. 목숨을 살려주겠다 해도 이실직고를 할 사람은 없었다. 연산군은 군자시부정軍資寺副正 신윤무를 불러 매섭게 노려보았다.

-너도 또한 이극균, 성준, 한치형에게 가보았는가?

연산군의 입꼬리가 심하게 실룩였다.

-신은 일찍이 가본 일이 없사옵니다!

신윤무는 펄쩍 뛰는 기색으로 고개를 가로저었다.

-지금 백관들 중에는 한치형, 이극균, 성준에게 가본 자들이 필시 있을 것이니 자수시켜 치부置簿토록 하라. 그리고 병조로 하여금 고찰하여 아뢰도록 하라.

의심이 더욱 깊어진 연산군은 누구도 믿지 않았다. 억울하게 결려드는 사람들이 숱하게 생겨날 수밖에 없었다.

-어명을 받들겠사옵니다.

도승지 박열은 연신 허리를 굽신거렸다.

-이른바 누설이라는 것은 터무니없는 일을 꾸며서 말함을 이르는 것도 아니요. 알지 못하고 망령되이 말함을 이르는 것도 아니며 비록 듣고 본 것이 있더라도 삼가고 말을 전하지 아니한 뒤에야 누설하지 않았다고 할 수 있는 것이다. 근자에 대군大君의 병을 살피러 나갔다가 마침

이극균의 집을 보니 너무도 궁궐에 가까웠다. 궁궐 안은 스스로 금하고 비밀 하게 되어 때로 하는 일이 있는 것인데 이극균이 그 밑에 살면서 날마다 하는 일을 항시 알고 사람들에게 전파하였을 것이니 이 어찌 대신의 체통이겠는가. 궁궐 안의 일을 외인이 비록 말하더라도 내가 궁궐 근처에 살고 있으니 내가 누설한 것이라고 하지 않겠는가 하여 이극균으로서는 항상 스스로 경계해야 하는데 이극균은 그렇지 아니하고 도리어 누설한 바가 있었다. 그러므로 무오년부터 오늘까지 불초한 무리들의 시끄러운 여러 말이 모두 이로 말미암지 않은 것이 없으니 정승들은 그것을 알고 있으라!

앙심이라 표현하는 하기에도 부족할 만큼 연산군이 품고 있는 증오의 감정은 조금도 수그러들지 않았다.

-과연 성상의 하교와 같습니다. 평소에 신 등도 또한 생각하기를 이극균이 궁궐 가까운 높은 지대에 집을 짓고 안연하게 거처함은 말할 수 없이 심하다고 여겼습니다. 이장곤의 일 같은 것은 젊어서부터 궁력이 뛰어나서 배우지 아니하고도 잘 쏘므로 성종조에 재상인 이칙이 일찍이 승정원으로 나아가 천거한 적이 있으며 신 등도 또 일찍이 활을 잘 쏜다는 말을 들었으니 이극균의 뜻도 재주가 있다 하여 천거한 것이 아니겠습니까? 이장곤을 추국한다면 알 수 있을 것이옵니다.

영의정 유순은 임금의 생각에 맞추려고 한껏 애를 썼다. 극도로 어긋난 것이 아니라면 달리 의견을 표출할 수도 없었다. 또 심신이 몹시 병약해진 것이 아니라면 자리에서 물러나겠다는 뜻을 감히 밝힐 수도 없는 지경이었다. 임금을 못마땅히 여기고 존숭하지 않으며 거스르는 노여움을 산다면 목숨을 부지할 수 없는 것이 두려울 뿐이었다. 죽음 이후에도 계속 거론되고 있는 이극균이 지난날 신임을 받던 재상인 것을 생각하면 다름없이 임금을 떠받들고 작은 실수조차도 없이 매양 조심하는 수밖에는 달리 길이 없음도 모르지 않았다. 죄인이 스스로 족쇄를 풀 수 없는 것과 하등 다를 것이 없었다.

연산군은 대사간 박의영을 불러 임금의 실정보다 권세를 아래에서 쥐고 농락하는 것이 나라를 망치는 길임을 알아야 한다며 언성을 높였다.

─조하朝賀를 받으려다가도 또한 명하여 정지하는 때가 있고 경연을 정하려다가 또한 강講에 납시는 때가 있으니 이는 천성이 원래 그런 것이다. 어찌 남의 가르침을 기다리겠는가? 지금 시가詩歌에 잡언을 한 것이 있는데 전일 간신배가 군상君上을 조롱한 것과 같은 것이 많다. 오자五子의 노래에 이르기를 안으로 여색에 빠지는 짓을 하거나 밖으로 사냥에 빠지는 짓을 하거나 술을 즐기고 풍류에 빠지거나 집을 높이 짓고 담을 치장하는 이 한 가지 일이라도 있으면 누구나 망하지 않을 수 없다고 하였다. 비록 임금이 이 중에서 한 가지가 있더라도 나라가 반드시 곧 망하게 되지 않을 것이나 아래에 권세를 쥐고 농락하는 신하가 있으면 반드시 망하게 될 것이니 대간은 이 뜻을 알아야 함이다.

─신하가 강변强辯으로 논하고 간한다는 것은 극히 잘못입니다. 임금을 충성으로 섬겨야 할 것이니 성상의 하교가 지당하옵니다!

대사간 박의영은 임금의 뜻이 지극히 옳다며 목청을 높여 대답했다.

─대저 인신人臣으로서 혜소와 같은 사람은 세상에 쉽게 나는 것이 아니로다. 사람을 시켜 그 임금을 짐살鴆殺하게 한 자가 있으며 그 사람

이 말하기를 임금을 죽이고 세상에 용납되겠는가? 차라리 내 스스로 마시리라 하였다 하니 인신의 도리는 진실로 이렇게 해야 하는 것이다. 또 조고趙高의 지록위마指鹿爲馬와 그 사위가 임금을 죽이는 등 내시의 화가 예로부터 있었다. 지금 내관들이 그 아침, 저녁의 노고를 싫어하여 원망하는 자가 많으니 어찌 인신의 도리라 하겠는가? 이와 같은 것을 대간은 알라.

─성상의 하교를 깊이 새기겠나이다!

대사간 박의영은 부복하며 임금의 뜻을 굳게 받들 것을 다짐했다.

증조부 세조가 도성에 세운 원각사를 내친 연산군은 이번에는 세조가 파헤쳐 없앤 소릉昭陵의 복위를 청한 대신들을 잡아들이라 했다. 참으로 이율배반이 아닐 수 없었다. 단종의 모후인 현덕왕후의 소릉을 복위하기를 청했던 김일손과 동조했던 사람들을 별안간 형장刑場에 끌어내려는 것이다. 지난 일을 소환하여 추국하고 도륙하는 것은 연산군이 지닌 무서운 습속이었다.

김일손이 소릉 복위를 청할 때 그 도당이 반드시 있었을 것이니 모두 찾도록 하고 이주가 유독 성종은 우리 임금이다. 칭하였으니 이런 사람도 모두 수금囚禁하도록 하며 감형이 말한 자식으로서 그 아버지를 거역한다는 것과 물려준 활이나 신발도 오히려 영원히 아끼는 마음을 갖는다는 등의 말은 지극히 불초하니 잡아다가 낙형烙刑을 하여 그 실정을 추국하도록 했다. 거침없이 무참한 어명을 내린 것이다.

피바람의 세기를 가늠할 수는 없으나 이미 불어닥치고 있다 해도 과언이 아니었다. 연산군은 소릉 복위를 청한 김일손의 도당을 모두 잡아 들이고 죽은 아비도 부관참시하라 했다. 이주가 유독 성종은 우리 임금 이다. 하였으니 성종의 아들은 홀로 그 임금이 아니란 말인가? 하며 지금 완악한 풍속을 고치는 때이므로 비록 중한 형벌을 쓴다고 하여도 남형이라고는 하지 않을 것이라며 그 자손을 만약 천천히 잡아들이면 혹 자살할까 염려되니 속히 잡아 가두도록 했다.

-이주와 한훈이옵니다!

좌의정 허침이 나서서 소릉 복위를 같이 간한 사람들을 아뢰었다.

-이 사람들의 아비가 아직 살아있느냐?

-김일손과 이주의 아비는 이미 죽고 한훈의 아비 한충인 만이 일찍이 장형을 받고 외방에 축출되어 있다 하옵니다.

-세조대왕께서는 가문을 변화시켜 임금이 되신 분인데 이와 같은 말을 오히려 차마 하였으니 어찌 이보다 더한 난신적자亂臣賊子가 있겠는가? 김일손과 이주의 아비는 모두 부관참시하고 한훈의 아비 한충인은 잡아다가 교형에 처하고 김일손의 첩자妾子 김청이, 김숙이는 사람을 보내어 목을 베어오고 이주의 아들과 딸은 모두 정역定易하도록 하라!

연산군은 가당치도 않은 논리로 서슴없이 도륙과 부관참시를 명했다. 이같이 한다면 무엇 하나라도 걸려들지 않을 대신이나 민인들은 없을 터였다. 심지어 만에 하나 그들의 일족들에게 동정의 눈길이라도 보낸 것이 발각되기라도 하면 난신적자에 동조한 죄명을 뒤집어쓰고도 남을 일이었다. 이러하니 간신배가 아닌 다음에야 아니 설혹 임금이 총애하는 간신배라 하더라도 심히 떨리지 않을 수는 없었다. 마치 촘촘하고 큰 그물이 언제 누구의 머리 위로 떨어져 덮칠지 알 수 없는 노릇이었다.

적반하장이 따로 없었다. 조카 단종의 용상을 찬탈하고 기어이 목숨마저 빼앗은 세조는 적잖은 두려움과 죄책감에 시달려야 했다. 그러던 어느 날 단종의 생모인 현덕왕후가 꿈에 나타나 저주를 퍼부으며 용안에 침을 뱉었다. 잠에서 깨어난 세조는 극심한 두려움과 분노감에 떨며 형수인 현덕왕후의 소릉昭陵을 당장 파헤치라 했다. 그런데 증손자인 연산군은 그와 같은 패륜적인 악행을 저질렀던 세조가 저세상에서라도 가히 칭찬하고도 남을 만했다. 그릇된 것을 바로잡도록 간언하는 것은 충직한 신하가 갖추어야 할 덕목이었다. 지난날에 소릉의 복위를 청했던 김일손, 이주, 한훈은 광란의 만행을 서슴지 않는 임금 연산군을 저승에서라도 핏빛 서린 눈빛으로 노려보며 저주를 퍼부을지도 모를 일이었다. 얼마나 긴 세월 속에서 얼마나 많은 이들이 이러저러한 억지 죄명을 뒤집어쓰고 죽음을 면치 못하게 될지 끝이 보이지 않는 암울하고 참담한 날들이 이어지고 있었다.

지난날의 소소한 일까지 끌어내는 연산군의 일상화된 악습은 새삼 놀랄 일은 아니었다. 이장곤이 비록 활쏘기에 능하다 할지라도 이극균이 천거한 것은 반드시 그 정실이 있을 것이라고 했다. 이장곤이 과연 활쏘기에 능한 것은 사실이나 이극균이 천거한 것은 그 마음의 공사公私를 알 수 없다고 했다. 도승지 권균은 이같이 아뢰었다. 마치 임금이 대답마저 확정해놓은 것을 읊조리는 것에 불과했다. 문신으로 활쏘기에 능한 자가 한두 사람이 아닌데 홀로 이장곤을 천거한 것이라며 작상爵賞은 임금에게 있는 것이지 밑에 있는 자가 천거해야 하는 것이 아니라는 말에도 짜놓은 문답처럼 도승지 권균은 성상의 하교가 옳다고 했다. 좌, 우부승지와 동부승지는 자신도 모르게 가느다란 탄식이라도 흘러나오지 않을까 바짝 조심해야 했다.

끝내 사그라지지 않는 응축된 증오심은 부관참시로도 성에 차지 않는 듯했다. 아니 어쩌면 이극균을 비롯한 그들의 백골을 곱게 가루 내어 흐르는 강물에 뿌린다 해도 연산군의 강포한 심사는 달라질 것 같지 않았다. 조정과 나라 전체가 임금의 광기에 처절하게 유린당하고 있다 해도 과언이 아니었다.

잔인하다는 표현으로는 부족했다. 역모를 꾸민 죄인이 아닌데도 연좌하는 포악성을 유감없이 발휘했다. 연산군은 죄인 이극균, 윤필상, 이파, 이세좌 등의 아비와 형제를 모두 부관참시하고 그 부모의 작첩爵牒을 모두 회수하라는 어명을 내렸다. 또 그들의 처족들은 장죄에 처하여 출송하도록 했다. 엄밀히 따져볼 것도 없이 이극균, 윤필상, 이세좌는 지은 죄가 없었다. 단지 임금 연산군이 온갖 구실을 갖다 붙여 옭아매어 죄명을 씌운 것뿐이었다. 그러함에도 그들을 능지처사하였고 그것도 모자라 부관참시를 했다. 하물며 이제 그들의 아비와 형제까지 부관참시토록 한 것은 패악의 정도를 넘어선 실로 하늘도 노여워할 극악무도한 만행이 아닐 수 없었다. 조정 대신들은 아연실색을 했다. 해도 해도 너무한다는 원성마저 일절 표출할 수 없는 악몽 같은 시절이 그저 한탄스러울 뿐이었다. 이극균을 비롯하여 이미 저세상으로 떠난 원로대신들의 원혼이 반드시 임금을 저주하리라는 것과 임금 연산군에 대한 하늘의 진노가 필시 있으리라 믿을 뿐이었다. 이극균, 윤필상, 이세좌의 아비와 형제들마저 부관참시를 당하게 된 참화는 조정 대신들에게 결코 남의 일로 여겨질 수 없었다.

연산군은 군신君臣관계를 시로 지어 내리고 차운次韻하여 올리도록 했다. '경卿을 대하매 마음이 도움을 바라니 나라를 다스리되 태평에 뜻 두오. 취한 김에 말을 많이 함은 충성스런 신하 얻고 싶어서네.' 전날 곡연曲宴 때 궐내에 들어왔던 재상들을 명소命召하여 이처럼 어제시御製詩를 내렸다.

－대비께서 나의 강무講武로 하여 술상을 내려 위로하여 주시므로 비록 본성은 잘 마시지 못하지만 간신 이세좌와 같이 하사하는 술을 거꾸로 쏟을 수 없었노라. 신하가 임금에게 와 자식이 어버이에게 존경이 다를 수 없으므로 마음을 다하여 넘어지도록 마시고 취하게 되어 드디어 편복便服으로 군신을 접견하였으니 실수가 아니겠는가? 위에서 지은 시가 고저에 맞지 아니함을 모르는 것은 아니나 다만 취중에 뜻을 말한 것뿐이로다.

연산군은 강박관념에 깊이 사로잡혀 있었다. 이를테면 임금을 업신여기는 마음을 갖고 있는 재신宰臣은 이세좌와 다를 바 없다는 경고였다.

－신 등은 삼가 듣건대 대비전에서 술을 하사하였다 하시니 이는 실로 훌륭하신 일입니다. 또 편복으로 인견引見하셨다 하여 무엇이 예禮에 어긋난다. 할 수 있겠습니까? 군신 사이는 반드시 이같이 온화하게 통하여야 하므로 신 등이 스스로 영광스럽기 비할 때가 없다 여기옵니다.

좌의정 허침이 나서서 임금의 비위를 맞추듯 했다.

─어제 내가 지은 시를 정승들은 이미 차운하여 올렸으니 그 나머지 모든 재신들은 모두 율시로 지어 올리도록 하라!

연산군은 자못 흡족한 기색으로 술을 공궤供饋하도록 했다.

영의정 유순, 좌의정 허침, 우의정 박승질, 의금부 당상 김감, 정미수, 김수동, 이계남이 이른 시각에 입궐하여 빈청에 모여앉았다. 이극균, 이세좌, 윤필상, 이파 등 중죄에 처해 진 이들의 족친을 어찌 처리해야 할지 숙의를 계속했다. 하지만 좀처럼 뜻을 모을 수 없어 난감하기만 했다. 이극균 등 전날의 재신들을 생각하면 너무도 가혹한 처사가 아닐 수 없으나 임금의 뜻이 어떠한지를 익히 알고 있어서였다.

─전일 죄인들의 원근 족친을 모아 익명서 일을 고문하도록 명하셨는데 이세좌, 윤필상, 이파 등 3인의 원근 족친으로 이미 정배定配된 자가 동성同姓은 팔촌 이성異姓은 사촌 등이 모두 이백삼 인입니다. 이들 3인의 원근 족친이 이같이 많으니 이극균 이하 30여 인의 족친은 얼마나 될지 알 수 없으며 옥사獄舍도 또한 수용할 수 없겠으니 그 친자식들만 신문하도록 하는 것이 어떠하리까?

영의정 유순이 임금의 심기를 살피며 대신들이 모은 뜻을 조심히 아뢰었다. 연산군의 기색은 이내 싸늘하게 변하고 말았다. 유순은 떨리지 않을 수 없었다.

─이세좌의 첩의 아들 이지명은 나이 7세, 윤필상의 첩의 아들 윤활은 나이 8세, 강형의 아들 강세숙의 나이는 4세인데 전일에 전교하시기를 젖먹이 아이를 제외하고는 모두 처결하라 하셨으니 어떻게 처결하오리까?

좌의정 허침은 전날의 전교를 다시 확인하고자 했다.

―……젖먹이로서 나이를 기다리게 한 자는 추문推問하지 말라!

연산군은 잠시 생각에 잠기는 듯했다. 추궁하여 심문하지 말도록 한 것이 아니다. 젖먹이 아이들 외에는 나이를 불문하고 모두 처결해야 한다는 뜻이었다. 패악한 임금이 아닐 수 없었다.

낙인烙印

　　　　　　　　　　오래 살아남아 있는 것은 치명적인 오욕이었다. 근빈謹嬪의 입에서 더는 탄식조차도 흘러나오지 않았다. 임금이 보낸 교자轎子를 타고 자수궁慈壽宮을 나선 근빈박씨의 눈자위는 어느새 축축이 젖어 있었다. 근빈은 세조의 후궁이었다. 연산군에게는 증조모가 되는 셈이었다.

　-근빈께서 오시니 이렇게 흥이 절로 나는 것이 아니겠습니까? 자, 근빈께서도 일어나 춤을 추어보시지요.

　취기가 한껏 달아오른 연산군은 일어나 덩실덩실 춤을 추었다. 경회루에 당도하여 자리에 앉은 근빈은 이내 일어서 춤을 추기 시작했다. 젊은 시절부터 가무歌舞가 뛰어난 근빈의 나이는 이제 팔십 세였다. 실상 거동도 수월하지 못한 근빈이었으나 늙어서 더는 춤을 출 수 없다는 말을 차마 꺼낼 수는 없었다. 연산군의 성정과 패악을 익히 알고 있기에 자칫 모진 학대가 두려워서였다. 연산군은 아랑곳하지 않았다. 후궁이었다고는 하나 나이 팔십 세의 증조모를 수시로 불러들여 춤을 추게 하는 것은 그야말로 지독한 패륜이 아닐 수 없었다. 힘에 겨웠으나 근빈은 건성으로 춤을 추지 않았다. 눈물은커녕 슬픈 기색조차 내비치지 않았다. 단지 슬픔과 오욕의 심정을 춤사위로 날려버리고 싶을 따름이었다. 선대왕의 후궁이 아닌 차라리 늙은 기생이었으면 좋겠다는 생각마저 들었다. 영의정 유순, 좌의정 허침, 우의정 박승질과 병조판서 임사홍, 우찬성 이계동, 도승지 권균 등의 대신들은 이미 익숙해진 탓인지 그리 곤혹스러운 기색조차도 없었다. 설혹 지하의 세조가 통탄하며 노기 띤 눈을 부릅뜨고 호통을 친다 해도 그들의 눈에는 보일 리도 들릴 리도 없었다. 술기운으로 불그스레 달아오른 연산군의 용안에는 흥이 잔뜩 달라붙어 있었다.

　도승지를 비롯한 승지들은 술렁였고 불안한 기색이 역력했다. 가벼이 여길 수 없는 일이었고 그로 인한 책무가 당장 늘어나게 된 때문이었다. 연산군은 이같이 승정원에 전교를 내렸다.

　궁인들이 문자文字를 알지 못하므로 비록 서책을 가져오도록 하여도 제목조차 알지 못하니 몹시 뜻에 맞지 않는다. 듣건대 옛날에는 여사女史들이 있었다는데 지금은 그리할 수가 없다. 다만 궁중의 예의범절은 글을 알아 의주儀註를 읽을 수 있는 자가 아니면 집례를 할 수 없으니 반드시 나이가 젊고 영리한 계집을 뽑아 들여 학습을 시키도록 하라. 또 음악은 혈기를 화창하게 하는 것으로서 잠시도 폐할 수 없는 것이다. 내연內宴에서 주악할 때는 음악을 아는 여자로 하여금 살펴 들어 규찰하게 하는 것이 좋으니 창기 중에서도 나이 젊고 영리하며 자색이 있고 음률을 알며 신중하고 말이 적고 창진 등의 병을 치른 자를 아울러 뽑아 들이도록 하라.

　간신이 그르친 것이 어찌 모두 임금의 허물이겠는가? 그와 같은 여

자들을 창경궁으로 뽑아 들여 함부로 나가지 못하게 하고 의복과 요를 관에서 주며 글을 가르치고 음악을 가르치는 사람으로 하여금 날마다 궁궐로 나아가 교훈시켜 그 업을 이루도록 하라. 또 이와 같은 일을 누가 감히 말을 하겠는가? 그러나 정한 지아비가 있는 사람이면 불초한 무리들이 혹 말을 할 것이다. 대저 풀에는 영지가 있고 나무에는 춘계春桂가 있으니 창기들 가운데 어찌 쓸 만한 사람이 없겠는가. 다만 정한 지아비가 있는 자는 몸이 비록 입궐할지라도 마음이 전일 하지 못할 것이요. 혹은 본부本夫에게 비밀히 궁중의 일을 누설하게 될 터이니 이와 같은 자는 선택하지 말도록 하라. 또 그 집 사람들이 혹 일로 인하여 왕래할 때에 면대하여 이런 말 저런 말 하게 되는 것도 매우 부당한 일이니 방비房婢를 주어 말을 전하도록 하고 만약 기롱하거나 나무라는 자가 있으면 기훼제서율棄毁制書律로써 논하도록 하라.

궁인이나 창기를 택하여 뽑도록 승정원에 명을 내린 것이다. 조정에는 심혈을 기울여 온전히 처리해야 할 국사國事가 한두 사안이 아니었으나 그런 일들의 순위는 늘 뒷전으로 밀려날 뿐이었다. 임금이 한낱 창기를 뽑는 일에 전심을 쏟고 세세히 가늠하여 명을 내린다는 것은 고금古今에 없을 일이었다. 그야말로 임금이 딱한 게 아닌 나라의 온 민인들이 딱할 뿐이었다. 어명을 받들어야 하는 승지들의 낯빛은 더할 수 없이 어두워져만 갔다.

장악원 제조 이계동과 임숭재가 어전에 나아가 임금 앞에 부복했다.

−나이가 젊고 영리하며 자색 있고 음률을 해독하는 기녀들을 이미 간택하였는데 그중에 지아비와 자식이 있는 자는 간택하지 말라 하시니

이같이 하면 간택될 자의 수가 적을 것입니다. 비록 지아비가 있다 할지라도 본래 완전한 지아비가 아니고 비록 자식이 있다 할지라도 나이가 모두 한두 살이며 기녀들은 그 자녀를 보통 사람들과 같이 애양하는 것도 아닙니다. 오직 나이가 15세 이상 25세 이하의 재주와 자색이 있는 자만 뽑는다면 많은 수를 얻기가 쉽지 않으나 만약 연령을 제한하지 아니하면 많이 얻을 것이라 생각되옵니다.

이계동은 젊고 재능 있는 기녀들을 간택하기 위해서는 연령을 폐지하는 것이 유익하다며 아뢰었다.

-허나, 그같이 하는 것은 다름이 아니라 글자를 아는 자라야 예의를 익히게 되고 음률을 아는 자라야 절주節奏를 조정할 수 있으므로 배양하고 성취시켜 내연內宴에 대비하려는 것이다. 대저 음악은 혈기를 화창하게 하고 정신을 안정시키는 것이니 폐할 수 없는 것이다. 그러므로 옛사람이 말하기를 군자는 까닭 없이 금슬琴瑟을 곁에서 떠나게 하지 않는다. 하였고 당 현종은 이원에 제자를 두었으되 오히려 오십 년 동안이나 나라를 지키었다. 대저 나라의 치란治亂이란 군자와 소인의 진퇴에 있는 것이요. 처음부터 여색에 있는 것이 아니니 만약 군자를 진출시키고 소인을 물리치며 형벌을 감소시키고 국경을 안정시킨다면 단정코 태평한 세대를 이룰 수 있는 것이다. 만약 이세좌와 같은 소인들을 좌우에 있게 한다면 비록 이러한 일을 하지 않는다고 하더라도 어찌 나라를 그르치지 않겠는가? 이같이 하는 것은 불초한 무리들이 이전에는 없었던 일이라 하나 대저 세상에 어찌 이런 일이 없었겠는가? 다만 사관史官이 전하지 않은 것이다. 무릇 일을 하지 않는다면 그만이거니와 한다면

반드시 장려하게 해야 함인데 하물며 나의 뜻을 누가 능히 억제할 것인가? 반드시 다수를 뽑아 들여 태평한 기상이 되도록 하는 것이 가하리라.
　연산군의 기색은 진지하다 못해 엄숙하다 할 정도였다. 생각의 중심이 어느 곳으로 쏠려있는지 증명이 되고도 남을 정도였다. 이계동은 자신의 청이 받아들여진 것이 흡족해서인지 연신 고개를 주억였다.
　-내가 보건대 내연 때에 기녀들이 예禮가 지나치게 공손하여 모양을 잃게 되니 매우 합당하지 못하다. 대저 예의는 알맞게 되어야 좋은 것이니 비록 지존의 앞이라 할지라도 마땅히 군색하지 않게 이리 보고 저리 보아 그 기운을 쫙 펴야 하는 것이요. 다만 심순문 같이 일부러 어의를 보고 그 짧고 좁음을 말해서는 안 되는 것이다. 또 출산을 기다려 입궐할 자와 그 출산한 아이의 생사가 정해지지 못하고 또 정한 지아비가 없는 자는 과연 아뢴 바와 같다. 무릇 이러한 일을 만약 말하는 자가 있다면 저절로 중벌이 있을 것이다. 경卿들과 정원政院의 뜻은 어떠한가?
　-이런 것이 아니면 태평한 기상을 어디서 보겠습니까? 나라의 치란은 오직 사정邪正을 분변하지 못하는 데 있을 뿐인 것입니다. 하물며 예禮와 악惡은 폐할 수 없는 것이니 마땅히 널리 취하고 많이 선발하여 갖추어야 한다고 생각하옵니다!
　임숭재는 중언부언 없이 간결하게 임금의 비위를 맞추었다.
　-옛말에 예와 악은 잠시도 몸에서 버릴 수 없다 하고 또 이르기를 예와 악은 백 년이 되어야 일으켜진다, 하였습니다. 대체로 예와 악은 하루도 폐할 수 없으니 반드시 영리하고 질이 뻣뻣하지 아니한 자를 많이 뽑아 교양시킨 연유에야 더러움을 씻고 찌꺼기를 해소시켜 태평한

기상을 그제야 보게 되는 것입니다. 이와 같은 일이 어찌 정사에 방해가 되겠사옵니까!

도승지 권균은 누구보다도 잘 알고 있었다. 임금의 뜻에 한 치도 거슬리어서는 안 된다는 것을 말이다. 괴로움도 익숙해지면 점차 무뎌지는 법이었다. 달리 방도가 없으니 그럴 뿐이었다.

연산군은 대간의 책무를 인정하려 하지 않았다. 그리해도 된다 하면 당장이라도 삼사三司를 폐廢하고도 남을 일이었다. 대간의 주제넘음과 홍문관이 간언하는 일을 반드시 불가하게 만들고 싶어했다. 대간이 비록 확실히 아는 일이라도 강상綱常에 관계되는 큰일 이외에는 풍문만으로 탄핵해서는 안 되며 홍문관은 책을 들고 옛일을 고찰하는 것이 그 직무인데 근래에 인물의 선악과 시사를 논의함은 대단히 불가한 일이라고도 했다. 비록 저자에서 죄인을 처형하여 여러 사람들과 같이 버리는 일이라 할지라도 마땅히 대신과 더불어 논단해야 하고 여러 사람과 함께 더불어 의논함은 불가한 일이라 했다.

이후부터 조계朝啓 때에는 의정부 육조와 대사헌, 대사간 만이 입시하게 하고 그 나머지 대간 및 홍문관은 입참入參하지 말도록 했다. 홍문관뿐만 아닌 홍문관의 언사와 직무 자체가 연산군으로서는 눈엣가시처럼 마땅치 않은 일이었다. 대간들 중에 누군가 이성을 잃고 언제라도 자신을 공격할 수 있으리라는 의심을 거둘 수는 없었다. 무소불위의 폭군이라 해도 이면에 깃들어 있는 일말의 두려움마저 소멸시킬 수는 없기 때문이다.

경연經筵을 참석하지 않겠다고 생각한 지는 사실 오래전이었다. 급기야 연산군은 경연을 정지할 것을 결정하기에 이르렀다. 연산군은 승지들을 모두 불렀다.

ㅡ나는 본래 정이 둔한 데다가 춘추가 이미 많아져 이달이 지나면 벌써 서른이 되고 또 갑인년에 큰 병을 앓은 뒤로 총명이 날로 떨어져 학문이 진전되는 공이 없으니 비록 날마다 경연에 나아간다고 할지라도 또한 유익함이 없을 것이다. 하니 이제는 이것을 정지하여야겠다. 승정원은 그리 알도록 하라!

연산군의 전교에는 오랜 고심을 끝낸 후련함이 담겨 있었다. 주색에 젖어 폭정을 일삼는 임금에게 매일 빠짐없이 대신들과 학문을 논한다는 것은 가히 고역일 수밖에 없는 일이었다. 임금이 반드시 행하여야 할 도리가 피곤한 일로밖에 여겨지지 않으니 그럴 수밖에 없었다.

ㅡ성상의 학문이 고명하신데 경연을 어찌 반드시 날마다 해야 할 일이겠사옵니까?

임금의 심사를 이미 간파하고 있던 도승지 권균은 잠깐의 머뭇거림조차도 없었다. 섣부른 충언을 할 수도 없을뿐더러 그리한다 해도 어차피 되돌릴 수 없다는 생각에서였다. 어쨌든 임금의 뜻에 승지들은 불안했으나 반면 연산군은 한시름을 덜어낸 것처럼 심사가 편해졌다.

놀랄 일은 그뿐만이 아니었다. 지존이라 하나 임금도 하늘을 올려다보아야 하는 사람이었다. 연산군은 정녕 하늘이 두렵지도 않은가 보았다. 하늘이 두렵다면 차마 그리할 수는 없어서였다. 능지처참, 부관참시, 매장 불가로도 성에 차지 않았는지 실로 상상을 초월하는 악행을 서

습지 않으려 했다.

─이극균, 이세좌, 윤필상, 한치형, 이파의 시체를 일찍이 들판에 버려두고 매장하지 못하도록 하였으나 아마도 반드시 거두어 매장하였을 터이니 지금 다시 파내어 해골을 분쇄하여 형적形跡을 없애는 것이 어떠한가?

연산군은 죄가 중한 자들의 해골을 파내어 가루로 만들어 바람에 날리게 했다. 믿기 어려운 언사였다. 설령 철천지원수라 하여도 그럴 수는 없는 일이었다. 임금을 업신여긴 것이라는 허상의 죄명을 낙인찍어 흉악한 유린을 끝없이 마구 자행하고 있는 연산군이었다. 하지만 사초史草에 기록될 연산군의 잔혹한 악행이야말로 지워질 수 없는 불멸의 낙인이었다.

─이는 모두 죄가 중한 사람들이니 의당 그렇게 해야 마땅하옵니다.

아연실색할 노릇이지만 도승지 권균은 일 점도 그러한 내색을 할 수가 없었다. 승지들은 모두 머리를 조아린 채로 떨어야만 했다. 자칫 임금의 눈 밖에 난다면 자신도 예외일 수 없을 터 백골이 가루 되어 바람에 날릴 것을 떠올리면 그저 두려움에 등골이 서늘해질 뿐이었다.

─간신의 해골을 바람에 날려 천지간에 의지하지 못하게 하는 것은 땅에는 영험한 풀이 있고 하늘에는 신통한 새가 있어서이다, 하니 죄가 중한 사람은 모두 그 해골을 분쇄하여 바람에 날려버리게 하라!

연산군은 마땅히 해야 할 일이라는 듯이 거침이 없었다. 잔혹한 복수가 폭군 연산군에게는 달콤한 희열인 것이 틀림없었다.

경연에 참석하지 않겠다고 표명한 연산군은 내처 홍문관을 혁파하겠다는 뜻을 밝혔다. 스스로 왕자의 스승이라 하여 교만하고 방종하기 이를 데 없다고 감정적으로 홍문관을 평가하기도 했다. 직책을 정언正言이라 한 것은 말을 바로 하게 한 것이며 지평持平이라 한 것은 공평을 가지게 한 것이며 집의執義라 한 것은 의리를 잡게 한 것이라 했다. 이름이 그와 같음에도 정언인 자는 말이 바르지 못하고 지평인 자는 공평하지 못하다 했다. 그런고로 경연관은 직위가 중한 자를 선택하여 윤차輪次로 입시하도록 하며 헌납獻納과 장령掌令 이상은 3품관을 골라 임명하고 정원과 지평은 낭청으로 고쳐 궁궐에 나와서도 말을 아뢰지 못하게 하고 경연에도 입시하지 못하도록 하는 것이 어떠하겠냐며 승지들에게 물었다. 그러자 승지들은 한목소리로 성상의 뜻이 옳다고 답했다.

그야말로 옳고 그름은 오로지 임금만이 판단할 따름이었다. 묻고 답하는 것도 그저 요식행위에 불과할 뿐이었다. 승정원으로부터 임금의 뜻을 전해 들은 삼정승은 성상의 하교가 지당하오나 사헌부의 집의나 장령 사간원의 사간과 헌납은 모두 당하관堂下官이므로 정언과 지평을 낭청으로 하는 것은 합당하지 못하니 정언과 지평을 모두 혁파하되 사간원에 정원이 없으면 사람이 부족하여 유고 시를 대비할 수 없기에 헌납 일인을 더 두도록 하는 것이 좋겠다고 아뢰었다. 연산군은 삼정승의 의견을 받아들였다. 어쨌든 경연을 중지하게 되었고 또 임금의 눈과 귀와 생각에 조금이라도 거슬리는 것들은 사람이든 제도이든 용납할 수 없다는 것을 각인시켜준 결과를 얻게 된 것이다.

임금의 도리는커녕 폭압과 주색에만 골몰하는 연산군은 법을 엄히 쓰는 것을 부단히 강조했다. 굴종하지 않는 자는 반드시 용서하지 않겠다는 생각이었다. 일그러진 신념이었으나 풍속을 바로잡는 법을 반드시 엄하게 하지 않을 수 없다고 했다. 옛말에 천도天道도 10년이면 변한다, 하였으니 풍속이 바로잡히면 형벌을 완화할 수 있으며 그렇게 된 뒤에는 여염에서도 태평을 누릴 것이니 노래 부르고 술 마시며 도도하게 즐기는 것은 무엇이 옳지 않겠느냐고 했다. 만약 상하의 분의가 엄하지 못하여 간신들이 제멋대로 방자하고 심한 자는 소장疏章을 주달하여 비방하고 헐뜯고 혹은 법을 세웠다가 분분하게 고친다면 이러고서 풍속이 어느 때에 바로잡히겠는가라 고도했다.

   권력이 아래 있는 것은 춘추春秋에서도 그르다고 한 것은 그런 뜻이니 조정은 위의 뜻을 본받아 아랫사람으로 죄 있는 자를 엄중히 징계해야 할 것이라 했다. 또 원각사의 일을 거론하며 도성 한복판에 있는데 비록 세조께서 창건하신 것일지라도 역시 한때의 일로서 만세의 법이 아니니 마땅히 그 승도들은 축출하고 절을 비워두었다가 나라에 일이 있으면 쓰도록 하는 것은 가한 것이라 했다. 증조부 세조를 고이 섬긴다면 차마 할 수 없는 일이었다. 제아무리 임금이라 해도 전횡을 일삼아서는 안 되는 것이나 대신들로서 연산군의 하교는 목숨을 걸지 않는 한 거스를 수 없는 낙인과도 같을 뿐이었다.

   조정은 소리 없이 더욱 술렁였다. 홍문관 신진들의 교만 방자한 습성을 더는 두고 볼 수 없다는 연산군은 기어이 홍문관을 폐지하겠다는 전교를 내렸다. 홍문관 신진들이 스스로 사부師傅의 벼슬이라 하여 점차 교만하고 방종한 습성이 생겨나고 있다는 연산군의 거듭된 격노를 가까이 지켜보았던 승지와 내관들은 이미 짐작했던 일이었다. 사헌부,

사간원과 더불어 조정의 삼사三司로 불리는 홍문관을 없애는 것이 연산군에게는 그리 어려운 일이 아니었다. 어쩌면 지극히 손쉬운 하나의 유린에 불과한 것일 수 있었다.

선왕조에서 일찍이 집현전을 폐지하였는데 이제 홍문관을 폐지해야 하겠으니 이 밤에 단봉문을 열고 경연의 숙직 관원을 축출하라 했다. 번복될 수 없는 것을 알고 있는 조정 대신들은 속으로는 전전긍긍하면서도 하교를 받들겠다고 했다. 그리 민감하지 않은 사안은 때로 은연히 반대의향을 내비칠 때도 있으나 이같이 중대한 일은 오히려 굳게 입을 다문 채 임금의 뜻에 따를 수밖에 없었다. 자칫 심기를 거스르는 인물로 찍히기라도 한다면 그때부터 그의 목숨은 저승 초입에서 배회하는 것이나 다름없게 되기 때문이다.

대사헌 민휘와 대사간 성세순은 불안한 기색이 역력했다. 간흉하고 궤이詭異한 자들을 찾아 아뢰라는 명을 받았지만 찾아내지 못한 질책을 하루 만에 받아야 했다. 막연했으면서 마음만 먹으면 누구에게라도 누명을 덧씌울 수도 있음을 깨닫게 되어서였다.

-그런 자들을 아뢰지 않는다고 어제 하교하셨는데 신 등이 널리 탐문하였으나 찾지 못하여 아뢰지 못한 것이옵니다.

대사헌 민휘는 착잡한 심정을 들키지 않으려는 듯 애써 담담한 어조로 아뢰었다.

-임금을 속여 이름을 낚고 충성을 가장한 궤이한 무리를 아직 다 제거하지 않았는데 대간은 어찌 찾지 못하였다고 하는가? 만약 찾았다면 마땅히 중벌에 처하고 그 자손들도 먼 지방으로 축출하여 이 세상에 용

납되지 못하도록 하는 것이 마땅하다. 또 대간이 입시하면 언사를 상례로 삼아 구태여 옛말을 인용하여 스스로 높이려고 다투니 이 어찌 미풍美風이겠는가? 단지 명예를 낚는詭異 데 불과한 것이다. 시끄럽고 언사하지 못하도록 반드시 절목을 마련하여 아뢰도록 하라!

─신들은 늘 성심을 다해 전하의 명을 받들겠사옵니다!

대사헌 성세순은 후들거리는 다리를 자각하지도 못했다. 간흉자들을 찾아내지 못했다는 질책 때문이 아니었다. 임금이 대간의 존재를 어찌 생각하고 있는지 아주 제대로 알게 된 때문이었다. 당장 사직을 청할 수 없는 것이 그저 침통할 따름이었다.

연산군의 폭정과 잔인함은 나날이 더해만 갔다. 난언亂言을 꾸미는 자의 사지를 베고 효수梟首하여 백성을 경계하려 했다. 무고한 일들을 보며 사소한 혐오로 간절한 말을 얽어 만들어 사람을 사형에 빠뜨리려 한 것도 지적했다. 근래 난언을 거짓 꾸미는 자가 하나둘이 아니나 도리에 어긋난 말이 그보다 심할 수 없으므로 중벌에 처하되 팔다리의 뼈를 찢어발기고 가슴을 베어내며 효수하고 사방에 시체를 돌리며 가산을 몰수하고 그 자식은 참형에 처하며 처와 연좌 인은 장 1백에 처하여 전 가족을 아주 변방에 옮기도록 했다.

옛말에 한 사람을 처벌하여 천만 사람이 두려워한다고 하였으니 형벌이 비록 중한 것 같으나 그와 같이 한 뒤라야 백성들이 경계할 줄 알게 될 것이라 했다. 난언을 꾸미는 것은 마땅히 중벌에 처할 일이지만 뼈를 찢어발기고 가슴을 베어내며 효수하고 사방에 시체를 돌리도록 한 것은 생각만으로도 공포가 아닐 수 없었다. 입을 닫고 교류를 줄이며 나서지 말고 참견하지 않으며 있는 듯 없는 듯 조용히 지내는 것이 상책이었다. 죄인으로 엮이지 않으려면 각별하게 유의하고 조심하는 수밖에 달리 도리가 없었다. 조정 대신들과 먼 지방 수령들까지도 잔악한 임금이 두려워 그야말로 숨소리마저 거슬리지 않도록 조심해야 했다.

벌겋게 달아오른 용안이 예사롭지 않았다. 또다시 심상치 않은 일이 벌어지고 있음이 분명했다. 도승지 권균은 바짝 얼어붙어 있었다.

―누가 먼저 말을 하였는가?

연산군의 음성이 날카롭게 갈라졌다. 솟구치는 적개심을 주체하지 못하고 있는 것 같았다.

―성현은 대사헌, 권유는 집의, 이근은 장령일 때 권유가 먼저 발언하기를 임숭재에게 가자 한 일은 마땅히 논계해야 한다, 하므로 장령 이하 모두 말하기를 부마의 직을 무엇 하러 아뢸 필요가 있겠는가? 하니 권유가 말하기를 부마의 직이 어찌 크지 아니한가? 하고 드디어 이곤으로 하여금 계달啓達하도록 하였습니다. 권유가 또 말하기를 신항이 위인데 임숭재를 먼저 승진시켰으니 아뢰지 않을 수 없다 하였고 성현이 또한 말하기를 신항은 문학을 아는 사람이다, 라고 하였습니다.

도승지 권균은 한 점 실수 없이 아뢰어야 한다는 강박에 사로잡혀 있었다.

―틀림이 없는가?

―그러하옵니다!

―부마가 학문을 알아서 무엇하겠는가? 성현과 권유의 말에는 반드시 뜻이 있을 것이다. 그들을 모두 부관참시하고 그 아들들은 장형에 처

하여 먼 외방으로 정배하도록 하라.

지난 일을 소급하여 죽은 자들의 목을 베겠다는 연산군의 발작적이고 잔악스러운 명이 또 내려졌다.

−어명을 받들겠사옵니다.

도승지 권균은 숨이 콱 막혔고 다리가 후들거렸다. 끝을 알 수 없는 두려움에 일순 어지럼증마저 일었다. 연산군의 이복동생인 휘숙옹주의 남편인 풍원위豊原尉 임숭재는 임사홍의 아들로서 연산군의 매제였다. 성현과 권유가 임숭재를 조롱한 것은 곧 선왕인 성종을 업신여긴 것이라는 데 연산군의 생각은 멈춘 것이다. 그러니 부관참시는 당연한 형벌이 아닐 수 없었다. 조정은 살얼음판이나 다름없는 날들이 연속되고 있었다.

도성 안의 동서 금표에 성을 쌓는 등 해가 바뀌도록 역사役事가 끊이지 않으면서 도성 민인들의 원망은 커져만 갔다. 궁궐을 민가와 민인들로부터 철저히 차단하려는 연산군의 집착은 가히 병적 수준이었다. 도성 안의 동서 금표에는 담을 쌓지 말고 성을 쌓되 그 높이와 넓이를 경복궁과 똑같이 하도록 했다. 그야말로 임금의 정신이 온전치 않다는 소문과 원성이 민인들 사이에서 넘쳐나기에 충분했다. 경복궁 서쪽 가시 울타리는 궁성 서쪽 모퉁이로부터 인왕산까지 걸쳐 물려서 치고 또 성 밖의 금표는 일찍이 목책을 치도록 했으나 바꾸어 담을 쌓으라 명을 내렸다.

토목 역사에 죽어 나가는 것은 결국 민인들이었다. 도성과 외방의 사람들을 수시로 징발하여 쉬지 않고 일을 시켰다. 그로 인해 주리고 얼어 죽는 자가 끊이지 않았다. 역사를 감독하는 관리들은 거의 탐욕스러워 재물을 가로채어 자기 일에 쓰므로 그들에 대한 원망 또한 커져만 갔다. 민심은 이미 돌아섰으나 연산군은 그러한 민심의 흐름을 알지 못했고 알려고 하지도 않았다. 하찮게 여길 뿐인 민초들의 불만에 귀 기울일 연산군이 아니었다.

폭정暴政은 날이 갈수록 더 극심해져 갔다. 두대, 송흠, 한치형, 이파, 윤채, 정진, 정옥경의 뼈를 부수어 바람에 날리라는 명은 그리 놀랄 일도 아니었다. 조부나 선친이 부관참시로 끝이 나면 그 자손들은 가슴을 쓸어내리며 안도의 한숨을 내쉬어야 할 정도였다. 참으로 기도 차지 않는 세상이 아닐 수 없었다. 과연 어느 누가 우러러 임금을 섬길 수 있을지 고개를 가로저으며 단지 공포심에 바짝 몸을 낮추고 받드는 척을 할 뿐이었다. 산천이 꽁꽁 얼어붙은 정월正月에 유골을 부수어 가루로 만들어 날리는 연산군의 만행에 그들의 일족들은 치를 떨어야 했다. 임금이 아닌 철천지원수였다. 만약 역모죄를 지은 것이라면 억울하거나 비통해할 것도 없었다. 임금의 성정性情이 몹시 잔악하고 망측한 것을 모르지 않으나 그럼에도 임금도 사람인 것이니 어찌 인두겁을 쓰고 이런 일을 지속해서 자행할 수 있을까 참으로 납득이 되지 않았다. 필시 천벌을 받고야 말 것이라는 저주로써 무너져내리는 참담한 심정을 가까스로 추슬러야 했다.

하문下問을 하면 성상의 분부가 윤당하다, 하고 물러가서는 뒷말이 있으니 이는 임금을 속이는 것으로 이보다 큰 죄가 없으니 그러한 자들은 금부金夫를 마디 내어 베어 죽이듯 하라 했다. 그러하니 교형絞刑을 당한다면 성은이 망극하다, 라며 백번, 천 번은 큰절을 올려야 맞는 일이었다. 연산군은 의정부와 의금부의 당상관들을 한 명 빠짐없이 어전御殿으로 불러들였다.

―근래 진고進告하는 자들이 모두 다 허망虛妄하므로 반좌反坐의 법을 엄히 시행하였으나 오히려 스스로 징계하지 않고 앞선 자의 수레가 뒤집혀도 뒤따르는 자가 경계로 삼지 않아서 어지러운 일이 앞뒤를 이어 일어나며 이 때문에 역로驛路가 피폐하고 민인이 소요하니 이는 아름다운 일이 아니다. 천지 사이에서 무지한 물건으로는 초목이나 금수禽獸 같은 것이 없으나 그것들도 때가 되어야 울거늘 이제 무고하는 사람을 보건대 그 망동이 도리어 이 물건들만도 못하다. 서경書經에 이르기를 착한 일을 하면 온갖 길상을 내리고 착하지 않은 짓을 하면 온갖 재앙을 내린다고 하였으니 설사 민인이 참으로 어지러운 말을 하는 일이 있더라도 이는 착하지 않은 짓을 하여 스스로 그 화를 부르는 것이므로 진고하는 말을 모두 수리하지 말고 아울러 그 죄를 논함이 어떠한가?

연산군은 진고하는 자들의 죄를 오히려 물어야 한다는 생각에 사로잡혀 있었다.

―성상의 분부가 윤당하옵니다!

영의정 유순은 지당하다며 형식적으로 호응을 하듯 했다.

―수리하지 말라는 분부는 의리에 부합되므로 그러하면 온 나라의 신민이 절로 안심할 것이니 중외에 효유曉諭하심이 좋을 듯하옵니다.

좌의정 허침은 임금의 포용심으로 추켜세우기까지 했다.

비록 중외에 효유할지라도 어리석은 남녀는 그것을 알지 못하리니 법을 집행하는 서리로 하여금 받아들이지 말게 하라. 하늘은 음과 양과

추위와 더위로써 사시四時를 번갈아 운행하여 만물을 생성하는데 소민들은 무지하여 심한 추위와 더위에 비만 만나도 원망하고 한탄하는 일이 없을 수는 없으나 하늘을 원망하는 것은 백성일 뿐이며 하늘은 늘 태연하다. 임금은 하늘과 같아서 호령을 발하고 명령을 시행함이 바로 사시와 추위 더위와 어리석은 아랫 백성이 이따금 떠들썩한 원망의 말이 있더라도 나라에 무슨 손상이 있으며 또한 어찌 개의하겠느냐?

요즈음 간사한 백성의 고발을 보건대 사사로운 혐의가 아니면 곧 이롭게 여기는 것이니 비록 나라에 떳떳한 법이 있더라도 그 실상을 따지지 않아서는 아니 되겠으나 어지러이 일어나면 지나치는 데 이르지 않을 수 없으니 이것이 어찌 나의 간사한 자를 복종시키고 형벌을 신중히 하는 본의이랴. 이제부터는 남을 고발하되 어지러운 말로 하는 자가 있거든 모두 청리聽理하지 말고 중형에 처하라. 또 남의 익명서를 본 자는 곧 불살라 자취를 없애야 하며 아비와 아들 사이일지라도 말을 전하지 못한다. 어긴 자는 모두 법에 따라 죄를 다스려서 나의 포용하고 흠휼欽恤하는 뜻을 보아라. 이런 뜻으로 중외에 효유하라.

연산군은 승정원으로 하여금 이같이 글을 지어 알리도록 했다. 지독히 편협하고 냉혹한 임금을 백성들이 존숭할 리는 없었다. 축시丑時에 침전문 앞으로 동부승지 이우가 다가섰다. 내관을 시켜 승지를 불러놓고도 연산군은 깊은 생각에 빠져 있었다.

―전하, 찾아계시옵니까?

―요사이 죄 있는 사람을 다 처치하였으니 나를 두고 죽이기를 좋아한다고 하지는 않는가?

연산군은 뜻밖에도 자신의 처사를 곱씹어본 듯이 물었다. 짐작지도 못한 의외의 하문에 이우는 흠칫 놀랄 수밖에 없었다.

-죄 있는 사람은 전형典刑을 당하는 법이며 그런 자들은 모든 이들이 분하게 여기는 바이니 죽어도 죄가 남을 것이옵니다.

동부승지 이우는 임금의 처사가 지극히 옳은 것이라며 힘주어 대답했다. 물론 여느 때와 같지 않은 임금이 다소 낯설기는 했다. 수없이 많은 사람 들을 잔혹한 방법으로 죽이고 이미 죽어 유골이 된 사자死者를 부관참시하고 그것도 모자라 유골을 가루 내어 바람에 날리도록 한 것은 만인지상의 임금이라 해도 온전한 정신을 가진 사람이 생각할 수 있는 일이 아니었다. 아마도 문득 잔혹한 처사와 그렇게 당한 이들의 모습들이 뇌리에 떠오르면서 원한 서린 음성들이 귓가에서 맴돌았던지도 모를 일이었다. 하지만 두려움은 아닐지도 모른다. 잠 못 이루지 못하는 깊은 밤의 스쳐 가는 심란함에 불과할 뿐 중죄를 지은 그럴 만한 자들에게 주는 당연한 형벌이라는 연산군의 생각은 흔들릴 수 없었다. 연산군의 광기와 폭정의 끝이 어디쯤일지 알 수는 없었다.

김처선은 대문을 나서며 지그시 어금니를 깨물었다. 이제 입궐을 하게 되면 다시 돌아올 수 없다는 것을 알고 있었으나 결심은 흔들리지 않았다. 전날 밤에 뜻을 밝혔을 때 말릴 수 없다는 것을 깨달은 식솔들은 하염없이 눈물을 훔쳤을 뿐이었다. 금세 궁궐 문이 가까이 눈에 들어왔다. 김처선은 숨을 가다듬었다. 이즈음 연산군은 음란한 춤인 처용희處容戱에 빠져 있었다. 더는 두고 볼 수 없다는 데 김처선의 생각은 이르고 말

앉다. 내시부에 들어선 판내시부사 김처선에게 오시午時에 후원 누각에서 연회가 열리게 된다며 대전내관大殿內官이 보고를 해왔다. 역시나 했던 김처선의 미간에 이내 깊은 주름이 파였다. 정사政事를 살핌에 전념하지 않는 임금은 도무지 임금이라 할 수 없다는 생각이 거듭해서 들었다. 벌건 대낮에 음란한 춤을 추며 술과 노래와 기녀에 빠져 흥청대는 임금을 이대로 방관할 수는 없었다. 자신의 신분이 비록 내관이라지만 더는 미룰 수 없이 오늘에야말로 목숨을 걸고서 진언을 할 것이라 다시 한번 마음을 다져 굳혔다.

음악이 울리고 수십의 기녀들은 익힌 대로 춤을 추기 시작했다. 그러자 연산군은 이내 자리에서 일어나 처용무를 추었다. 임금 노릇의 한가닥 고뇌조차도 찾아볼 수 없을 만큼 밝고 흡족한 기색을 여지없이 보여주고 있었다. 이미 포기하기에 이른 것인 듯 좌의정 허침은 그저 무덤덤했고 병조판서 임사홍은 여흥을 즐기듯 몸을 들썩였다. 도무지 임금과 조정 대신들이라 여길 수 없는 광경이었다. 그들을 주시하는 김처선의 눈빛은 낯설 만큼 더없이 싸늘했다.

―이 늙은 신이 네 분의 임금을 섬겨왔으나 고금을 돌이켜도 이토록 음란한 왕은 없었사옵니다!

한쪽에 비켜서 지켜보던 판내시부사 김처선의 입에서 기어이 작심의 질타가 쏟아져나왔다. 별안간 내지른 고함에 악사의 음악은 끊겼고 연산군과 기녀들의 춤사위도 굳어버린 듯 그대로 멈추어지고 말았다. 일순 무서운 침묵이 감돌았다. 연산군은 물론 연회에 참여한 대신들과 기녀와 악사와 내관들의 시선이 일제히 김처선에게로 쏠렸다. 도무지 꿈이 아닐까 싶은 어안이 벙벙한 표정들이었다. 대신들과 내관들의 낯빛은 그 순간 사색이 되었고 연산군의 일그러진 용안도 이내 창백하게 변해갔다. 연산군은 곁에 있던 호위 별감의 활을 집어 들고 김처선을 노려보다가 활줄을 당겨 쏘았다.

─늙은 내관이 어찌 목숨을 아끼겠사옵니까? 다만 전하께서 오래도록 보위에 계시지 못할 것이 한스러울 뿐입니다.

김처선은 윗 가슴에 화살을 맞고도 작심한 말을 멈추지 않았다. 연산군의 격분은 표현할 수가 없을 정도에 다다르고 말았다. 급기야 연산군은 칼을 집어 들고 김처선에게 다가가 다리를 향해 힘껏 칼을 휘둘렀다. 하지만 칼을 맞고도 김처선은 단말마의 비명조차도 내지르지 않았다.

─일어나라. 일어나 걸으란 말이다!

연산군은 다리가 잘린 김처선을 사납게 노려보며 다그쳤다.

─전하께서는 다리가 잘려도 걸으실 수 있겠습니까?

김처선은 잔혹하게 도륙을 당하고 있음에도 정신을 잃지 않았다. 가슴에 화살을 맞고 칼에 다리가 잘려 죽어가는 김처선에게 조롱을 당하는 연산군이 오히려 정신을 잃을 것처럼 보였다. 광분한 연산군은 김처선의 입을 벌리고 혀를 잡아당겨 잘라버렸다. 분노가 극에 달한 연산군은 죽어가는 김처선을 향해 다시 칼을 휘둘렀다. 그야말로 일순간에 일어난 일로 연회에 참여한 이들은 벌벌 떨며 참혹한 광경을 그저 지켜볼 뿐이었다. 널부러진 김처선에게서 흥건하게 피가 흘러나왔다. 언제까지 충직한 신하들을 마구 잡아 죽이고 음란한 주색에 빠져 정사를 내팽개치려 하느냐며 목숨을 던져 임금에게 직언한 판내시부사 김처선의 숨이 다하고 있었다.

가시지 않는 모욕감에 연산군은 내내 치를 떨었다. 김처선의 조롱이 쟁쟁하게 귓가를 떠나지 않았다. 늙은 내관 김처선이 술에 취해서 임금을 꾸짖었으니 즉각 가산을 적몰하고 집은 못을 파며 김처선의 본관인 전의소義를 혁파하라 명을 내렸다. 하지만 이것은 단지 시작에 불과했다.

—김처선의 계후자繼後子를 연좌시키도록 하라!

—친아들과 같으니 의리로서 연좌시켜야 하오나 의금부로부터 전례를 상고하게 함이 어떻겠사옵니까?

도승지 권균은 기어 들어가는 목소리로 간신히 아뢰었다.

—경卿들은 어찌 김처선의 악이 이토록 심한 줄 모르는가? 하물며 근래에는 특별한 법으로 죄인을 다스리거늘 어찌 율문에 얽매인단 말인가? 그 계후자를 반드시 연좌시키도록 하라.

격노로 인한 연산군의 음성은 몹시 떨렸다. 실로 잠잠히 가라앉을 일이 아니었다.

김처선의 부모 무덤은 뭉개지고 석물도 치워 없애졌다. 김처선에 관한 일은 밤낮이 따로 없었다. 도승지를 비롯한 승정원 당상들은 언제 임금이 부를지 몰라 연일 퇴궐조차 하지 못했다. 연산군은 어제시御製詩를 내리고 승지로 하여금 화답하여 바치게 했다. '백성에게 잔인하기 내위 없건만 내시가 난여를 범할 줄이야. 부끄럽고 통분하여 바닷물에 씻어도 한이 남으리' 극한 감정이 고스란히 담겨 있는 시였다. 아울러 승지들에게 말하기를 이번 일로 인해 침식寢食이 편안치 못하고 몹시 유감스럽다는 한탄을 여러 번 하기도 했다. 좌승지 강혼은 신하의 죄가 이토록 극도에 이르렀으니 어찌 마음이 아프지 않으오리까, 하며 곡진하게 심정을 헤아리듯 위무를 했다.

김처선을 극도로 혐오하는 연산군은 그의 칠촌까지 정죄하고 그들 부모의 무덤도 다른 죄인의 예에 따르라 했다. 승지들은 몹시 불안할 수밖에 없었다. 물음에 자칫 거슬릴 수 있는 한마디 대답이라도 하게 되면 목숨이 달아날 수도 있음인데 임금을 꾸짖은 죄가 그 자식에게까지 미침이 옳은가 숨김없이 빨리 대답을 하라며 다그쳤기 때문이었다. 대답은 정해진 것이나 다름없었다. 김처선의 죄는 용서하지 못할 바이오니 그 자식에게 미친들 무엇이 불가하겠느냐며 도승지 권균이 나서서 아뢰었다. 하지만 승지나 내관뿐만이 아닌 김처선에게 죄가 없음을 모르는 이들은 없었다. 사람들이 말하기는 임금이 김처선에게 술을 권하매 김처선이 취해서 규간規諫하는 말을 하니 임금이 노하여 친히 칼을 들고 그의 팔다리를 자르고서 활을 쏘아 죽였다, 라는 소문은 도성을 넘어 먼 지방에까지 빠르게 소문으로 퍼져나갔다.

연산군의 노여움은 가라앉을 기미를 보이지 않았다. 신하가 임금을 섬김에는 그 정성과 공경을 다 하여야 하거늘 요사이 간사한 내시 김처선이 임금의 은혜를 잊고 변변치 못한 마음을 품고서 분부를 꺼리고 임금을 꾸짖었으니 신하로서의 죄가 무엇이 이보다 크랴! 개벽開闢 이래로 없었던 일이거늘 어찌 천지 사이에 용납되랴! 이에 중죄로 처치하고 그 자식에게까지 미치게 하며 그 가산을 적몰하고 그 가택은 못을 파고, 살던 고향은 아울러 혁파하여 흉악하고 간사한 것을 씻어내서 뒷일을 경계하노니 이같이 중외에 효유하라는 전교를 내렸다. 임금을 섬김에 있어 간사한 죄는 연좌하여 중죄에 처하도록 한 것이다. 김처선에 대한 연산군의 앙심은 아주 오래도록 사라질 것 같지 않았다.

임금이 강제로 기록을 보고자 한다면 사신史臣은 목숨을 부지하기 어려울 정도였다. 연산군의 음탕은 날로 심하여 매양 족친 및 선왕의 후궁을 모아 친히 잔을 들어서 마시게 했다. 그리고 문득 마음에 드는 사람이 있으면 장녹수 및 궁인을 시켜 누구의 아내인지 비밀히 알아보게 하여 외워두었다가 이어 궁중에 묵게 하여 밤에 강제로 간음하였으며 낮에 그러하기도 했다. 혹 며칠 동안 궐 밖으로 나가지 못한 사람으로서 좌의정 박숭질의 아내, 남천군 이쟁의 아내, 봉사奉事 변성의 아내, 총곡수叢谷守의 아내, 참의 권인손의 아내, 승지 윤순의 아내, 생원 권필의 아내, 중추 홍백경의 아내 같은 이들과 모두 추문醜聞이 있었다. 과연 임금이라 할 수가 없었다.

백경은 당양위 상常의 아들이니 임금에게는 표종형表從兄이 되는데 백경이 죽고 과부로 살매 임금이 그의 아름다움을 듣고 급기야 간통했다. 연산군에게 간음당한 아녀자들의 지아비들은 소리 없이 울부짖으며 하늘을 원망했다. 금수禽獸만도 못한 임금을 언제까지 이대로 놓아둘 것이냐는 소리 없는 통곡이 이어졌다. 연산군은 정녕 하늘이 두렵지도 않은 것 같았다. 지하에 잠들어 있는 선왕 성종이 꿈속에 나타나지도 않는지 일말의 죄의식조차도 없는 것 같았다. 무참히 인륜을 짓밟고 있었으나 하늘은 내내 무심하기만 했다.

연산군은 흥청악興淸樂의 수를 조속히 늘릴 것을 독촉했다. 반면에 시강원侍講院을 혁파하겠다고 했다. 조정 대신들은 할 말을 잃을 수밖에 없었다. 목숨을 던져 직언했던 내관 김처선을 떠올리면 한없이 부끄러울 따름이었으나 그저 침묵 속의 한탄만을 할 뿐이었다. 세자의 교육을 맡아보는 관아를 홍문관처럼 없애겠다는 것은 온전한 임금이라면 결코 할 수 없는 생각이었다. 자신이 세자시절 그토록 서연書筵을 싫어하고 기피했다고 하여도 세자만큼은 학문에 매진토록 해야 하는 것이 부왕父王으로서의 도리이거늘 거꾸로 시강원을 폐쇄하겠다는 것은 그야말로 왕실의 망조를 스스로 천명한 것이나 다름없었다.

임금의 그릇됨을 누군가 나서서 깨우쳐주기를 바랄 뿐 정작 조정 대신 누구도 나서는 이는 없었다. 설혹 진언한다 해도 받아들이지 않을 것은 뻔하며 능지를 당하고 가문은 참혹하게 멸문당할 것을 알기에 진즉 체념한 탓일 수 있었다. 나라가 어찌 돌아가려는지 참으로 알 수 없는 노릇이었다. 나라를 걱정하는 이들의 한숨은 깊어만 갔다.

여색에 빠져 지내면서도 왕후 신씨를 아끼고 귀히 여기는 연산군의 마음은 조금도 달라지지 않았다. 모든 조정 대신들을 입시하게 한 후에 왕후의 어진 덕을 드러내도록 의정부에 하교했다.

─중궁의 어진 덕이 옛일보다 나아서 동궁에 있을 때부터 착한 의표儀表와 착한 덕이 진실로 가상하다. 대저 사람은 처음에는 잘하나 끝까지 잘하는 이가 드물거늘 나라의 국모로 임한 지가 지금 10여 년이 되었는데 마음을 얌전하게 가져 시종이 한결같았으니 그 아름다움을 포양하여 풍속을 밝히는 근본으로 하지 않아서는 안 된다. 내가 듣건대 세조께서 소혜왕후를 특별히 효부라고 포양했다고 하니 그 어진 행실이 있

어서이다. 이제 중궁의 덕행이 이 같으매 옥책玉册을 가加하여야 하리니 백관으로 하여금 전문을 바치게 하고 하례를 올리게 하고 대비전에 진연進宴을 하고 이어 중궁의 여족女族은 안에서 남족은 외정外廷에서 공궤하여 은전을 보이라. 또 신승선에게 추은推恩하여 밝혀 포상하고 드러내어 후세에 보여 사대부 집으로 하여금 공경하여 본받는 바가 있게 하라.

중궁이 어진 덕이 있어 능히 아래에 미치고 남의 소생을 자기 소생처럼 어루만져서 내교內敎를 이룩하고 능히 세자를 낳아 국본을 자리 잡게 한 데에 미치며 또 성묘成廟께서 사람을 알아보는 명철하심이 계시어 후사를 위하여 현비賢妃를 간택하신 아름다움을 서술하되 크게 드러내어 제술製述하게 하라. 이제 나의 이 거조가 비록 사사에 치우침이 가깝기는 하나 내가 말하지 않으면 밖에서는 알 수가 없으므로 이처럼 삼가 깨우칠 따름이다.

-조정에 있는 자는 중궁의 덕을 진실로 마땅히 알겠으나 먼 지방의 사람들이 어찌 잘 알 수 있으리까. 중외에 통하여 깨우치게 하소서!

좌의정 박숭질은 임금의 생각을 잘못된 것이라 여기지 않았다. 차라리 일면의 온전함이 적잖이 안도가 되고 있을 정도였다.

-그리하라!

연산군은 흡족한 기색으로 고개를 크게 주억였다.

작금을 태평 시대라 여기는 연산군은 장의문 밖 신정新亭에서 잔치를 내리겠다 하며 백관들로 하여금 시를 지어 바치게 했다. 변변치 못한 자는 이러한 일을 임금과 신하가 향락에 빠진다고 하겠지만 태평한 때에 상하가 서로 화목하고 조야朝野가 무사하니 비록 화려한 연석을 자주 베푼들 무슨 안될 일이 있으며 하물며 옛 제왕이 다 이궁離宮이 있어 한가히 쉬는 곳으로 하기를 당唐이 피서를 여산에서 하고 전조前朝에도 장원정長源亭이 있었으니 지금의 신정 또한 무슨 방해가 되겠느냐며 전례를 들어가면서까지 부질없는 변명을 했다. 어차피 성상의 뜻이 윤당하다며 받들어야 할 뿐 대신들에게 하등 선택의 여지란 없었다.

음주 가무를 위해 흥청악과 운평악運平樂을 만들어 그 인원을 늘리고 지방 팔도에 채홍사를 보내 젊고 예쁜 여자들을 뽑아 궁궐에 들여 취흥을 돋구게 하고 욕정을 해소하는 데 골몰하는 연산군으로서는 가히 태평성대라 여길 만도 했다. 폭정과 방탕으로 점철된 폭군의 시절 속에서 내면의 몸살을 앓고 있는 힘없는 대신들과 민인들의 신음은 날로 커져만 갔다.

좌의정 박숭질은 엎드려 부복한 채로 선뜻 아뢰지를 못했다.

―……신이 대사례大射禮에서 그릇되게 백화白靴를 신었으므로 대죄를 청하옵니다.

―정승의 녹祿으로 흑화 하나를 장만할 수가 없다는 말인가?

―아니 그런 게 아니옵고…….

박숭질은 어찌 대답해야 할 바를 찾지 못했다.

―경卿은 괘념치 말고 물러가도록 하라.

별일 아니라는 듯 연산군은 입가에 옅은 웃음기마저 띠었다.

―성상의 은혜가 실로 황공하옵니다!

임금의 아량에 박숭질은 금세 눈물이라도 쏟을 표정을 지으며 물러

나왔다. 사실 스스로 나서서 자백한 것은 자신의 안위를 보전하기 위한 발 빠른 선제적 대처였다. 임금의 성정을 익히 알고 있기에 참으로 경미한 일로서도 위를 공경하지 않기에 생긴 것이라는 덫에 걸려들면 외방으로 귀양을 가거나 자칫 능지처사를 당할 수도 있어서였다.

궁궐은 물론 도성 안의 모든 이들은 수군거리며 좌의정 박숭질을 비웃었다. 연산군이 선뜻 용서를 한 데는 그만한 이유가 있음인데 정승인 박숭질만이 그것을 모르고 있다며 혀를 찼다. 임금이 자신의 아내를 괴이었으므로 그 때문에 잘못을 너그러이 용서한 것인데도 박숭질은 그 사실을 실제 모르는 것 같기도 했다. 그러나 발 없는 말이 천 리를 간다는 속담처럼 모든 이들이 알고 있는 소문을 과연 모르고 있었는지는 박숭질 그 자신만이 알고 있을 뿐이었다. 임금이 궁궐에서 정승의 아내를 취하는 일은 이전에도 없었고 이후로도 있어서는 안 될 일이었다. 민심은 갈수록 흉흉해져만 갔다.

풍원위豐原尉 임숭재가 세상을 떠났다. 충성스러운 채홍사採紅使의 죽음에 연산군은 몹시 슬퍼했다. 임숭재는 임사홍의 아들로서 성종의 딸인 혜신옹주를 부인으로 맞은 부마였다. 그러니 연산군과는 처남 매부의 관계였다. 임숭재는 간흉하고 교활하기가 그 아비 임사홍보다도 심했다. 임금에게 지극히 아부하여 크게 신임을 받으려고 늘 행동을 엿보아 살펴서 임금이 마음먹고 있는 것은 거의 다 알고 있을 정도였다. 연산군은 수시로 미녀를 뽑아 바치는 임숭재를 매우 총애하고 신임을 했다. 심지어 임숭재의 가택 사면에 있는 민가 40여 채를 헐어내고 담을 쌓아 창덕궁과 맞닿게 했다. 그리고 매양 그곳에 가서 술을 마시고 노래하면서 밤을 새웠다. 임숭재는 기혼녀인 누이동생까지 시침侍寢하게 했으며 심지어 연산군은 남매인 옹주까지 아울러 간통을 했다. 가히 사람이라 임금이라 할 수가 없었다. 그러함에도 연산군과 유유상종인 임숭재는 그리 개의치 않았다.

가무歌舞에 능한 임숭재는 춤을 출 때면 몸을 한껏 움츠리며 아이들처럼 온몸으로 재롱을 떨었다. 마치 기변의 교巧와 같았다. 또 처용무에 능하고 활쏘기와 말타기도 잘하는 편이었으므로 연산군은 크게 기뻐했다. 노래하며 춤을 추고 활을 쏘고 말을 달리는 데 늘 임숭재와 함께였다. 임숭재는 임금의 은총만을 믿고 그 아비 임사홍과 더불어 날마다 흉모를 꾸며 실제 혐의가 없는 자들까지도 무수히 보복했다. 자기에게 붙는 자는 비록 비천한 무리라도 천거하여 쓰게 하였으므로 조정을 흐리게 하고 임금의 악성惡性을 점점 더 자라게 하는 일에 앞장섰.

임금을 더더욱 병들게 하는 그가 병들어 괴로워한다는 말을 들은 연산군은 중사中使를 보내 할 말이 무엇인지를 물었다. 죽어도 여한이 없으나 다만 미인을 바치지 못한 것이 유한有限입니다, 라고 임숭재는 대답했다. 그 임금에 그 신하인 임숭재가 죽었다는 말을 들은 연산군은 몹시 비통해했다. 동부승지 윤순을 보내 조문하게 하고 부의를 후하게 내려주었다. 그러했음에도 임숭재의 처를 간통한 일이 빌미가 될까 염려한 연산군은 은밀히 중사中使를 보내 관을 열고 무쇠 조각을 시체의 입에 물려 진압시키는 소름 돋는 행태를 보였다. 참으로 기이하고 난해한 속성이 아닐 수 없었다.

나라 안의 모든 이들이 임숭재를 비난해도 연산군에게는 충성스러운 신하였다. 연산군은 비통함 속에서 임숭재를 더욱 각별하게 챙겼다. 사옹원司饔院에 특별히 제수를 차리게 하여 임숭재에게 제사를 내리기까지 했다.

-두 번이나 승지를 보내어 조문과 제사를 내리시니 신은 감격하여 어찌할 바를 모르겠사옵니다!

임사홍은 예궐하여 편전으로 나아가 부복을 했다. 감격이 매우 큰 때문인지 목소리는 떨렸고 눈꼬리에는 눈물까지 맺혀 있었다.

-임금과 신하 사이라 해도 어찌 다 같겠는가? 숭재는 내가 일찍이 무시로 친히 만났다. 중심이 순근하므로 특히 총애를 하였는데 그가 일찍 세상을 떠난 것이 참으로 한스러울 따름이다.

연산군의 음성은 축축하게 젖어 가라앉았다.

-숭재가 숨을 거둘 때에 다만 천은이 슬플 뿐입니다, 라고 하였습니다.

아들의 죽음과 임금의 하해와 같은 은혜가 중첩된 때문인지 임사홍은 끝내 어깨를 들썩이며 눈물을 흘렸다.

-경卿의 심정을 내 어찌 모르겠는가? 그대 이판과 풍원위 숭재는 나의 진정한 신하들인 것을 내가 정녕 모르겠는가?

-성은이 망극하옵니다!

임사홍은 눈물을 그치지 못했다. 그 아비에 그 아들 그 임금에 그 신하라 해도 틀릴 것이 하나도 없었다. 연산군은 부복해 있는 임사홍을 한참 동안 물끄러미 바라보았다. 그러고는 이항이 지은 임숭재의 제문은 임금의 뜻을 다하지 못하였다고 지적하며 강혼으로 하여금 즉시 고쳐

짓도록 했다. 임숭재는 제신 중에 가장 충성이 있어 밀교密敎를 받들었는데 죽어서 행하지 못하였다 하고 임금과 신하의 분의로 친히 가서 제사 지내지 못하는 뜻을 아울러 그 글에 담기게 하도록 승정원에 명을 내렸다. 임사홍은 더욱 흐느꼈다.

경복궁 경회루에서 곡연曲宴이 베풀어졌다. 흥청악 오백여 명이 열을 맞춰 학춤을 추었다. 가무는 날이 저물어가도록 끝나지 않았다. 흥에 취한 연산군은 노래와 춤에 빠져 종일 헤어나오지 못했다. 열흘마다 풍두무豐頭舞를 잘 추는 자를 5인씩 간택하여 아뢰도록 했다. 풍두무를 잘 추는 연산군은 매양 궁중에서 스스로 가면을 쓰고 희롱하며 춤을 추기를 좋아했다. 총애하는 계집 중에는 사내 무당 놀이를 잘하는 자들이 있었으므로 흥청과 모든 계집 등을 데리고 빈터에서 야제野祭를 베풀기도 했다. 스스로 죽은 자의 말을 하면서 그 형상을 보이면 계집들은 손을 모으고 주시를 했다. 임금이 죽은 자의 우는 형상을 하면 모든 계집과 흥청들도 또한 함께 울었고 연산군은 드디어 비감하게 통곡을 하기도 했다.

임금과 함께 어우러지는 흥청악은 그야말로 목숨을 걸고 임한다 해도 해도 과언이 아니었다. 만약 춤과 음악이 연산군이 생각하는 재주에 미치지 못하여 극한 분노를 사기라도 한다면 속해 있는 많은 흥청들은 참수형을 면치 못할 수도 있기 때문이었다. 그러하니 좋은 대우에도 뽑히기를 꺼리는 자들이 다수였고 거짓으로 재주를 드러내지 않으려고도 했다. 반면에 흥청악에 대한 연산군의 집착은 매우 극심한 정도여서 마치 목숨이라도 건 듯했다.

흥청이 부모를 뵈러 갈 때는 승지와 선전관, 검찰 등이 호위를 하고 출입하도록 했다. 특별한 대우이면서 동시에 감시였다. 의심 많은 연산군은 임숭재와 같은 충심을 가진 자가 아니라면 누구도 믿지 않았다. 여자들로 구성된 흥청악, 운평악, 계평악 외에 남악男樂인 광희악廣熙樂을 만든 연산군은 거의 병적으로 집착을 하고 관리를 했다. 운평運平 등에서 노래 잘하고 자색이 있는 자를 골라내도록 했다. 운평이 많으나 노래를 잘하는 자는 적고 비록 노래를 잘하는 자가 있더라도 얼굴이 추하여 볼 수 없으니 따로 넓은 집을 짓고 운평 1천 명을 골라두고 출입을 금하게 했다. 그리고 지방 각도에 명하여 방종房嫉 2천 명을 골라 보내게 하여 그들에게 음식을 전해주게 했다. 또 겹담에 겹문을 내고 관원이 항상 그 밖을 지켜서 광희廣熙와 서로 섞이지 못하도록 했다. 또 광희를 교훈하여 그중에서 쓸 만한 자는 가흥청으로 올리고 다른 운평을 대신하게 했다. 정수定數 밖에도 운평, 광희악 중에 재주와 솜씨가 훌륭한 자는 운평의 예에 따라 논상하게 했다. 그야말로 연산군에게는 가무歌舞를 위한 일이 나라의 으뜸 정사政事였다. 참으로 임금으로 받들 수 없을 정도였다. 그러함에도 지금껏 반정反正의 기미조차 아른거리지 않는 것은 방탕한 폭군 연산군의 행운 아니 천운이라 하지 않을 수 없었다.

연산군은 풍류의 필요성을 역설했다. 풍류란 사예邪穢를 씻어 사벽邪辟한 마음이 나지 못하게 하는 것이니 없어서는 안 된다, 라며 선릉에서 사냥할 때에는 앞뒤에서 광희악을 연주하되 각 악기를 가지고 반반으로 나누어 먼저 강을 건너가 기다리게 하고 그 나머지는 거둥을 따라 연주하게 했다. 또 운평악에 재주가 있는 자들에게는 아상복迓祥服을 입혀 환궁할 때에 강 위에서 주악하도록 했다. 참으로 연산군다운 생각이 아닐 수 없었다. 국태민안國泰民安을 위해 진력해야 할 임금임에도 허상이나 다름없는 유희의 욕구를 채우기 위해 온 정신을 집중하고 있는 행보는 실로 나라의 큰 불행이었다. 젊은 유생들은 방탕과 폭정의 끝이 보이지 않는 것이 두려웠다. 내관 김처선과 같은 기개와 용기가 부족한 자신에게 절망하고 있었다. 참혹한 고문과 죽음을 두려워 않는 것은 생각만큼 결코 쉬운 일이 아니었다. 누군가 먼저 들고 일어나 주면 외면하지 않으리라는 마음이 일면 싹트고는 있으나 자신이 먼저 나서서 목숨을 내놓을 수는 없었다. 또 믿음의 결여로 인해 임금을 탓하거나 원망하는 한마디 말조차도 서로에게 할 수 없었다. 자칫 불손하다 싶은 말이 임금의 귀에 들어가기라도 한다면 목숨을 부지하기는 어려울 따름이었다.

임금의 사냥에 드러내어 불만을 표출하지 않음에도 연산군은 그러한 자들을 반드시 색출하여 처벌하게 했다. 그들에 대하여 지적하고 경고했다.

예로부터 제왕들이 사시로 사냥한 것은 반드시 그 뜻이었다. 근래에는 백성들을 위해 농사철에는 거행하지 않았으나 요즘엔 금표 안의 전답을 해칠 우려가 없고 또한 외방 군사도 징발하지 않는데 비록 기성氣性을 창양暢養하고 상전께 효성 바치는 일을 거행하고자 하여도 또한 옳지 못한가? 또 몰이꾼들이 가기를 싫어하여 걱정하고 원망하는데 이런 자에게는 법을 세우지 않을 수 없다. 신하로서 은총만 믿고 내가 조그마한 잘못이 있다 한들 어찌하랴, 하는 생각이 없지 않을 것이다. 임금의 이런 뜻으로 모든 백관들에게 전달하라 했다. 이러했음에도 만약 방심하여 걸려드는 이가 있다면 불경죄로 필시 살아남기는 어려울 뿐이었다. 임금의 생각을 예찬할 수 없다면 그저 묵묵히 수수방관해야 살아남을 일이었다.

연산군은 이어 승정원에 전교를 내렸다. 내일 선릉산에서 사냥을 하고자 하니 능에 참배할 때에 별도로 차정하지 말고 3잔을 연달아 올리도록 했다. 또 거둥할 때에는 백관들이 행차를 따르고 앞뒤에서 북을 치고 피리를 불며 한강 머리에서는 운평이 음악을 연주하도록 했다. 기도 차지 않는 일이었고 혀를 차지 않을 수 없는 일이었다. 이전의 어느 임금도 사냥할 때에 앞뒤에서 북을 치고 피리를 불며 백관들이 행차를 따르게 하는 일은 없었다.

여섯 명의 간신이라 불린 이극균, 이세좌, 윤필상, 한치형 등 사사賜死되거나 부관참시된 이들의 족친들은 전부 외방으로 내쳐지게 되었다. 시일이 흘렀음에도 연산군은 그들의 한 점 흔적조차도 용납할 수 없다고 생각하는 것 같았다. 더구나 그들의 연족連族되는 종친들까지도 끝까지 추문하여 아뢰도록 했다. 잔인함이 새삼스러울 것은 없으나 가히 두렵고 진저리가 쳐지는 일이었다. 먼 일가붙이인 족친과 종친들로서는 청천벽력 같은 소식이 아닐 수 없었다.

이극균은 금중禁中의 일을 췌탁揣度하였을 뿐만 아니라 몰래 무사武士와 결탁하여 장차 반역할 마음을 가졌었다. 지금 태양이 바야흐로 비치는데 한 치의 그늘이 어찌 하늘을 가리겠는가. 마땅히 삼한 땅의 왕업이 무궁히 드리우리라. 그러나 임금은 약하고 신하가 강하면 후세에 마땅히 불측한 환란이 있을 것이니 임금이 아무리 너그러운 정사를 쓴다고 하더라도 이 같은 일들은 단연코 너그럽게 할 수가 없다. 간신의 무리는 마땅히 근절해야 하므로 옥과 돌이 함께 타도록 하겠다. 그러니 이극균 등 간신의 동성 친족들을 서인庶人까지 아울러 모조리 찾아내고 이유녕 등의 족친 및 명예를 노린 대간과 베임을 당한 이들의 족친을 또한 아울러 모조리 찾아내어 익명서에 대해 묻되 날마다 고문하여 멸종되도록 하라. 별도로 재상을 뽑아 의금부, 한성부와 함께 빠짐없이 찾아내어 아뢰고 또 이 뜻을 종친과 문무백관들에게 알아듣도록 전하라!

연산군은 친족까지 연좌하여 처벌하도록 거듭 전교를 내렸다. 먼 외방으로 내쳐지거나 죽임을 당하는 둘 중 하나의 결과가 그들을 기다리고 있을 뿐이었다. 임금을 저주하거나 혈족의 인연을 원망하며 처지를 한탄한다 해도 밖으로는 일절 드러낼 수도 없었다. 단지 가혹한 운명이었다.

임금으로서 일말의 부끄러움을 느낀 변명인지는 알 수 없는 노릇이나 어찌한다 해도 연산군의 종심이 달라질 리는 없었다. 풍류와 여색보다도 간사한 신하가 나라를 망친다는 것이 연산군의 생각이었다.

옛적부터 호걸스러운 제왕들이 풍류와 여색에 빠진 이가 많았으나 나라의 흥망이 그에 있지는 않았다. 비록 덕德이 요堯, 순舜보다 낫더라도 임금은 약하고 신하는 강하여 하나도 어진 보필이 없고 이극균과 같은 무리가 많으면 위태한 나라를 면하기 어려운 것이요. 비록 풍류와 여색에 빠지더라도 국세國勢가 당당하여 이윤과 부열 같은 신하가 조정에 가득하면 위태롭게 하려 해도 되지 않으며 나라의 복조福祚가 무궁한 것이다. 나라의 안전과 위태는 신하가 충성스럽고 간사하기에 달려 있는 것이니 당나라 때의 난리도 풍류나 여색에 연유한 것이 아니다. 이것을 마땅히 알아야 한다.

연산군은 승정원을 통해 별안간 어서御書를 내려 문무백관들에게 이같이 알렸다. 가히 자기변명에 불과한 궤변이라 해야 맞았다. 그야말로 간신배들이나 수긍할 망언이 아닐 수 없었다. 참으로 통탄할 일이었으나 내색하는 대신은 아무도 없었다. 이미 마음속으로는 임금으로 섬기지도 않고 있으니 말이다. 지난 어느 날은 후원에서 나인들을 거느리고 종일 노래하고 춤을 추며 희롱하고 놀았는데 그날은 생모 폐비 윤씨의 기일이었다. 아랑곳하지 않은 연산군은 그 자리에서 발가벗고 교합을 하기도 했다. 정녕 임금이 아닌 망나니라 해야 옳았다.

과보果報

　　　　　　　　　　　　망측한 소문은 궁궐 밖으로까지 퍼져 돌았다. 승평부부인의 죽음에 관해서였다. 실상 아닌 풍설에 불과한 것일 수 있으나 어쩌면 사실일지 모를 일이다. 제아무리 감추어도 궁궐 내에서 내관과 상궁, 나인의 눈을 피하거나 그들의 귀를 온전히 막을 수는 없었다. 적어도 인륜을 모르지 않는다면 정녕 그러한 일은 없어야 하나 연산군의 성정과 행적으로 보면 무조건 도리질을 칠 수만은 없을 일이다. 임금의 겁간으로 인해 잉태하게 된 자책감으로 비상砒霜을 먹고 죽었다는 소문까지 떠돌았다. 수일 전부터 병석에 눕게 된 것도 실은 그 때문이라는 것이다. 알 수 없는 노릇이지만 사람들의 짙은 의문은 조금도 가라앉지 않았다.

　　승평부부인 월산대군 부인 박씨는 연산군의 백모伯母였다. 선왕 성종의 형님인 월산대군의 부인인 것이다. 연산군이 어린 세자시절에 백부인 월산대군의 집에 피접을 나가면 생모처럼 손수 보살펴준 백모였다. 연산군은 그때의 기억들을 아득한 그리움처럼 간직하고 있었다. 왕위에 오른 연산군은 자신의 적장자인 원자 이황도 월산대군 부인에게 맡겨 기르게 했다. 원자가 궁궐로 돌아올 때는 백모인 월산대군 부인도 함께 입궐하여 기거하게 했다. 어쨌건 시절은 더없이 흉흉했다. 해괴한 소문이 실상이든 아니든 연산군의 패륜은 더는 덮어둘 수 없는 지경에 다다른 것만은 틀림이 없었다.

지중추부사知中樞府事 박원종은 울분으로 나날을 보내고 있었다. 온갖 상념들이 마음속에 들고 빠져나갔으나 도무지 길을 찾을 수는 없었다. 하지만 이대로 묻어둘 수 없다는 생각은 바뀌지 않았다. 야심해진 이경二更에 기별도 없이 군자시부정軍資寺副正 신윤무가 불쑥 찾아왔다. 박원종은 긴장한 기색이 역력했다.

-이 밤에 대감께서 어인 일이오?

신윤무의 표정을 훑는 박원종의 안광은 예리한 칼날처럼 번뜩였다.

-대감! 언제까지 이대로 방관할 수는 없지를 않습니까?

-무얼 말이오?

물음을 알아챘음에도 박원종은 일단 경계를 했다.

-……도무지 임금이라 할 수가 없습니다. 속히 용상에서 끌어내리고 새 임금을 올려야 한다는 것이 이 사람의 생각입니다.

속내를 털어놓은 신윤무는 결심을 굳힌 듯 힘껏 어금니를 깨물었다. 씰룩이는 턱 근육이 비장한 각오를 말해주는 것 같았다.

-신대감이 말한 바로 그것이 밤낮으로 내가 꿈꾸던 것이오!

박원종은 도포 자락을 휘날리며 자리에서 벌떡 일어나 소리를 내질렀다.

-대감께서 나서준다면 이 사람은 기꺼이 함께할 것입니다!

신윤무의 음성에서 결연함이 진하게 묻어나왔다.

―신대감의 말을 들으니 내 결심도 굳혀지는 것 같소!

박원종은 술잔을 가득 채워 신윤무에게 건넸다. 두 사람의 형형한 눈빛이 술잔에 부딪혔다.

―도度를 넘은 지는 오래되었고 조정 대신들은 말할 것도 없거니와 금표다 뭐다 해서 이제 도성 안 사람들의 원성도 하늘을 찌를 지경에 다다라 있다고 여겨집니다!

고개를 길게 가로젓는 신윤무의 안면에는 차가운 냉소가 서렸다.

―수일 내로 대감에게 기별을 넣을 것이니 그때 회합을 함이 좋을 것 같소!

박원종이 겨누었던 화살은 이미 시위를 떠났다 해도 과언이 아니었다. 두 사람은 대취하지 않았다. 신윤무는 삼경三更이 되기 전에 박원종의 가택을 나섰다.

이조참판을 파직당한 성희안이 박원종을 찾아온 것은 이튿날 저물녘이었다. 전날에 신윤무를 보낸 것도 실상 성희안의 뜻이었다. 박원종의 내심을 확인한 성희안은 마음이 급했고 머뭇거릴 여유가 없다고 여겼다.

―대감의 결심은 신대감을 통해 전해 들었소. 시각을 지체할 수가 없어 이리 찾아온 것이오!

성희안은 조급함을 감추지 못하고 본론을 꺼내 들었다.

―그리해야지요. 반드시 그리할 것이오!

박원종은 결심이 흔들릴 수 없음을 강조했다.

―지금 모든 중외中外가 원망과 배반을 하고 있으며 임금의 측근들까지도 마음이 떠나고 있다 하더이다. 이제 더는 미룰 것도 없이 속히 끝

어내려야 하지 않겠소?

후련하게 속내를 밝힌 성희안은 술잔을 집어 들어 단숨에 들이켰다.

—암요! 나라를 지키기 위해서는 축출을 하고 새 임금을 옹립해야겠지요. 내가 반드시 그리할 것이외다.

거침없는 대답으로 성희안을 안심시킨 박원종은 자기 다짐을 반복하듯 몇 번씩이나 고개를 주억였다. 그러면서 누이 월산대군 부인의 죽음을 떠올렸다. 누이의 한恨에 자신의 원한이 포개져 정수리에 꽂혀 들었다. 고금古今을 통해 과연 연산군과 같은 왕은 없었다는 생각에 치가 떨렸다. 연산군은 더는 임금이 아니었다.

—생사는 천명에 맡기고 빨리 결행을 해야 하오. 행여 지방 수령들이나 다른 세력들이 먼저 나서게 된다면 자칫 나라가 대혼란에 빠져들 수도 있으니 말이오!

성희안은 경각에 달린 것이라며 속히 움직일 것을 채근했다. 마음 같아서는 당장 오늘 밤에라도 그리했으면 좋겠다는 기색이 역력했다.

—이 사람도 평생을 충성과 의리로 살아왔소. 마땅히 목숨을 바칠 것이오. 사직辭職을 지키기 위함인데 어찌 흔들림이 있을 것이오!

실로 만감이 교차하는 듯 박원종은 끝내 굵은 눈물을 쏟았다. 성희안의 눈에서도 굵은 눈물이 흘러내렸다. 두 사람은 임금으로 받들 수 없는 연산군을 축출할 것임을 대장부의 눈물로써 굳게 결의했다.

둥근달이 차오른 밤하늘을 올려다보던 정순왕후는 고개를 가로저었다. 백발을 단정히 빗어 비녀를 꼽은 정갈한 모습은 여전했다. 대체로 과묵한 성정을 지닌 양자養子 정미수가 굳이 전언하지 않아도 왕실과 조정의 소식은 정순왕후의 귀에도 절로 들어왔다. 월산대군 부인 박씨가 임금에게 겁간을 당하고 스스로 목숨을 끊었다는 소문은 현기증이 느껴졌을 만큼 충격적이었다. 연산군의 폭정과 만행을 익히 알고는 있었으나 만약 소문이 사실이라면 세조의 업보에 의한 하늘의 여전한 진노 때문이라는 생각이 들어서였다. 세조의 증손자가 세조의 큰 손자며느리를 범한 것을 도저히 달리 받아들일 수는 없었다. 하늘의 노여움이 아직도 끝나지 않은 것이라는 생각에 붙들리면서 정순왕후는 긴 한숨을 토해냈다. 단정코 세조를 용서할 수는 없었다. 다만 이승을 떠나서라도 영원토록 세조를 저주하겠다고 마음먹었던 것을 이제 더는 곱씹고 싶지 않았다.

방에 들어와서도 심란한 마음은 쉽사리 가라앉지 않았다. 열일곱 어린 나이에 유배지에서 죽임을 당한 지아비 단종이 떠올랐다. 살아있었더라면 자신처럼 백발이 성성하였을 테지만 아마도 그러하지는 못했을 것 같다는 생각이 이어 들었다. 수양대군의 끊임없는 겁박을 견뎌낼 재간이 없어 양위讓位를 하고 허울 좋은 상왕으로 추대되어 금성대군 집으로 쫓겨나온 그날이 떠올랐다. 마주 앉은 그날 밤에 차라리 마음은 편하지 않으냐며 쓸쓸한 웃음기를 머금고서 위로해주던 모습도 떠올랐다. 강원도 영월 땅으로 유배를 떠나는 가마가 청계천의 영도교를 건너갔고 더는 따라갈 수 없게 되면서 마지막으로 눈에 넣었던 지아비 단종의 그 모습도 떠올랐다.

영월의 청령포로 유배를 떠난 지 두 달 만에 거처를 옮긴 관풍헌에서 끝내 죽임을 당했다는 소식을 접하고 초막집 뒷산의 동망봉에 올라 영월 쪽을 바라보고 미친 듯이 울부짖으며 서럽게 통곡했던 그날도 떠오르지 않을 수 없었다. 수십 년의 세월이 흘렀으나 그날들의 기억들은 결코 희미해질 수 없는 낙인처럼 생생하기만 했다. 세조를 용서할 수는 없었다. 그것은 억겁의 세월이 지난다 해도 불변이었다. 달도 기울어지고 있는 사경四更이 지나고 있었으나 정순왕후는 잠들지 못하고 있었다.

이조판서 유순정의 가택에 지중추부사 박원종이 들어섰다. 노복老僕은 몸을 조아리며 사랑채로 박원종을 이끌었다. 전 이조참판 성희안과 군자시부정軍資寺副正 신윤무 그리고 군기시첨정 박영문, 수원부사 장정, 시복시 첨정 홍경주가 이미 당도해 있었다.

－대감! 어서 오시오.

유순정은 자리를 권하며 정중히 박원종을 맞이했다.

－모두들 모이셨구려!

박원종의 당당한 기색에는 자신감이 깃들어 있었다.

－거사 일은 어느 일자로 하려 합니까?

성희안은 여전히 조급증을 떨치지 못했다. 한시바삐 결론을 손에 쥐고 싶어서였다.

－모레 밤으로 정하는 것이 어떻겠소? 그날 임금이 유랑을 떠난다고 하니 말이오.

이틀 전이라는 뜻으로 박원종은 손가락 두 개를 펴들어 보였다.

－그게 좋을 듯합니다. 내일 낮에는 합류키로 한 무사와 장수들을 다

시 한번 점검할 것입니다.

군기시첨정 박영무는 거사 준비의 소홀함을 경계했다.

―그리하시지요!

성희안은 그제야 납득이 된다는 듯 고개를 주억였다.

―신대감은 만나 보신 것입니까?

은밀히 묻듯 하는 유순정의 눈빛에는 초조함이 확연히 서려 있었다.

―만나는 보았으나…….

박원종은 몇 번씩이나 고개를 내저었다. 지난밤에 찾아가 만났으나 좌의정 신수근의 거부는 짐작 이상으로 몹시 단호했기 때문이었다. 다만 임금에 고하지 못하리라는 예상은 틀리지 않았을 뿐이다. 신수근을 떠보기 위해 장기를 두며 은근슬쩍 궁宮을 바꿔놓았다. 장기판의 궁은 임금을 뜻하기에 곧 임금을 바꾸려 한다는 암시를 내비친 것이다. 박원종의 뜻을 알아차린 신수근은 장기알이 전부 쓸려 바닥으로 떨어질 정도로 장기판을 세게 밀쳐냈다. 그러면서 차라리 이 자리에서 내 머리를 베라며 완강히 거부의 뜻을 드러냈다.

신수근은 그러했음에도 연산군에게 그와 같은 일을 알리지는 못했다. 연산군이 축출되고 옹립될 임금은 바로 자신의 사위인 진성대군이기 때문이었다. 하지만 신수근은 사위가 용상에 오르는 것을 마냥 좋아하며 덥석 받아들일 수는 없었다. 자칫 거사가 실패로 돌아가기라도 한다면 사위와 딸은 물론 자신의 일족은 참혹하게 도륙을 당할 것이며 가문은 멸문지화로 이어지게 될 것이 당연하기에 선뜻 받아들일 수는 없었다.

고민에 고민을 거듭한 신수근이 밀고하지 않은 또 다른 이유는 연산군의 의심병 때문이었다. 박원종이 은밀히 자신을 찾아왔었다는 설명을 연산군이 과연 어찌 받아들일 것인지 섣불리 예단할 수는 없었다. 임금의 축출을 입에 올리고 귀로 들었다는 그 사실만으로도 모반의 무리에 연루시켜 능지처사를 가할 수 있다는 생각에서였다. 생각해보면 능지처사뿐이 아니었다. 이극균, 이세좌, 윤필상 등처럼 백골마저 파헤쳐져 가루가 되어 바람에 날려 버려질 수도 있다는 극심한 두려움이 엄습했다. 이러지도 저러지도 못하는 처지가 되어버린 신수근은 어쩔 수 없이 입을 닫을 수밖에 없었다.

─판중추부사 김감 대감과 우상右相 김수동 대감도 합류키로 하였습니다. 이거야말로 대세가 아니고 무엇이겠습니까?

성희안은 동조세력이 늘어나는 것을 대세로 연결 지으며 성공을 낙관했다.

─하늘의 뜻은 거스를 수가 없는 것이 아니오!

유순정은 조금도 들뜬 기색이 없었다. 박원종 또한 거사가 성공적으로 끝날 때까지는 끝난 것이 아니기에 지나친 낙관론을 경계해야 한다는 생각을 했다. 남은 시각까지 빈틈없이 준비하고 은밀히 움직일 것을 제안했다. 유순정과 성희안에게는 다른 문신들도 포섭하도록 했고 자신과 신윤무 등은 무신들을 끌어들이겠다고 밝혔다. 폭군 연산군을 축출키 위한 반정反正 모의는 차질없이 진행되어 갔다.

─모레 밤 술시戌時에 군기시軍器寺 앞에 전부 모여 창덕궁으로 향할 것이오!

회합을 마무리 짓는 박원종의 표정은 더없이 결연했다. 운명은 하늘에 달려있다고 생각을 하는 것 같았다.

모레 오시午時에 연산군이 장단석벽長湍石壁으로 유람을 떠나면 그때를 틈타 성문을 닫아 막은 후에 궁궐을 장악하겠다는 박원종의 계획이 흔들렸다. 어인 일인지 임금의 유람이 취소되었다는 소식이 들려왔다. 박원종과 반정 세력들로서는 청천벽력이 아닐 수 없었다. 고민에 빠져 있던 박원종은 군자시부정軍資寺副正 신윤무를 불렀다. 연유를 알아보기 위해 그를 은밀히 내금위장內禁衛將에게 보내기로 했다. 임금을 호위하고 궁궐을 지키는 내금위는 성 밖의 사대문 가까이에 주둔하고 있었다. 날이 어두워진 후에 신윤무는 무사 백여 명을 인근 숲속에 매복하게 한 후에 돈화문 외곽의 내금위군영으로 찾아갔다.

-내금위장은 어디에 계시는가?

-누구시온데 내금위장님을 찾아오신 겁니까?

초병은 불쑥 나타난 신윤무를 위아래로 훑어보며 되물었다.

-군자시부정 신윤무가 찾아왔다고 이르게!

신윤무는 일개 초병에게도 막 대하듯 하지 않았다. 초병은 뜨악한 표정을 짓고서 좌편 뒤에 있는 큰 막사 쪽으로 걸어갔다. 잠시 후에 초병과 한 명의 무장武將이 막사 안에서 나왔다.

-안으로 모시랍니다. 자! 막사 안으로 들어가시지요.

왼손에 칼을 쥐고 있는 무장의 날 선 감시는 한 치의 빈틈도 없어 보였다.

―군자부정이 이 시각에 우리 군영에는 어인 일이란 말이오?

내금위장 문치는 반가이 맞이하는 듯하면서도 극도의 경계심을 감추지 못했다. 모호한 의문이 눈빛에 고스란히 담겨 있었다.

―늦은 시각에 이리 찾아와 내금위장의 단잠을 깨워 미안하오. 내 달리 뜻이 있어 온 것은 아니오. 다만 조정이 연일 심란한 듯하여 같은 무관인 내금위장은 어찌 생각하고 있는지 궁금해서 한번 묻고 싶어 찾아온 것뿐이오!

신윤무는 찾아온 연유를 설명하면서도 별 뜻 없는 듯이 담담히 보이려 애를 썼다.

―전하를 지키고 궁궐을 수비하는 것 말고는 이 사람은 조정의 다른 일들에는 관심이 없소, 관심을 둘 필요도 없지 않으니 말이오.

내금위장 문치는 맡은 직책 외의 일에는 전혀 관심이 없다는 뜻으로 고개를 크게 가로젓기도 했다. 충성스러운 무장의 면모를 인정하면서도 거기까지가 한계인 것이 신윤무는 내심 답답했고 안타까웠다.

―그런데 말이오. 전하께서는 유람을 왜 갑자기 취소한 것이오?

신윤무는 마치 지나치듯 하는 말처럼 힘을 빼고 물었다.

―그 연유를 내 어찌 알겠소!

―아니, 내금위장이 모르면 누가 안단 말이오?

―글쎄 나는 전하를 호위하는 사람일 뿐 다른 일에는 관심이 없다 하지를 않았소!

내금위장 문치는 인상을 찌푸리며 신윤무를 쏘아보았다. 따가웠으나 신윤무는 그 시선을 피하지 않았다. 충직하되 고지식한 문치가 과연 실제와 다른 말을 하지는 않으리라는 생각이 들었다. 그렇게 믿고 싶은 것일 수도 있었으나 반란의 소문이 돌고 있고 그로 인해 유람이 취소되었다는 것은 사실이 아닌 것으로 확인된 셈이어서 적잖이 안도감이 들기는 했다. 하지만 완전히 마음을 놓을 수는 없었다. 만에 하나 임금이 반정을 눈치채고 먼저 치고 나온다면 그날로써 자신과 일족들은 죽음을 면치 못할 것이기 때문이었다. 지난 사화士禍와는 비교할 수도 없는 거대한 피바람이 일 것을 떠올리면 저절로 모골이 송연해지기까지 했다.

─그만 돌아가 보겠소. 전하께서는 그대 같은 충직한 내금위장을 곁에 두어 참으로 든든할 것 같으오!

같은 길을 갈 수 없는 안타까움은 이루 말할 수가 없었으나 신윤무는 막사를 나서며 진심으로 덕담을 건넸다.

─민심이 어찌 돌아가는지 나도 모르지는 않소. 그렇지만 나는 전하를 지키고 전하의 명을 받들 뿐이오. 그게 내가 할 일이 아니겠소!

내금위장 문치는 막사 앞에서 배웅하며 자신의 처지를 표명했다. 신윤무는 속으로 흠칫 놀라고 말았다. 가시에 찔린 듯 정수리가 따갑기도 했다. 혹 자신이 찾아온 연유를 얼추 짐작 아니 꿰뚫어 본 것은 아니었을까 해서였다. 속내를 떠보기 위해 야밤에 불쑥 찾아온 것을 모르지 않음을 넌지시 내비친 것 같기도 해서였다. 신윤무는 더는 아무런 말도 없이 내금위의 군영을 벗어났다.

신윤무로부터 내금위의 동태와 내금위장 문치의 의중을 전해 들은 박원종은 오래 고민하지 않았다. 임금이 반정의 낌새를 눈치채고 있든 전혀 모르고 있든 먼저 치고 들어가야 승산이 있다는 판단을 했다. 날이 밝아오기를 기다린 박원종은 유순정, 성희안 등 반정 주축세력들을 훈련원으로 전부 모이도록 기별을 했다.

-거사 일을 앞당겨 당장 오늘 밤으로 하는 것이 좋을 듯하오!

박원종의 기색은 그리 차분하지 못했다.

-이 사람도 지중추부사 대감과 같은 생각입니다. 자칫 하다가는 일이 수포로 돌아갈 수 있고 도리어 당할 수도 있습니다. 잠시라도 시각을 지체하여서는 안 될 것입니다.

내금위장 문치를 만나고 온 신윤무는 정황의 변수와 긴박함을 역설했다.

-대감의 판단이 그러하다면 오늘 밤 결행을 하는 것으로 뜻을 모아야지요!

이조판서 유순정의 얼굴에는 극심한 긴장감이 서려 있었다. 명분과 상황이 유리하다고는 하나 임금을 용상에서 끌어내리고 축출하는 엄청난 일을 실행해야 하는 두려움마저 사라지고 없는 것은 아니었다.

-미룰 것이 없습니다. 임사홍과 같은 간신배들과 수종 드는 내관 외에는 지금 임금 곁에는 아무도 없을 것입니다. 임금을 끌어내리는 일에 모두가 동조하고 있다 해도 과언이 아닙니다. 내금위가 있다고 하나 그 군사들의 마음조차도 실상 임금에게서 떠난 지 오래되었다는 말을 들었습니다. 그러니 거사는 반드시 성공하게 될 것입니다.

시복시첨정 홍경주는 대세가 굳어졌음을 강조했다. 머뭇거릴 이유가 하등 없다는 말이었다. 거사 일을 당일로 앞당기는 것에 반대하는 이는 아무도 없었다.

급기야 반정反正을 주도하는 박원종이 지시를 내렸다. 궁궐을 장악할 무사들과 장수들을 최종 점검하여 창덕궁과 인근 숲속에 매복해 있도록 했다. 또 포섭해놓은 내관과 나인들을 통해 임금과 궁궐 내의 동태를 수시로 파악하여 보고하도록 했다. 박원종을 비롯해 훈련원에 모인 반정 세력들은 날이 어두워지기만을 기다렸다.

삼경三更이 되자 사방은 칠흑 같은 어둠에 휩싸였다. 박원종이 이끄는 주력군은 은밀히 창덕궁으로 향하다가 일단 하마비동下馬碑洞 어귀에 머물러 진을 쳤다. 1506년 9월 1일이었다. 애초부터 적극적으로 가담하지는 않았으나 은근히 동조하며 거사를 주목하고 있던 영의정 유순과 우의정 김수동, 예조판서 송일, 병조판서 이손, 호조판서 이계남, 판중추부사 박건, 도승지 강혼, 좌승지 한순 그리고 왕실의 종친인 운산군 이계와 운수군 이용성, 덕진군 이활 등도 찾아와 거사 대열에 합세했다. 그동안 목숨을 부지하기 위해 숨죽이며 억지 충성을 할 수밖에 없었던 대신들과 종친들이었다.

성희안과 신윤무와 군기시첨정 박영무는 한쪽에서 은밀히 대화를 주고받았다. 다름 아닌 임사홍과 신수근을 먼저 제거하자는 뜻을 모으고 있던 것이다. 그들의 뜻을 흔쾌히 수락한 박원종의 칼집이 횃불에 비쳐 번득였다. 신윤무는 이심 등 심복을 데리고 가 임사홍과 신수근을 베기로 했고 박영무는 신수근의 아들들을 맡아 베기로 했다. 그들은 심복 무사들을 데리고 이내 어둠 속으로 사라졌다. 박원종의 지시를 받은 홍경주는 날랜 무사들을 의금부의 옥사獄舍로 보내 죄수들을 석방하여 거사

대열에 편입시키게 했다. 내금위군과 전면전을 벌이게 될 것을 대비하여 죄수들을 활용하기 위한 속셈이었다.

내금위군영에서는 아직껏 반정 세력들의 출동을 눈치채지 못하고 있었다. 신윤무는 승부수를 걸었다. 소식을 접한 내금위가 곧 움직일 것이란 판단에서였다. 임사홍의 집으로 향하면서 무예가 뛰어난 심복 몇 명을 내금위군영으로 보냈다. 승정원과 의금부에서 긴급히 보내는 서찰을 가져왔노라고 혼란케 한 뒤 그 자리에서 내금위장 문치를 베어버리도록 했다. 군자시부정 신윤무는 열 일을 맡아 했다.

박원종이 이끄는 반정군은 창덕궁을 에워싸듯이 진을 쳤다. 신윤무가 가쁘게 숨을 몰아쉬며 군영 안으로 들어섰다. 임사홍과 신수근, 신수영, 신수겸 삼 형제를 척살하고 반정군에 가장 위협이었던 내금위장 문치를 베어 죽였다는 보고를 했다. 반정의 주동인 박원종과 유순정, 성희안의 얼굴에는 이내 안도의 빛이 감돌았다. 박원종은 성공을 확신했다. 그러면서 내금위장 문치를 베었으나 내금위 군사들의 칼에 베인 신윤무의 심복 무사들의 명복을 빌었다.

박원종의 지시를 받은 반정군은 사경四更에 궁궐 안으로 진군해 들어갈 태세를 갖추었다. 소식을 전해 들은 도총관 민효증과 수비 군사들은 앞다투어 하수 구멍으로 궁궐을 빠져나갔다. 입직승지인 윤장, 조계형, 이우와 주서主書 이희왕, 한림, 김흠조와 상궁, 나인들 그리고 남아 있던 군사들마저 뒤이어 구멍이나 담을 넘어 도망쳤다. 그야말로 반정군이 진입하기도 전에 궁궐 안은 텅 비게 되었다. 빠져나온 그들 중의 대부분은 도리어 반정군에 합류를 했다. 상당수의 내금위 군사들도 마찬가지였다.

—폐주廢主 이융을 당장 베어버려야 하지 않겠습니까?

연산군을 척살하자면서 신윤무는 거침없이 칼을 번쩍 들어 보였다.

—음! 폐주의 반응을 보고 결정해도 늦지 않을 것이오.

임금을 굳이 죽이지 않아도 궁궐을 장악하고 옥새를 건네받을 수 있다는 박원종의 신중한 판단은 오히려 자신감일 수 있었다.

—지금은 모름지기 일을 잘 처리해야 할 때오. 승지와 내관을 일단 궐 안으로 보내 사세事勢가 이리되었으니 옥새를 내놓으라 요구하면 거절하지는 못할 것이므로 그리하는 것이 좋을 것 같소!

영의정 유순은 옥새를 건네받는 절차만이 남은 것이니 굳이 피를 흘릴 필요가 없다는 뜻을 밝혔다. 대세가 굳어진 마당에 전날까지 임금으로 받든 연산군을 척살하는 것에 적잖이 거부감을 가질 만도 했다.

—영상領相대감의 생각이 옳은 것 같소. 일단 폐주에게 우리의 뜻을 전할 것이오!

박원종은 냉철함을 견지하며 성급함을 누그러뜨리려 했다. 어차피 연산군은 당장 호위할 군사조차 남아 있지 못했다. 거의 모든 내관과 나인들마저 궁궐에서 도망쳤다는 것은 다른 말이 필요 없을 따름이었다. 용상에서 끌어내리는 절차만이 남았을 뿐이었다.

좌승지 한순과 내관 서경생이 궁궐 안으로 들어갔다. 옥새를 내어받고 임금을 폐하는 반정군의 뜻을 전하기 위해서였다. 사방의 함성과 소란스러움을 수상히 여긴 연산군은 남아 있던 입직승지와 내관에게 이미 그 연유를 소상히 묻고 들었던 후였다. 반정군을 물리칠 아무런 방도조차 없음을 알게 된 연산군은 침전에 앉아 그저 떨고만 있었다.

―……전하, 아뢰옵기 황송하오나 종묘사직을 위해서는 옥새를 내어 주심이 가한 줄로 아뢰옵니다!

좌승지 한순은 기어 들어가는 목소리로 반정군의 뜻을 간신이 전했다.

―……내 죄가 중대한고로 이런 날이 기어이 올 줄 알았다. 좋을 대로 하라!

연산군은 시종 나인을 시켜 지체 말고 옥새를 내어다 주도록 했다. 순순히 사세를 받아들일 수밖에 없는 지경에 다다른 것이다. 사색이 된 용안은 폭정을 일삼고 주색과 가무에 젖어 지내온 전날까지와는 너무도 달라 보였다. 임금이 아닌 그야말로 궁지에 몰린 나약하고 초라한 어느 필부의 모습이 아닐 수 없었다. 곁에 남아 있던 몇몇 시녀와 내관들은 광경을 지켜보며 조용히 흐느꼈다.

연산군은 이제 궁궐 내에서조차 한 발자국도 움직일 수가 없는 몸이 되었다. 창덕궁을 포위하고 장악한 반정군들은 이미 궁궐 안으로 들어와 침전과 편전 사방을 경계하고 있었다. 연산군은 때늦은 후회를 곱씹을 경황조차도 없는 듯했다. 비스듬히 고개를 숙인 채로 겁에 질려 잔뜩 떨고 있을 뿐이었다. 어쩌면 폐위보다는 죽임당하는 것을 두려워하고 있는 듯했다. 그 많은 대소 신료들과 그 일족들까지도 무참히 참살하고 또 부관참시하고 심지어 유골을 파내어 가루로 만들어 바람에 날려 버리기까지 한 극악무도한 만행을 참회하기는커녕 당장 자신의 목이 베일까 두려워하고 있는 참으로 심약하고 모순된 임금의 모습을 보여주고 있었다.

뿌윰하게 먼동이 터 오르기 시작했다. 한날 밤에 세상은 바뀌었다. 옥새를 손에 넣은 반정 주도세력들은 이미 정했던 대로 진성대군을 새 임금으로 옹립하기로 했다. 물론 진성대군의 생모이면서 왕실의 어른인 자순대비의 수락이 필요했다. 성희안의 의견에 따라 윤형로를 경복궁 대비전으로 먼저 보내 사태의 전말을 아뢰도록 했다. 윤형로는 자순대비의 사촌이었다. 하지만 예상은 크게 빗나갔다. 자순대비는 진성대군을 옹립하는 것에 극렬 반대를 했다. 전갈을 받은 박원종은 반정 세력들을 거느리고 직접 경복궁으로 향했다.

－대비마마, 폐주가 된 임금은 도리를 잃어 조정이 혼란하고 민생은 도탄에 빠져 있으며 종사宗社는 위태롭기가 그지없으므로 신 등은 자나 깨나 근심이 되어 어찌할 줄을 모르고 있습니다. 진성대군은 신민臣民의 촉망을 받은 지 오래이므로 이제 대군마마를 추대하여 종사의 계책을 삼기를 원하여 감히 대비마마의 허락을 받고자 하옵니다!

영의정 유순은 대비전에 들어 매우 긴박한 기색으로 사정을 설명했다.

－변변치 못한 어린 대군이 어찌 보위에 오른단 말이오?

자순대비는 근심스러운 표정을 지으며 단호하게 거절을 했다.

－대신들이 계책을 협의하여 일치된 의견으로 이미 대계大計가 정하여졌으니 이제는 바꿀 수도 없사옵니다.

－그럴 수는 없소!

영의정 유순이 재차 아뢰었으나 자순대비는 완고한 뜻을 굽히려 하지 않았다.

－대비마마의 심려는 헤아리고도 남음이나 부디 신들을 믿고 윤허해

주실 것을 간곡히 바라옵니다!

우의정 김수동은 허락해줄 것을 읍소하듯이 아뢰었다.

―마마, 지중추부사 박원종이옵니다. 보위에 오른 대군마마는 저희 신 등이 신명을 다해 모실 것이옵니다. 부디 심려를 거두시고 속히 교지를 내려주소서!

대비전에 든 지중추부사 박원종은 부복하여 우렁찬 음성으로 아뢰었다. 그제야 자순대비의 완고한 기색이 조금은 누그러지는 듯했다. 자순대비는 영의정 유순과 우의정 김수동을 번갈아 쏘아보았다. 마치 재상들의 다짐을 믿어볼 것이라는 점을 무언으로 말하는 것 같았다.

진성대군을 임금으로 승인하는 자순대비의 교지가 내려졌다. 미시未時에 경복궁 대비전 앞에는 대소신료들이 반열을 지어 서 있었다. 서로 얼싸안고 기쁨을 나누는 이들도 있었다. 연산군의 난폭한 폭정이 그들의 환희 저편으로 빠르게 밀려가고 있었다. 이윽고 자순대비의 교지가 반포되었다.

나라가 덕을 쌓은 지 백 년에 깊고 두터운 은택이 민심을 흡족하게 하여 만세토록 뽑히지 않을 기초를 마련하였는데 불행하게도 지금 임금이 지켜야 할 도리를 크게 잃어 민심이 흩어진 것이 마치 도탄에 떨어진 듯하다. 대소신료가 모두 종사를 중히 여겨 폐립의 일로 와서 아뢰기를 진성대군 이역李懌은 일찍부터 인덕이 있어 민심이 쏠리고 있으니 모두 추대하기를 청합니다, 하였다. 내가 생각하니 어리석은 이를 폐하고 밝은 이를 세우는 것은 고금에 통용되는 의리이다. 그래서 여러 사람의 의견을 따라 진성을 사저에서 맞다가 대위大位에 나아가게 하고 전왕은 폐하여 교동에 안치하게 하노라. 백성의 목숨이 끊어지려다가 다시 이어지고 종사가 위태로울 뻔하다가 다시 평안하여지니 나라의 경사스러움이 무엇이 이보다 더 크랴? 그러므로 이에 교시를 내리노니 마땅히 잘 알지어다.

모두가 염원했듯이 임금이 새로이 바뀌고 있음이었다. 반정군에 가담한 군신群臣들만이 아닌 도성은 물론 지방 각지 나라의 모든 민인들도 반기고 반길 일이었다.

군사들이 가택을 둘러 에워싸고 있음을 알게 된 진성대군은 사색이 된 채로 떨었다. 왕위에 오르는 것을 알지 못한 진성대군은 호위하러 온 반정군을 자신을 죽이기 위해 연산군이 보낸 군사들로 여겼다. 이복형인 연산군이 언젠가는 자신을 죽일지도 모른다는 극심한 두려움에 떨며 지내온 진성대군으로서는 당연히 그럴 수 있었다. 그렇게 지레짐작을 했던 진성대군은 자결하는 편이 차라리 낫겠다는 생각으로 칼을 집어 들었다. 하지만 부인 신씨는 달랐다. 달리 세력도 없는 대군의 목숨을 빼앗기 위해서라면 그리 많은 군사가 필요치 않으리라는 생각이었다. 신씨 부인은 진성대군의 소매 끝을 붙들고 일단 말렸다. 군사들의 말머리가 집을 향해 있다면 우리 내외는 죽게 되겠지만 만약 말머리가 집을 등지고 궁궐로 향해 있다면 이는 필시 대군을 호위하기 위해 온 것 일터이니 확인 후에도 늦지는 않을 것이라고 했다. 부인의 생각을 들은 진성대군은 즉시 사람을 내보내어 알아보게 했다. 과연 군사들이 타고 온 말들은 집을 등지고 있었다. 부인의 생각이 옳았음을 알게 된 진성대군은 한숨을 내쉬며 안도했다.

　이조판서 유순정으로부터 연산군은 폐주가 되고 자신이 임금으로 추대되었다는 사실을 전해 들은 진성대군은 극도로 놀라워했다. 그러면서 기뻐하기는커녕 부덕한 자신은 용상에 오를 수 없다며 완강하게 거부를 했다. 하지만 거부는 진성대군의 뜻이 될 수 없었다. 유순정은 자순대비의 교지를 보여주며 조정에서도 이미 결론을 내린 것임을 강조했다. 그리고 즉위를 위해 속히 경복궁으로 갈 것을 채근했다. 더는 거부하지 못한 진성대군의 수용은 차라리 체념과 다를 바 없었다. 두려웠으나 선택의 여지는 없었다.

　경복궁 근정전에서 진성대군이 왕위에 오르는 즉위식이 거행되었다. 임금의 자리를 한시도 비워둘 수 없기에 일은 속전속결로 진행될 수밖에 없었다. 당사자인 진성대군은 물론 조정 대신들까지도 심히 겨를이 없었던 때문인지 곤룡포에 면류관을 써야 함에도 진성대군 이역은 곤룡포에 익선관을 쓰고 즉위식을 치렀다. 용상에 올라앉은 진성대군 중종은 문무백관들의 하례를 받았다. 이어 사면령을 반포했다.

　근년에 법 제도를 고쳐서 어지럽혀 새로운 조항을 만든 것은 아울러 모두 탕제蕩除하고 한결같이 조종이 이루어놓은 법을 준수할 것이다. 아! 무강無疆한 아름다움을 맞았으니 다시 무강한 근심을 생각하게 되고 비상한 경사가 있으니 마땅히 잘 알지어다. 즉위식에 참석한 모든 이들이 만세를 불렀고 환성은 우레처럼 끓어올랐다. 세상일, 사람 일이란 참으로 모를 일이었다. 부왕 성종이 승하하고 이복형 연산군이 즉위한 이후에 그 참혹한 폭정 내내 모후 자순대비와 함께 늘상 죽음의 그림자를 밝고 서 있었던 자신이 용상에 오르리라고는 꿈속에서조차 생각지 못했다. 더구나 세자와 대군들이 있었기에 일말의 상상조차도 할 수 없었다. 그러했던 진성대군 중종으로서는 임금의 자리에 오르는 즉위식이 마치 깊은 꿈을 꾸고 있는 것으로 여겨질 수밖에 없었다.

중종반정의 주모자들인 지중추부사 박원종과 전 이조참판 성희안, 이조판서 유순정 그리고 영의정 유순과 우의정 김수동 등 대신들이 경복궁에 함께 모였다. 그들은 폐주 연산군과 왕후 신씨의 처리문제를 신중히 논의하기 위해서였다. 강화도 교동에 위리안치圍籬安置하기로 의견이 모아진 연산군은 가까스로 죽음을 면했다. 왕후 신씨는 선왕의 후궁들이 기거하는 정청궁으로 거처가 정해졌다. 세자와 대군은 가기 다른 지방으로 귀양을 보내는 것으로 결정되었다. 우의정 김수동이 창덕궁의 동궁에 갇혀 있는 연산군에게 가서 조정의 결정을 알리기로 했다.

연산군과 대면한 우의정 김수동의 심경은 몹시 괴로웠고 난감했다. 어쨌든 전날까지 모시던 임금이 하루아침에 폐주가 되어 초췌하기 이를 데 없는 몰골로 두려움에 몹시 떨고 있어서였다.

-강화도 교동으로 가게 되었습니다. 자시子時에 출발을 하게 되었으니 그리 마음의 준비를 하소서!

우의정 김수동은 차마 연산군의 얼굴을 똑똑히 쳐다볼 수가 없었다. 더구나 진성대군이 이미 즉위식을 마치고 보위에 오른 후이기에 임금으로 부를 수도 없었다.

-우상右相이 나 때문에 애를 쓰는구려. 고맙고 미안하기가 이를 데 없소!

연산군은 눈물을 그렁거리며 우의정 김수동의 두 손을 덥석 잡았다. 실로 잔혹했던 폭군의 모습은 온데간데없이 당장 목숨이 달아나지 않은 것에 안도하는 참으로 유약하고 초라하기 그지없는 폐주의 모습이었다.

―이만 물러가옵니다!

더는 할 말도 들을 말도 없었다. 우의정 김수동은 괴로운 심경을 겉으로 드러내지는 않았다. 성품이 온화한 그는 임금을 제대로 모시지 못해 이와 같은 일이 벌어진 것 같아서 일면 죄책감마저 느끼고 있었다. 동궁을 물러 나오면서는 긴 한숨을 토해내기까지 했다.

자시子時가 되자 내내 겁에 질려 떨고 있던 폐주 연산군은 붉은 평복에 갓을 쓰고 허리띠도 매지 못한 채로 내전內殿문으로 나와 땅에 엎드렸다. 그러고는 내가 큰 죄를 지었는데도 특별히 은혜를 입어 죽지 않게 되었구려, 라며 큰소리로 혼잣말을 하듯 했다. 수많은 이들을 무참하게 죽였건만 자신의 목숨이 부지된 것에 허둥대며 안도하는 모습은 차마 눈을 뜨고는 볼 수 없는 광경이었다. 도무지 폭정을 일삼은 폭군의 모습이라 할 수가 없을 정도였다. 나인과 내관 대여섯 명이 시종으로 따라가고 당상관 한 명이 군사를 거느리고 호송하게 되었다. 연산군은 임금이 타는 가마가 아닌 평교자平轎子에 올라탔다.

지아비 연산군과 제발 함께 가게 해달라며 왕후 신씨가 울며 매달렸으나 아무 소용이 없었다. 지켜보는 연산군의 눈에서도 굵은 눈물이 흘러내렸다. 뒤늦은 후회는 설움으로 변해 폐부를 마구 찔렀다. 연산군을 태운 평교자는 써늘한 밤바람을 가르며 선인문과 돈의문을 거쳐 빠르게 궁궐을 빠져나갔다. 야심한 도성 밤길은 오가는 사람들이 뜸했다. 더구나 갓을 쓴 채로 머리를 숙이고 있어 평교자를 타고 있는 사람이 폐주 연산군인 줄은 아무도 알아채지 못했다.

어쨌든 이 밤에 연희궁에 도착하여 밤을 보내야 했다. 그리고 날이 밝는 대로 김포와 통진을 거쳐 강화로 가야 했다. 강화에 당도하여 하룻밤을 유숙하고 이튿날에는 반드시 교동도에 안치되어야만 했다. 연산군은 감은 눈을 뜨지 않았다. 궁궐에서 멀어져갈수록 자신의 처지가 더욱더 믿기지 않아서였다. 왕후와 세자, 대군, 공주의 안위도 심히 염려되었다. 두려움은 거대한 어둠만큼이나 크게 밀려들었다. 마치 극심한 악몽에 시달리고 있는 것만 같았다. 자결할 엄두는 나지 않았으나 고통만 없다면 차라리 이대로 숨이 멎었으면 낫겠다는 생각마저 들었다.

강화도 교동으로 유배를 떠난 지아비 연산군과 생이별을 하게 된 왕후 신씨는 넋이 나간 사람이 되어 소리 없는 눈물을 쉼 없이 쏟아냈다. 세자와 대군들마저도 날이 새기 전에 유배를 떠나야만 해서였다. 나인으로부터 세자와 어린 창녕대군이 이미 궁궐을 떠나고 있다는 말을 전해 들은 왕후 신씨는 나인들과 함께 선인문을 향해 달리듯 빠른 걸음을 했다. 하지만 경황이 없는 탓에 신발을 큰 것으로 잘못 신어 자꾸 벗겨져 제대로 걸을 수가 없었다. 따르던 나인이 비단 수건을 찢어 신발을 동여매어 주어 겨우 걸을 수가 있었다. 선인문에 당도했으나 단출한 유배행렬은 벌써 빠져나갔다고 했다. 따라잡을 수 없다고 여긴 왕후 신씨는 젊은 나인을 시켜 행렬을 쫓아가게 해 유모에게 세자와 대군을 부탁한다는 자신의 말을 전하게 했다.

청파촌의 어딘가에서 밤을 보낸 후에 세자는 강원도 정선으로 창녕대군은 황해도 수안으로 각기 떠나야만 했다. 왕후 신씨는 울부짖을 힘도 없이 망연자실했다. 왕후 신씨는 이미 폐위되어 거창군부인居昌郡夫人으로 강등되었다. 몸을 추스를 기력조차 없었으나 날이 새기 전에 중궁전에서 나와야 했기에 조정에서 정한 대로 선왕의 후궁들이 기거하고 있는 정청궁으로 간신히 옮겨갔다. 지아비와 아들들이 모두 유배를 떠나면서 혼자 남게 된 왕후 신씨는 실제 넋이 빠진 듯 보였다. 나인이 말을 걸어도 들을 수 없는 사람처럼 아무런 반응도 보이지 않았다. 무엇보다도 여섯 살 된 창녕대군의 유배를 가혹한 비극이라 여겨져서인지 이따금 혼잣말처럼 그 이름을 부르기도 했다. 지켜보는 나인은 손으로 입을 가린 채 굵은 눈물을 연신 쏟아냈다.

폐주 연산군은 강화도 교동에 위리안치되었다. 사방으로 가시 울타리가 쳐진 작은 집에 갇힌 것이다. 울타리가 촘촘하고 높아서 거의 해를 볼 수도 없을 지경이었다. 따라간 나인들이 밥을 지어 작은 문을 통해 방 안으로 들였으나 연산군은 안치소에 당도한 후 이레 동안 음식을 거의 입에 대지 않았다. 시종 드는 내관과 나인들이 식음을 전폐하지 말 것을 간곡히 청해도 소용이 없었다. 연산군의 몸과 마음은 극도로 피폐해져 갈 수밖에 없었다. 한낮에도 누워있는 시간이 많았다.

며칠 내내 내관 김처선의 모습이 뇌리에 떠올라 지워지지 않고 있었다. 이리되고 나서야 김처선이 진정 충신이었던 것을 절절하게 깨닫고 있었다. 목숨을 잃을 것을 뻔히 알면서도 과연 누구를 위해서 누구를 살리고자 그와 같이 충언하며 그리했을까를 생각하면 가슴이 찢겨나가는 것만 같았다. 그런 김처선의 혀까지 베어 잘라내며 잔혹하게 죽인 것을 생각하면 온몸이 굳어버리는 기분마저 들었다. 정말이지 김처선이 당장 눈앞에 나타나기라도 한다면 그 앞에 무릎을 꿇고 부복하여 백배사죄를 하고 싶을 정도였다. 아니 차라리 김처선의 칼에 베임을 당하는 편이 좋겠다는 생각마저 들었다. 부질없는 참회가 아닐 수 없었다. 눈물이 앞을 가렸다.

연산군은 일절 음식을 입에 대지 않는 대신에 부인 신씨를 향한 그리움을 먹으며 고통스러운 나날들을 버티고 있었다. 도성으로 다시 돌아갈 수 없다는 것을 모르지 않으나 부인 신씨가 미치도록 보고 싶었다. 부인 신씨를 다시 볼 수 없다는 것은 참으로 견디기 어려웠다. 정신마저 몹시 기진해져 있었으나 연산군은 부인 신씨의 모습을 떠올렸다. 세자 시절인 14세 되던 해에 동갑인 신씨를 세자빈으로 맞이하면서 부부의 연을 맺고 지내온 세월들이 주마등처럼 스쳐 지나갔다. 그리움은 깊은 강물이 되어 흘러갔다.

영의정 유순, 좌의정 김수동, 우의정 박원종, 무령부원군 유자광, 능천부원군 구수영 등의 정국공신靖國功臣들이 빈청에 모였다. 그들은 연산군의 잔재를 완전히 없애기로 뜻을 모은 후에 임금에게로 나아갔다. 가혹했으나 예고된 수순이었다.

─세자에서 폐위된 이황과 창녕대군 이성 그리고 후궁 소생의 양평군 이인과 이돈수 등은 오래 살려두어서는 아니 됩니다. 모름지기 속히 결단해야 가한 줄로 아옵니다!

영의정 유순은 대신들이 모은 뜻을 나서서 아뢰었다. 반정을 성공으로 이끈 대신들의 뜻은 곧 임금의 뜻이 되어야만 했다.

-어린 폐세자와 대군들이 무슨 죽을죄를 지었단 말이오? 장차 위협이 될 형세도 아니지 않소. 인지상정으로는 못 할 짓이오.

-전하! 그리 속단할 수가 없는 일입니다. 화근을 남겨두어서는 아니 되는 것입니다.

무령부원군 유자광은 훈계하듯이 목청을 높였다.

-어찌 그리할 수 있단 말이오. 유배를 풀지 않으면 되는 일이 아니오?

어수御壽가 짧은 실권 없는 임금이었으나 중종은 반대의 뜻을 감추지 않았다. 이복형이긴 하나 폐주 연산군의 어린 아들들은 다름 아닌 자신의 조카들이었다.

-그리할 수는 없습니다!

유자광의 반박은 무례하기 그지없었다. 마치 공신들의 결정을 따라야만 하는 무력한 임금의 처지를 지적하는 것만 같았다. 중종의 안타까운 시선과 우의정 박원종의 차가운 시선이 부딪쳤다. 중종은 반대의 뜻을 더는 고집할 수가 없었다. 역부족일 따름이었다.

-폐비 신씨가 지금 정청궁에 처하고 있는데 그 또한 옳지 못한 것 같으니 그 부친 신승선의 집을 고쳐서 옮겨 살게 하는 것이 어떠하겠습니까?

좌의정 김수동은 한껏 몸을 낮추며 아뢰었다. 가엾은 처지가 된 폐비의 심정을 헤아리고 있는 듯했다. 중종이 거부할 이유는 없었다. 그렇지만 세자와 대군들을 사사賜死해야 한다는 공신들의 뜻도 또한 거부할 수는 없었다.

　신씨 부인은 수일 후에 친정 본가로 돌아올 수 있었다. 하지만 돌아온 이튿날 세자 이황과 창녕대군 이성이 사사되었다는 소식이 들려왔다. 신씨 부인은 울부짖으며 통곡했다. 세자 나이 10세, 창녕대군은 고작 6세였다. 지아비 연산군으로 인해 온갖 마음 고초를 겪으며 인내하고 지내온 신씨 부인이었으나 어린 아들들의 죽음 앞에서는 무너져내릴 수밖에 없었다. 설혹 대역죄에 연좌되어도 10세가 넘지 않는 어린아이들은 죽이는 법이 없었다. 더구나 보위를 잇게 될 세자는 모를까 그래도 너무 어린 창녕대군의 목숨만은 살려주리라 생각했다. 임금인 중종의 뜻이 아닌 공신들의 뜻인 것을 신씨 부인은 모르지 않았다. 사약을 마시고 피를 토해가며 죽어갔을 어린 세자와 대군의 모습을 떠올렸다. 애통함에 가슴이 찢겨나가는 것 같았다. 아비의 죄로 어린 목숨들이 사라져간 것을 생각하니 지아비 연산군이 참으로 원망스럽기만 했다.

　세자빈으로 간택되었을 때 친정아버지 신승선은 마치 앞날을 예감한 듯 말했다. 들어도 못 들은 척 보고도 못 본 척 알아도 모르는 척하며 지내야 한다는 당부를 귀가 아플 만큼 했다. 그러했기에 보위에 오른 지아비 연산군이 잔혹한 폭정과 주색酒色을 지속했어도 불만과 원망을 드러내기보다는 언젠가는 바로 잡힐 것을 염원하면서 참고 견뎌왔다. 통곡이 길어지면서 기진해진 신씨 부인은 쓰러져 자리에 누웠다. 살고 싶지 않았다. 이대로 숨이 멈추었으면 좋겠다는 생각이 들었다. 정신이 흐릿하게 혼미해져 갔다.

　신씨 부인은 말을 잃은 사람처럼 조용히 지냈다. 야위어진 얼굴은 창백했고 소리 없는 눈물은 마를 새가 없었다. 세상을 떠난 세자와 대군과 유배지에 위리안치된 지아비를 생각하면 차라리 살아있는 것이 고통이었다. 그런 나날을 지내고 있는 친정 본가에 그제는 휘순공주가 왔고 어제는 조카인 폐출된 단경왕후가 연달아 돌아왔다. 신씨 부인은 부지불식간에 참담한 불행을 겪게 된 딸과 조카를 살뜰히 맞이해 들였다. 능청부원군 구수영은 연산군이 폐주가 되어 유배를 당하자 아들 구문경과 며느리 휘순공주를 강제로 이혼을 하게 했다. 대역죄인인 연산군의 딸과 이혼하게 함으로써 자기 아들을 살리겠다는 속셈이었다.

단경왕후 신씨는 반정공신들에 의해 폐출되었다. 연산군의 장인인 신승선의 손녀이며 처남인 신수근의 여식을 왕후로 계속 둘 수 없다는 공신들의 성화를 중종이 꺾을 수는 없었다. 폐출된 단경왕후 신씨는 하성위 정현조의 집에서 기거하다가 친정 본가로 돌아갈 것을 청하여 돌아오게 되었다. 왕후가 되었다가 7일 만에 폐위된 운명도 실로 기구한 것이기는 했다. 연산군의 왕후였던 신씨 부인과 휘순공주 그리고 중종의 왕후였던 신씨는 비록 처지는 가혹했으나 서로 보듬고 의지하며 지낼 수밖에 없었다. 권세 가문의 완전한 몰락이었다. 그야말로 땅속에 잠들어 있는 신승선의 통곡이 들려올 만했다. 신수근을 비롯한 아들들은 반정 당일에 이미 죽임을 당하였고 왕후가 된 딸과 손녀는 폐위되어 친정집으로 돌아와 함께 기거하게 되었으니 말이다.

시종을 드는 나인들은 몹시 놀란 기색으로 서로를 쳐다보았다. 연산군의 숨소리가 거의 들리지 않고 있어서였다. 약을 써도 역병疫病은 호전되지 않았다. 세자와 대군들이 사사賜死되었다는 소식을 전해 들은 연산군의 심신은 충격으로 인해 이미 극도로 쇠약해진 상태였다. 무엇보다도 세자가 폐위되고 사사된 사실에 연산군은 절망했다. 지금 자신의 왕위를 이을 수는 없더라도 세상일은 모르는 것이기에 세자가 살아남게 된다면 혹 훗날에 어찌 될지 모른다는 생각에서였다. 만약 그리된다면 저세상으로 떠난 아비를 추존하고 신원해 줄 수 있으리라는 한 가닥의 희원마저 버릴 수는 없었다.

안치소를 지키는 별감으로부터 기별을 받은 강화유수는 급히 연산군의 몸 상태를 확인하고 돌아갔다. 연산군의 의식은 점차 몽롱해져만 갔다. 선왕 성종의 생전 모습이 떠올랐고 친모인 줄만 알았던 정현왕후의 따뜻한 보살핌이 있었던 동궁 시절이 가물가물 떠올랐다. 그토록 보고 싶은 왕후 신씨 부인과 세자와 공주, 대군들의 모습도 떠올랐다가 사라져 갔다. 이제는 정신이 혼미해지고 있는 것도 자각할 수가 없을 정도였다.

-정신을 차리시어요. 제 말이 들리시옵니까?

누워있는 연산군에게 바투 다가간 나인이 울먹이며 말을 걸었다.

-…….

-아무 말이라도 할 수 있거든 해보시어요!

나인은 다급하게 재차 말을 걸었다.

-중전이 몹시 보고 싶구나…… 중전이…….

가까스로 입을 뗀 연산군의 입가는 바람을 맞은 문풍지처럼 파르르 떨렸다. 아무래도 더는 말이 이어질 수는 없을 것 같았다. 이내 완전히 숨이 멈춘 듯 방 안은 적막에 휩싸였다. 연산군은 숨이 멎으며 생生

이 끝나는 순간에 생모 윤씨도 후궁인 전숙원과 장소용도 아닌 그토록 그리워했던 부인 신씨가 보고 싶다, 라는 마지막 말을 남기고 유배지인 강화도 교동에서 31세의 생을 마감했다. 유배를 떠나 온 지 두 달만인 1506년 11월 6일이었다.

정순왕후는 퇴궐하여 돌아온 아들 미수로부터 폐주 연산군이 유배지에서 세상을 떠났다는 소식을 전해 들었다. 하지만 정순왕후는 아무런 반응도 보이지 않았다. 반정으로 인해 연산군이 폐위되고 진성대군이 왕위에 올랐다는 말을 들었을 때 이제는 하늘이 노여움을 풀었다는 생각을 하기도 했다. 자신은 끝내 수양대군을 용서할 수 없으나 하늘의 진노는 그만 멈추었으면 했다. 조카의 용상을 찬탈한 수양대군의 죄업에 대한 하늘의 단죄가 부족했다는 생각은 들지 않았다. 의경세자와 예종의 요절 그리고 연산군의 패륜과 폭정을 수양대군이 죄를 지은 업보라 여겨서였다. 정순왕후에게 있어서 세조는 이미 폐주였다.

정순왕후는 본 적 없는 신씨 부인을 떠올렸다. 지아비가 세상을 떠났다는 소식에 서럽게 통곡하며 애통해하리라는 것을 생각했다. 오래전이 되어버린 50여 년 전에 지아비 단종이 유배지 영월에서 사사賜死되었다는 소식을 전해 듣고 초막 뒤편의 동망봉에 올라 영월 쪽을 바라보며 미친 듯이 가슴을 치고 땅을 치며 서럽게 통곡했던 그날들이 생생하게 떠올랐다. 정순왕후의 눈자위에 눈물이 고여 맺혔다. 무수한 세월이 흘러도 희미해질 수 없는 화인火印과도 같은 기억들이었다. 지아비 단종과 폐주 연산군의 죽음은 연유와 의미가 다른 것이라 해도 부인으로서 겪는 애통한 비감은 다를 것이 없다는 생각이었다.

정순왕후는 이제 오래지 않은 어느 날에 지아비 단종 곁으로 가고 싶었다. 세조와 정희대비의 생애 동안에는 결코 먼저 쓰러져 세상을 떠날 수 없었다. 지아비 단종이 너무도 그리웠으나 그들을 앞서 떠날 수는 없었다. 기다리고 있을 지아비 단종도 그 심정을 헤아렸으리라 믿었다. 하지만 이제는 세상 짐이 그리 무겁지 않기에 당장이라도 훨훨 날아갔으면 좋겠다는 생각이 들었다. 그곳에서는 내외가 이별 없이 영원히 함께 지내고 싶은 것뿐이다.